浙江省哲学社会科学规划课题成果(22NDJC097YB)

现象学视域下的美国现代挽歌研究

A Study of Modern American Elegy
in the Horizon of Phenomenology

张磊　著

浙江工商大学出版社
ZHEJIANG GONGSHANG UNIVERSITY PRESS
·杭州·

图书在版编目(CIP)数据

现象学视域下的美国现代挽歌研究 / 张磊著. —杭州:浙江工商大学出版社,2022.11

ISBN 978-7-5178-5019-9

Ⅰ.①现… Ⅱ.①张… Ⅲ.①挽歌—诗歌研究—美国—现代 Ⅳ.①I712.072

中国版本图书馆 CIP 数据核字(2022)第114070号

现象学视域下的美国现代挽歌研究

XIANXIANGXUE SHIYU XIA DE MEIGUO XIANDAI WANGE YANJIU

张 磊 著

责任编辑	张莉娅
责任校对	何小玲
封面设计	望宸文化
责任印制	包建辉
出版发行	浙江工商大学出版社
	(杭州市教工路198号　邮政编码310012)
	(E-mail:zjgsupress@163.com)
	(网址:http://www.zjgsupress.com)
	电话:0571-88904980,88831806(传真)
排　版	杭州朝曦图文设计有限公司
印　刷	杭州宏雅印刷有限公司
开　本	710mm×1000mm　1/16
印　张	13.25
字　数	218千
版 印 次	2022年11月第1版　2022年11月第1次印刷
书　号	ISBN 978-7-5178-5019-9
定　价	78.00元

目 录

第一章　引论

从历史角度来看，"二战"后美国诗人处于现代主义和后现代主义之间，继承又反叛了前者的非个人化、客观化和压迫性权威，在对个人生活体验的层面上开创了后者的某些美学特征。没有哪种个人生活体验比死亡和哀悼更令人刻骨铭心，因此，这些诗人创作的大量挽歌集中体现了"二战"后美国诗坛独特的艺术追求，且因其显著不同于传统挽歌而被称为"美国现代挽歌"。

在哀悼母亲的挽歌《从拉帕罗扬帆还家》（"Sailing Home from Rapallo"，1954）（Lowell，2007：179–180）中，罗伯特·洛威尔唱出了所有美国现代挽歌的基调：

> 母亲棺椁上的文字样式浮夸
> 洛威尔还错写成了拉威尔。
> 尸体
> 像是锡纸包裹的黄金面包。

美国现代挽歌具有强烈的自我意识，偏爱个人切身体验，语言直白，对死亡的态度诡异怪诞，但不乏深邃的思索。所有这些特征都浓缩在写错了的姓氏"拉威尔"中。"洛威尔"是一个家族的象征，也代表了美国文化的历史，蕴含了个人情感以及"二战"后美国的文化重负。在这首挽歌中，"洛威尔"作为一个能指被涂抹，其中的情感和文化所指被拒绝、篡改，因为对"二战"后美国诗人来说，这个能指是抽象的,阻碍了其所指的个人生活体验的表露。能指的家庭责任要求继承,文化责任则求变求新。为了履行两种责任,洛威尔家族的后代罗伯特故意对家族姓氏进行涂抹,把Lowell变成了LOVEL,新的姓氏包含了爱(love)和对家族传统的背离,在继承中求变,"视社会继承责任为无关紧要、言过其实,对其置之不理"(Doreski,1993:60)。错写姓氏象征了死亡对生命的涂抹,但无法彻底抹除生命,反而揭示了生者对死者的复杂情感:家族姓氏隐藏在讹误中,且透露出了难以遮掩的爱意。修正并非忘却,也不会失落哀悼死者的能力,而是表达了"二战"后美国生活世界对生命、死亡和生死共处的新姿态。生活世界指"在场的生活构造的意义充实的世界"(Kohák,2003:25),这一世界充满了生活体验,对这一世界的关注让美国现代挽歌不同于传统挽歌,现代挽歌涂抹传统挽歌以便更好地表达生活世界体验。

正如洛威尔所示,在"二战"后的美国,死亡作为能指被涂抹,与所指之间的关系被割裂。死去的不仅有个体生命,还有上帝、作者和语言,但理解死亡似乎并非变得容易,而是变得困难了,尤其是死亡本身也"被抹去,要消失"(Ariès,1972:85)。像洛威尔一样的哀悼者怀疑用语言表达死亡和哀悼是否仍然可能、是否仍有必要,但哀悼仍然存在,且反复出现;同时,以海德格尔为代表的哲学家认为此在是向死的存在,意思是说,只有把死亡考虑在内,存在才是完整的。因此,死亡作为能指被怀疑,它的所指亟须复位。美国现代挽歌为理解这一后现代现象提供了绝佳的范例。对能指的怀疑和涂抹是一种类似于现象学还原的努力,给知识的语言外壳加括号[①],揭示决定语言过程的生活体验。毕竟,理解死亡是概观"二战"后美国生活和诗歌必要的一环。

第一节　从古希腊哀歌到英语挽歌

英语挽歌是英语抒情诗中的一个重要体裁,滥觞于古希腊哀歌,具有悠久的

---

① 加括号即进行意义的悬搁。

历史。其在英语文学中的发展,上可追溯到《贝奥武甫》(*Beowulf*),下可在几乎所有现当代诗人的主要作品中占有一席之地,成为最古老的英语诗歌体裁中至今仍具生机活力的幸运儿。《牛津英语词典》为挽歌列出了三条解释:(1)哀悼之歌,尤指为死者吟唱的葬歌或悼词。(2)模糊地用在广泛的意义上,用于表示古希腊和拉丁诗人用挽歌体创作的所有诗歌。(3a)用挽歌体创作的一种或一首诗歌;(3b)[沿用希腊语的意义]挽歌双行体。

　　从发展史来看,挽歌进入英语之前,在古希腊、古罗马时期已经存在了大约一千年。从词源来看,elegy 来自古希腊语中的 elegos 及其变体 elegeion 和 elegeia。挽歌的词义在古希腊语中和在英语中大体相同:其一,与在双管乐器伴奏下演唱悲伤、哀悼歌曲有关;其二,与六步格和五步格诗行构成的双行体有关,因而又称"挽歌双行体"(elegiac distich)(Nagy,2010:13)。由此可见,挽歌的定义反映了挽歌自古以来就有的两种主要功能:形式表达功能和情感表达功能。

　　诗歌形式具有表意功能,让诗歌借助特定格律实现从词语到最终形态的意义转化。挽歌双行体也不例外,它将自己的特质呈现给诗人,激发他们用这种不可替代的方式表达意义(Hurley,O'Neill,2012:3)。挽歌双行体第一行为六音步扬抑抑格,行间音顿将其分为不对称的两部分,第二行为五音步扬抑抑格,行间音顿将其分为对称的两部分。通常认为,挽歌双行体是英雄体(heroic meter)①的变体,即将第二行的六步格截去一步而成。奥维德形象地描绘了英雄体和挽歌双行体的关系:"武器和战争的暴行,我正准备先声夺人——用沉重的诗行,/诉说与这格律相宜的故事。/第二行本与第一行一样长——然而,据说是丘比特/笑着偷走了一步"。(Ovid,1914:319)霍普金斯认为:"诗歌的人为成分,或许应该说所有的机巧之物,都将自身限制进平行结构中。"(Hopkins,1959:84)挽歌双行体把原本气贯长虹的英雄体加以改造,不仅制造了行中对称,而且构成了以双行为单位的平行结构。

---

① 此处"英雄体"特指古希腊语和拉丁语诗歌中的扬抑抑格六音步诗行,是古典时期最高贵的诗体,是史诗传统中的经典诗体(Preminger,Brogan,1993:524)。

关于挽歌双行体的表达功能，学界已有共识。双行中的五音步诗行与相伴出现的六音步诗行相比，少一音步，形成诗行表意的迟滞，流畅性受到干扰，绕行间音顿前后对称的两个半扬抑抑格音步，构成行间回响，适于表达更加微妙、复杂的意义；随着挽歌体的发展，六音步诗行多用于判断或陈述，五音步诗行则用于意义的扩展、限定或延续；一组双行倾向于自成意义整体，不仅能更好地表现诗人的音韵技艺，而且更能满足应和唱答的需求。奥维德恰如其分地总结了两种诗行形式表达功能的区别："我的诗行六步格升，五步格降；/再见吧，钢铁的战争和格律。"（Ovid，1914：320）这一挽歌双行体中第一行陈述六音步和五音步诗行的强烈对比，描绘挽歌双行体的独特艺术魅力，第二行用顿呼释放强烈的矛盾情感。较之英雄体，挽歌双行体内反差强烈、外排比工整的形式特征人工痕迹更为明显，为表达细腻情感的爱情挽歌和田园挽歌提供了绝佳手段。

古罗马时期，贺拉斯历数各种诗体的表达功能，把挽歌双行体的功能限定为表达悲伤；虽然在现存的古希腊挽歌双行体作品中，大多数并非直接表达哀悼情感，但贺拉斯的界定大约"来自更古老、更纯粹的原始资料"（Sellar，2010：201-203）。这或可解释即便在以爱情为主题的罗马爱情挽歌中，也不乏哀伤之情；而挽歌双行体因其形式表达功能顺理成章地成为当时爱情表达的主要载体。

罗马爱情挽歌（Roman love elegy），又称"拉丁爱情挽歌"（Latin erotic elegy），是西方诗歌史上最有影响力的诗歌体裁之一。现存文本出自卡图卢斯、提布卢斯、苏尔比斯娅、普罗佩提乌斯和奥维德之手，悉用挽歌双行体写成，活跃于公元前一世纪的最后六七十年间。罗马爱情挽歌的一个突出特点是表达越界的爱情。如男性挽歌诗人或把传统上居于统治地位的男性变成女性的附庸，颠覆了社会权力秩序，或大肆描写甚至赞颂不合法的男女关系，危及男性财产权力（尤其对女性的所有权）；唯一有作品传世的女诗人苏尔比斯娅公开表达对心仪男子的爱慕，歌颂男女平等的价值，有悖当时女性的行为准则。爱情挽歌的反叛精神是悲剧式的，虽在内容和主题上远离挽歌的哀悼功能，但在气质上依旧哀婉，"多数爱情故事饱经磨难，或是结局悲惨"（Gold，2012：1）。爱情挽歌诗人明知自己作品中的爱情僭越社会主流意志，但仍放声歌唱不合法的爱情和两性关系，其悲怆的情感表达借力于挽歌双行体的形式表达功能。从体裁来说,挽歌是对以荷马、贺拉斯、维吉尔等人作品为代表的史诗的背离,无怪乎贺拉斯贬低挽歌的形式和内容,称其为"微不足道"(Sellar,2010:201)。史诗体是表达国家正道、神圣使命的体裁,使用挽歌双行体书写对正道和使命的颠覆则适得其所。正因其叛逆基因,爱情挽歌仅存数十年,就随着奥维德被奥古斯都大帝流放而逐渐消亡了。然而,挽歌的形式表达功能却汇入另一种变体——田园挽歌——继续流传下去。

虽因历史久远,资料缺失,尚无足够证据用以梳理罗马爱情挽歌与田园挽歌之间的接续关系,但若将两者的艺术特色稍做对比,不难看出彼此的影响和交融。古罗马挽歌诗人在挽歌双行体中为细腻的情感、热烈的激情和对愉悦的敏锐感受力找到了新鲜的、有活力的、理想的表现形式,对愉悦的敏感加上对艺术和自然之美的敏感唤醒了其对希腊早期神话和传说的兴趣,希腊神话造就的具有浪漫气质的神、半神、青年英雄和树林里、泉水旁的精灵或者凡身少女成为奥古斯都时代挽歌诗人钟爱的对象(Sellar,2010:218)。罗马爱情挽歌的自然倾向正是挽歌与田园的重要结合点。再则,田园文学鼻祖忒奥克里托斯的代表作《田园诗》(Idyll)中,牧羊人梅纳尔卡斯和达佛涅斯比赛歌唱,叫来第三个牧羊人做裁判,梅纳尔卡斯歌唱牧羊人的生活,达佛涅斯歌唱女子奈斯对自己的追求,裁判宣布达佛涅斯获胜,自此,达佛涅斯成了牧羊人的首领,并与奈斯结婚。值得注意的是,两个牧羊人都擅长吹奏管乐器和唱歌。据考证,"elegy"一词最早可能来源于亚美尼亚语中的elegn,意为"芦苇"。用芦苇做成的乐器叫"aulos"(双管乐器),正是挽歌的伴奏乐器(Gerber,1999:2-3)。此外,整个《田园诗》中,只有第八章梅纳尔卡斯和达佛涅斯对唱部分使用了挽歌双行体(33—60行),除第52行和53行之间遗失了达佛涅斯的一轮唱词外,每人每轮两个双行,结构工整,完美发挥挽歌双行体每个双行自成一体的形式功能,为后来田园挽歌中的唱和传统开辟了先河。对双管乐器和挽歌双行体的运用或许是为了在欢唱爱情的过程中预示达佛涅斯将死的悲伤。或可说忒奥克里托斯的《田园诗》正是对最古老的挽歌传统的继承和发扬:继承了哀悼的感情基调和表达形式,又用自由、纯真、美妙的田园元素缓解了哀伤的损害能力;同时,田园文学颂扬人与自然和谐关系的核心主题和以怀旧与回归为中枢的慰藉本能也与挽歌构成了天然的契合。忒奥克里托斯的这种风格在彼翁、摩斯科斯、维吉尔、斯宾塞、弥尔顿等诗人手中逐步发展成现代意义上的田园挽歌。从挽歌双行体到田园挽歌,原本依靠形式创造的对比和平行并存的张力逐渐内化为"自然与人为的互动"(Lambert,1970:12)。

挽歌的情感表达功能主要表现在哀悼死亡上。古希腊的守灵仪式中,作为哀悼之歌的挽歌既是表达情感的重要方式,也是让死者的灵魂和哀悼者的心理复归平静的重要手段。然而,从公元前六世纪起,希腊通过诸多法律限制葬礼仪式的规模,从祭奠用品的数量、葬礼举行的时间和队列行进的路线到哀悼人员的规模和资格都有细致入微的限定。这些法律的实施限制了哀悼仪式的存在,但反而说明此前哀悼之普遍和影响力之大。限制哀悼仪式的法律不仅是为制约以氏族为核心的富有家族的影响力、控制葬礼可能在民众中激起的危险情绪,更是为打压迷信思想,以达到宣扬英雄崇拜、凸显城邦地位的目的。此外,随着拜占庭势力衰微和基督教兴起,过度任性的哀悼被视为异教的表现,不仅是社会隐患,而且危及教会地位的巩固(Alexiou,2002:4-35)。然而,葬礼不可避免,哀悼并未消失,社会对悼念仪式的压制促使了哀悼的形式从口头向书面演变。

希腊语中与哀歌相关的词汇的演化很好地展示了哀悼的形式演变的过程。由于哀歌中主歌部分倾向于由专业歌者演唱,随着人们对歌唱者专业化程度要求的提高,其内容和形式的程式化程度也越来越高,且逐渐被文字记载下来,成为古希腊时期墓志铭的主要内容;而和歌因其随意和即兴的特点逐渐被淡忘,但它所表达的"哭泣"的意思在《荷马史诗》中保留下来。从古典时期起,出现了将表达哀歌的"唱"与"和"两部分的词汇看作同义词的倾向。墓志铭和挽歌逐渐在社会和文学活动中获得清晰的身份,模糊了哀歌中领唱和伴唱的区别,强化了领唱中原有的纪念和赞颂成分,弱化了伴唱中随意的、个性化的哀哭成分(Alexiou,2002:103-108)。然而,面对死亡的发生和存在,人们表达情感的需求没有变,运用仪式规训强烈情感的诉求仍然存在,只不过逐渐脱离死亡现场,向文字语境靠拢。这种与葬礼和哀悼仪式的密切关系成了葬礼挽歌的核心特征。

挽歌的仪式功能既有助于表达情感,又限制情感的过度宣泄,从而制造慰藉。人类为把死亡这残酷的事实和自己最终的归宿变得不那么可怕,借助挽歌的仪式功能慰藉痛苦、回归正常的心理状态,通常在挽歌中采用两种表现手法:其一,歌颂死者生前的美德以及这种美德将死者永驻于后人记忆的能力;其二,描绘死后归宿的美妙以及这美妙的归宿中死者幸福的存在状态。乔治·帕特纳姆早在16世纪就指出,缓解或消除由死亡和葬礼导致的悲伤是高尚的诗人应有的艺术追求,达到用"短暂的悲伤治愈长期的剧烈悲恸"的目的,他还认为诗歌形式的哀悼是悼念死者仪式活动的一部分(Puttenham,2007:136-137)。彼得·萨克斯说:"挽歌作为哀悼和慰藉的诗歌,植根于强大的仪式和典礼母体中,因此,应该认识到,许多挽歌传统不仅有引人注意的美学形式,而且是特定社会和心理活动的文学表达。"(Sacks,1985:1-2)凯文·杨认为:"公开哀悼的仪式特征通常能将我们从过于强烈的情感中挽救回来。"(Young,2010:xvi)

挽歌的仪式功能是指挽歌为死者送葬、慰藉生者伤痛的功能,主要表现为诗人用挽歌向死者道别、回忆死者生前音容笑貌、想象死者归宿、记述死亡历程、观察死亡状态、描绘葬礼流程、与死者对话等。总的说来,挽歌体现了诗人对死者的某种情感和应对死亡的心理过程,具有将死亡对精神层面的刺激固化为文本,再通过文本实现精神诉求的仪式功能。如果说葬礼是向遗体告别、实际埋葬死者的仪式,那么挽歌可谓向死者灵魂告别、反复埋葬关于死者的记忆的仪式。前者从身体和空间上安置死者的遗体,后者则从情感和心理上处理死者留给后人的记忆。前者是短暂的或瞬时的,因为从遗体被掩埋或火化那一刻起,死者的物理存在即告终结;后者则是长久的,甚至可以说是永恒的,因为对死者的记忆很难磨灭[①],在心灵空间埋葬和悼念死者的诉求永远存在,而挽歌恰能反复唤起、反复埋葬死者的灵魂,既避免将死者冷落于记忆的角落产生的愧疚感,又能在生者与死者灵魂的共存中获得精神的安宁。

从挽歌的起源、发展可以看出,抒发情感、慰藉伤痛是其主要功能。英语挽

---

① 弗洛伊德认为,生者对死者的哀悼和对死亡事实的接受是个漫长的过程。(Freud,1975:244-245)

歌也不例外。据《牛津英语词典》考证，"elegy"一词最早在16世纪初进入英语，直到1个世纪之后，邓恩和弥尔顿给予了它极大的生命活力，它才具有了作为一种英语诗歌体裁的基本含义。或许正因为死亡充满神秘，人们对此秘境不懈探索，应对死亡的诉求一如既往，英语挽歌才一直被创作、被关注。直到今天，英语挽歌仍然大量出现，有哀悼对象明确的应景之作，也有探讨死生意义、充满哀婉气质的作品。因此，在英语世界，一说到挽歌，必然想到的是死亡、哀悼和慰藉。

当然，和所有其他文学体裁一样，每个时代的挽歌也必然深受其时代精神影响，从而呈现出不同的特征。纵观英语文学史，每当重要作家去世或大规模死亡集中出现时，都会强烈冲击人类对死亡的传统态度和旧有的哀悼方式，从而激发出新的挽歌作品。就英语世界来说，大多数英语挽歌名篇都与重大的死亡事件相关。斯宾塞为哀悼西德尼之死而作《牧人月历》（*The Shepherd's Calender*，1579）和《阿斯托菲》（"Astrophel"，1595），而且有意不同于西德尼的《阿尔卡迪亚》（*Arcadia*，1593），避免使用浓重的雕琢痕迹和忧郁气质，用替代品提供慰藉。17世纪初英国宗教教会专制独行，滥用霸权，发动内战，导致成千上万名平民死亡；英国瘟疫横行，哀鸿遍野；本·琼森去世，许多人哀叹诗歌已死。所有这些激发了弥尔顿创作《利西达斯》（"Lycidas"，1638），借哀悼好友爱德华·金之死，猛烈抨击了教会的独断跋扈，重振诗歌雄风，探索人通过艺术获得永生的可能性。与传统挽歌不同的是，《利西达斯》首次将宗教、政治等重大题材融入挽歌。雪莱为哀悼济慈之死而作《阿多尼斯》（"Adonais"，1821），自称其为"精心制作的艺术品，或许比我写作的任何作品都用心良苦"（Shelley，*Letters*，294）。在哀悼济慈的过程中，雪莱质疑哭泣等传统哀悼方式的有效性，赋予挽歌中常见的神话人物新意义，并借助"时间"等新角色的口吻表达哀思。维多利亚时代见证了科学的飞速发展和宗教的没落，借哀悼好友哈勒姆之机，丁尼生在《悼念》（*In Memoriam*，1850）中质疑了宗教，认为宗教再也无法支持浪漫派所依赖的理想的个体和灵魂，既然人的本质各异，世界不过是经验的存在，那么宗教的慰藉能力就大打折扣。第一次世界大战是人类历史上最惨烈的战争之一，许多新式武器相继亮相，造成的死亡规模史无前例。英语挽歌中的哀悼模式也发生了巨大变化，例如华莱士·史蒂文斯的《一个士兵的死亡》("The Death of a Soldier", 1918)和T. S. 艾略特的《荒原》(*The Waste Land*, 1922)等挽歌作品都一反过往挽歌对死亡的温柔粉饰,坦率地直面死亡,冷酷地将尸体放在醒目位置,好不避讳地呈现死亡状态。从英语挽歌的发展趋势来看,哀悼者和死者之间的距离越来越近,植物之神、宗教神话、浪漫情怀等传统哀婉元素的缓冲能力逐渐式微。然而,在对待身体、伦理和自然的态度上,第一次世界大战激发的英语挽歌和战前的英语挽歌一样,仍然需要借助传统哀悼范式的抽象来与死亡保持一定距离,用虚幻的重生希望疏离死亡,无法完全投入对死亡的切身体验。因此,相对于"二战"之后的挽歌来说,上述挽歌可笼统称为"传统挽歌"。

"二战"之后三四十年活跃在诗坛的英语诗人见证了一个充满矛盾、变化多端的时代,这个时代在"二战"大规模死亡、大屠杀、核弹爆炸等事件之后,和冷战、越南战争相伴而生。就战后美国诗人来说,死亡不再仅是引人注目的个人得失,而是一种更广泛的丧失,"一种确定性和信念的丧失,可谓根本性丧失"(Watkin, 2009:1017)。难怪萨克斯在1985年声称,他那个时期的美国诗歌构成了"一个独特的挽歌时代",因为"每年都有大量挽歌发表在书刊上"(Sacks, 1985: 325)。这时的死亡规模巨大、范围空前,但同时又被视而不见,尤其在现代医学体系囚禁死亡和丧葬体系剥削死亡的情况下,死亡变得越来越非个人化。战后美国努力构造循规蹈矩的社会,但却在战后美国诗人那里,尤其是他们的挽歌那里,激起了反感,甚至遭遇了抵制。

战后美国诗人反抗社会条条框框,揭露社会弊病,在挽歌中表现得尤为充分。其原因不仅是他们迫切渴望反思"二战"的大规模死亡,而且是对死亡的思考和对新诗歌艺术的追求之间具有密切的关系。诚然,不论何时何地,死亡和哀悼都普遍存在,但死亡的种类和哀悼背后的哲学有别。如果战后美国诗人反对社会的规训和压制是激发新诗歌艺术的动力,那么一个重要成果就是美国现代挽歌。美国现代挽歌与传统挽歌迥异,因此特拉维萨诺称之为超越了现代主义的"后现代挽歌"①（Travisano，1999：235）。它们因循后现代主义数条线索中的一条，探索"人类个体化自我的变化无常和错位"，反抗诗歌理论的约束，让所用的诗歌艺术完全来源于当下所写的这首诗，以便"应对事物本身"，喜欢充满"日常生活的超现实"的微小叙事，而不是宏大叙事。（Travisano，1999：9，4-5）特拉维萨诺对美国现代挽歌特征的描述触及了其中的现象学精神。

现代挽歌能否像传统挽歌那样提供慰藉是当下挽歌研究的焦点，而现象学视域则可以很好地解决这一争论。许多研究者认识到现代挽歌不同于传统挽歌，一些研究者甚至称现代挽歌为"反挽歌"，但两者之间的分水岭的位置常常引发争议。拉马扎尼和吉尔伯特认为转折点在第一次世界大战期间（Ramazani，1994：10-11；Gilbert，1999：183），而斯帕戈和张海霞认为转折点在20世纪中期（Spargo，2010：415；张海霞，2015：111）。斯帕戈指出，"与其说反挽歌是一种新的诗歌形式，或与传统挽歌的决裂，不如说它是哀婉诗歌中的一种倾向：让当代哀悼者在过往的文化和诗歌传统中反抗慰藉，这种倾向在20世纪中期达到鼎盛"（Spargo，2010：415）。斯帕戈认为所有哀婉诗歌中都有反挽歌倾向，表现了他在分类标准上的模棱两可。古村敏明的研究使现代挽歌和传统挽歌的区分更加捉摸不定。他在传统挽歌中发现了大量反挽歌的成分，以至于让他自己的分类有些左右摇摆："反挽歌在20世纪变得十分引人注目，但反挽歌倾向并非新鲜事物……现代反挽歌发展、凸显了传统挽歌中的一种特殊潜流。"（Komura，2011：9-10）特威迪的挽歌研究则完全跳出了这一争论。他认为，虽然"田园挽歌形式在战争中受创，但正如自然、国际关系能够恢复一样，挽歌形式也能够回归它的慰藉能力，并继续提供契机来修复自然与人类本性、死亡与悲伤之间的关系"（Twiddy，2012：12）。他断言："挽歌诗人已经尝试用各种方法揭示死亡和悲伤的意义，不论他们的努力是否成功……不论一个人死于年迈还是大屠杀，诗人都一样感受到一种应对死亡的必要性，否则就不会有挽歌出现。"（Twiddy，2012：7）

---

① 特拉维萨诺定义的"后现代挽歌"是相对于现代主义诗歌潮流而言的，与本书所说的"现代挽歌"的含义大致相同。本书选择使用"现代挽歌"而非"后现代挽歌"，是为了突出前者与"传统挽歌"的区别，且避免"后现代"一词飘忽不定、不断膨胀的内涵。

上述争论的核心是现代挽歌能否提供慰藉。除特威迪之外，大多数研究者认为现代挽歌拒绝补偿性替代机制，因此不能提供慰藉。他们都因循了萨克斯对传统挽歌的心理分析研究铺设的道路。萨克斯借助弗洛伊德的成功哀悼理论得出结论：拒绝慰藉、偏爱抑郁的挽歌是不成功的挽歌（Sacks，1985：19）。然而，弗洛伊德明确表示，人们不会心甘情愿放弃对死者的迷恋，即便死者的"替代品已经在向他们招手"（Freud，1995：3042）。此外，弗洛伊德后来承认，"虽然我们知道丧失之后强烈的哀悼会趋于和缓，但我们知道我们永远不会处于不可慰藉的状态，也永远不会找到替代品"（Freud，1960：386）。正如弗洛伊德所说，慰藉总会到来，即便替代品可能无法获得，哀悼也总是与慰藉相伴。因此，即便挽歌接受替代机制、放弃死者，它仍然是在哀悼，在寻找慰藉。挽歌中的哀悼永远存在。

当然，这些学者区分现代挽歌和传统挽歌的行为本身并没有错，挽歌也并非在其漫长的发展史中一成不变。而是说，当视角发生变化时，视域有增有减。心理分析的视角在揭示哀悼过程方面具有重要意义，但它不可避免地带有规定性的特点，且无法考察挽歌哀悼特征的历史层次，因此限制了观照挽歌的视域，不利于获得全面的图景。相反，当视角少些心理分析的因素，多些现象学的精神时，现代挽歌研究就会少些僵化，多些灵活性，少些规定性，多些描述性。斯帕戈和特威迪的研究就具有这种特征。在论述反挽歌对"日常节奏"的偏爱时，斯帕戈触及了其中的生活世界现象学精神，"通过揭示纪念历史中的危机，反挽歌坚持悲伤的难以摆脱的现在时态，向我们呈现了我们怀念或遗忘死者的决心以及这种决心的偶然性，描述了纪念的机制，它遵循日常节奏，反对神秘的、僵化的、体制化的形式"（Spargo，2010：417）。强调纪念的在场和日常化具有现象学的直观精神。同样，对特拉维萨诺来说，美国现代挽歌反对"西方思想中所有抽象的、凝滞的、理性主义的、形而上的方面"（Travisano，1999：172），与现象学"回到事物本身"的宣言遥相呼应，而事物本身恰恰构造了生活世界。对弗洛伊德和挽歌研究者来说，成功哀悼这种规定性预设导致了关于挽歌哀悼能力的争论，模糊了现代挽歌新的艺术特色。支撑现代挽歌的艺术转向的是摆脱现代主义的渴望，循规蹈矩的时代精神下战后美国诗人对切身生活体验的追求，以及20世纪中期西方哲学思想的影响,所有这些因素都鼓励战后美国诗人从规定性的理论抽象转向生活世界。

上述关于现代挽歌慰藉能力的讨论旨在展示现象学视域在现代挽歌研究中的魅力。虽然有些研究者已经意识到了战后美国诗人的现象学精神,还有些研究者在他们的研究视角中触及了现象学,但仅有个别研究者注意到了美国现代挽歌中的现象学精神,更没有著述集中考量美国现代挽歌中的现象学精神如何让其有别于传统挽歌。因此,笔者试图集中考查美国现代挽歌在书写身体、他者和自然时所表现出的现象学精神,揭示它们如何在生活世界中哀悼死亡,弥合主客二分的鸿沟,放弃理论抽象,拥抱生活体验。本书既梳理美国现代挽歌的后现代艺术的现象学支撑,也评价对弱者、他者和身处危机者的共情所具有的艺术和社会意义,因为现象学和美国现代挽歌都植根于共同的土壤:两次世界大战中的大量死亡,核弹灭绝人类的威胁,科学自然主义,理论抽象,等等。因此,本书不是对某些诗人诗作的全面研究,而是对战后美国诗人的挽歌作品的阐释性解读,以期发掘其中的现象学精神。

第二节　本书的研究对象、意义和方法

为探究美国现代挽歌所表现出的现象学精神,展现其对生活世界体验的关注和对理论抽象的拒斥,由此评判其通过悲悼死亡来共情弱者、他者、身处危机者这一主题特色所具有的艺术和社会意义,本书将详细讨论12位战后美国诗人的60余首挽歌,这些挽歌首次发表的年代大致集中在"二战"后的30年间,如图1所示。

为了阐明美国现代挽歌如何用人本的艺术和生活体验与现象学在生活世界层面产生应和,本书对比美国现代挽歌与传统挽歌,从哀悼自我之死、家庭之死、自然之死三方面展示两者的不同之处:(1)美国现代自我挽歌充满了哀悼自我死亡的悖论,思考在摒弃了物质主义和观念主义身体观的前提下超越死亡的可能性;(2)美国现代家庭挽歌对死去的家庭和诗界前辈采取讽刺、谴责、暴力的拒绝态度,而对死去的诗界同辈采取复杂的认同态度;(3)美国现代田园挽歌将注意

力从田园中占据统治地位的人类之死转移到影响巨大的自然之死本身上来。总之,美国现代挽歌的现象学精神建基于诗人对死亡的生活世界体验,以及对战后美国的各种危机的体察和反思之上。

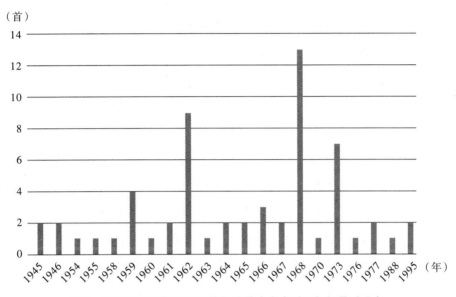

（首）

图1 本书所涉及的美国现代挽歌首次发表时间与数量对照表

美国现代挽歌认真反思"二战"造成的死亡,以及核战争危机引发的人类灭绝的可能性,而当下关于挽歌的对话交流则与全球政治、经济、战争、传染病等不稳定因素密切相关。国际局势的动荡必然导致国际冲突和生命的丧失。在所有的文学样式中,挽歌与死亡的关系最密切。战后美国诗人创作的挽歌表达了对生命、死亡、哀悼的现象学态度。笔者希望本书能够进一步揭示挽歌与社会的互动关系,借助现代挽歌呈现的体验和教训提醒人们对身处危机之人多一些同情,共同抵御更多灾难。

现有的对文学的现象学研究大多是以作者、读者的意识意向性作为研究对象(Halliburton,1973:21),而生活世界的概念却很少出现在文学研究中。生活世界概念被认为是胡塞尔后期哲学的重要突破,对其他现象学家具有重要影响,如海德格尔、梅洛-庞蒂、列维纳斯等。因此,本书期待以生活世界概念为核心扩展

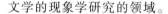

文学的现象学研究的领域。

生活世界概念是现象学的基本概念之一,对几乎所有现象学家都有深刻影响。"在胡塞尔、海德格尔……梅洛-庞蒂……相互之间差异显著的现象学家中,他们都一以贯之地对世界的概念展开论述,这一点令人惊奇";世界的概念被胡塞尔发展成为生活世界概念,"这一概念可谓这些哲学家之间最深刻的联系之所在"。(Welton,1997:736)因此,本书使用这一概念来证明美国现代挽歌对自我、生活体验和身处危机之人的关注是合理的,同时说明美国现代挽歌与传统挽歌的不同之处。对胡塞尔来说,生活世界不仅是背景,而且是语境。作为背景,它是多重视域的交汇处,这些视域是"我们的身体与事物之间密布的感觉集合体";作为语境,它"可被描述为社会构造的、刻写的意义的母体"。(Welton,1997:739)海德格尔拒绝生活世界背景说,进一步发展了生活世界语境说,他认为事物是此在的上手之物,因此"我们对自己的基本感觉不是像主体对事物的认知那样,而是像一个密切参与的媒介与事物融合得不分彼此,在他的所作所为中发现他之所是"(Welton,1997:739)。然而,梅洛-庞蒂认为海德格尔的此在丧失了"真实于我们的存在独特的具体性,而他本身的事实性观念恰恰需要这种具体性",对此,"梅洛-庞蒂的解决方案是不仅要将主体定义为入世的存在,而且要引入生活化的身体、实体存在的概念,以此作为存在的主要模式"。(Welton,1997:741)为了填补个人意识主体化领域之间的缝隙,胡塞尔勾画了"交互主体性理论,这一理论将跨越自我与他者意识鸿沟的起点放置在对孤立的主体的直观体验和共情的概念上"(Welton,1997:741)。列维纳斯将自我与他者的共存理论进一步发展成了他者伦理。对他来说,"我的在世存在"是"对属于他者的空间的侵占,我已经对他者进行了压制和剥削,或将其驱赶到了第三个世界";这是"憎恶、排挤、驱逐、杀戮的行为"。(Levinas,1989:82)如果没有对他者在伦理上的谨慎和负责,在世存在的"形象是对整个地球的侵占的开始"(Levinas,1989:82)。这一潜在趋势在世界范围内的生态危机中显现出来。对生态现象学家来说,这种危机只有在对"生活世界化自然"的构造和重构中才能解决,所谓生活世界化自然是"我们在理论抽象之前体验到的自然"(Brown,2003:6)。这些现象学家从不同角度和层面对生活世界概念进行持续发展,好比对生活世界丧失的持续、反复哀悼,这种丧失则是由社会、科技的危机造成的,这些危机表现为对待身体、他者和自然的抽象态度。因此,解决危机也当相应取道身体主体、他者伦理和生活世界化的自然三条进路,而这三条进路也恰是贯穿生活世界现象学的三大主题。

虽然生活世界的概念从背景转变为语境,从意义的母体转变为生活化的身体,从孤立主体转变为伦理关系,但这些现象学家的目的是寻找比意识领域的思维活动或结构特征更深刻的根基,这一根基存在于身体与他者的伦理关系和自然之中,他们的重心在于揭示生活于世界之中、生活之中的世界——生活世界——的奠基地位。

简单来说,生活世界是指理论抽象之前知觉到的世界,充满了对事物的日常体验。它是现象学的起点,也是美国现代挽歌关注的焦点。韦尔顿很好地将现象学、视域和生活世界串联在一起,展示了生活世界概念在现象学中的重要性,"对事物的日常生活体验是现象学的起点,即胡塞尔所说的表象。然而表象十分复杂。体验的对象总是通过多重的被给予模式呈现,每种模式都构成对象的一种侧显……侧显也是视角……在特定的情境下对侧显和对象的体验通过以下方式被人知觉:人们总是在其与当下关注的侧显的关系中对将要到来的侧显有所期待和预设。侧显的含义指向或指示其他侧显,于是我们发现事物处于一种拥有多重表象可能性的场域中,即一种确定的视域……在不同的暗示中,这些视域也和其他视域相互关联。这些相互关联的视域的结点构成了世界。用胡塞尔的术语来说,世界是所有视域的视域……世界可以被理解为生活世界"(Welton,2001:331-332)。战后美国诗人的生活世界是美国现代挽歌的所有侧显可能性的视域。在传统挽歌中,死亡是分割生活世界与彼岸世界的分界线,horizon(视域)的词根是希腊语中的 horos,具有 boundary(分界线)的含义,而在美国现代挽歌中,死亡不再意味着绝对的阴阳两隔,生活世界的视域"不是绝对的边界,而是和人一起移动,邀请人向更远处前进"(转引自 Mora,Cohen,2012:149)。因此,本书所用的"视域"一词具有如下内涵:在战后美国诗人的个人体验中,生活世界的边界不甚明晰,而且尽可能地向死亡的边缘移动。

在现象学视域下研究美国现代挽歌具有诸多优越性。比如,现代挽歌能否提供慰藉之争迎刃而解。有些学者认为,现代挽歌具有反慰藉倾向,这不过是僵死的、刻板的观念的产物,例如前文提到的对弗洛伊德的成功哀悼理论的误读。在几乎所有这类研究中,都隐含着一种理论预设,即补偿式的成功哀悼与抑郁式哀悼的对立。就这一点而言,两个著名的例子就能说明问题。萨克斯称其挽歌研究的目的是探究"挽歌的传统模式和形象如何与丧失的体验和对慰藉的追求相关联"(Sacks,1985:1),但他所做的是证实他用弗洛伊德主义构建的理论框架的有效性,而非从挽歌中表达的对丧失的真实体验出发,也就是说他的研究是演绎性的,而非归纳性的。拉马扎尼认为20世纪见证了工业化的战争导致大规模死亡,宗教仪式的退化造成慰藉的匮乏,因此出现了哀悼死亡的强烈需求。然而他声称,现代挽歌与传统挽歌相比,具有"更多愤怒和怀疑,更多冲突和焦虑"(Ramazani,1994:1),因此在现代挽歌中,我们"不是获得而是抵制慰藉,不是压抑而是保持愤怒,不是让丧失的创伤愈合,而是让它重新绽裂"(Ramazani,1994:xi)。于是,现代挽歌无法满足现代社会对慰藉的需求。萨克斯对抑郁式挽歌中失败的哀悼表示不满,拉马扎尼对反挽歌的慰藉能力的态度左右摇摆,这都是因为他们的观点建基于一种先入为主的观念,即现代挽歌应该却不能提供慰藉。然而,如果在生活世界的视域中来进行观照,就能发现慰藉存在于所有挽歌中。与传统挽歌的完结感相比,现代挽歌偏爱持续哀悼,但这是新的视域下的新侧显。因此,当我们把这种新特点看作战后美国文化的普遍追求时,现代挽歌对生者和死者的持续言说就不仅符合伦理,而且充满慰藉。

上述争论的本质是理论抽象与生活体验之间的差异,解决争论的方法说明了现象学视域在反思理论抽象、强调生活世界体验上的重要性。理论抽象导致主客二分,而生活世界体验决定了现象学视角反对二分,把主客看作意向性不可分割的两个方面。生活世界现象学用本原的印象来体察客体,充实空虚意向,印象和意向在知觉体验中相互交织。印象的本原和充实的方式,如身体的超越性、对他者的共情和与自然初次遭遇之感,是所有人类行为的基石。萨克斯和拉马扎尼之所以对现代挽歌怀有偏见,是因为他们对慰藉的理论抽象的坚持,用补偿性替代替换了哀悼死者的生活世界体验,没有用生活世界体验充实潜在意向。如果奠基于本原的潜在意向不能得到充实,那么现代挽歌会受困于社会和历史对慰藉的紧迫需求与表面上慰藉能力的缺失之间的矛盾。现象学视域则有助于解决这一困境。当然,慰藉广泛存在于所有挽歌并非意味着美国现代挽歌和传统挽歌没有区别。美国现代挽歌对生活世界体验的体察让其有别于传统挽歌,而关于现代挽歌起点的争论则可以在现象学视域和美国现代挽歌的应和中得到解决。本书尝试以生活世界观念为线索,穿起战后美国诗人对身体、他者和自然的体验,阐释自我挽歌中的身体超越性、家庭挽歌中的他者伦理,以及田园挽歌对生活世界化自然的构建。

第二章 美国现代挽歌与现象学

战后美国诗人普遍不满足于浪漫主义和现代主义的艺术表现手法,渴望开创一种后现代的文学呈现方式。他们致力于探索生活世界中"事物的朴素本质"(Meredith,1997:172),反对理论抽象的知觉方式将世界描述为疏远的、陌生化的世界。面对大规模死亡造成的精神危机,传统挽歌浪漫主义或自然主义的应对方式显得难以令人信服,而美国现代挽歌在哀悼过程中坚守直面死亡的勇气,用现象学精神探索死亡的存在方式和意义。

艺术作品通过选择合适的主题来反映现实,而表现主题的方式更为重要。"死亡"一直是诗人偏爱的主题,围绕这一主题产生的表现方式层出不穷,为诗人提供了表达个人思想、强烈情感和深邃哲思的途径。许多与死亡相关的问题随之而来:死者去了哪里? 生者与死者之间具有怎样的伦理关系? 若自然世界有朝一日被完全毁坏,世界将是什么样子? 反思这些问题的不同路径创造了多种挽歌,如自我挽歌、家庭挽歌、田园挽歌等。这些挽歌虽然表现死亡的侧重点各有不同,但都可以追溯到古希腊文学中。忒奥克里托斯的《田园诗》习惯上被视为田园文学和田园挽歌的滥觞,与死亡相关的三个问题在其中也有影影绰绰的答案。悠久的挽歌传统来到英语世界后,发展成了斯宾塞的《十一月》("November",1579)、多恩的《周年纪念》(*Anniversaries*,1612)、弥尔顿的《利西达斯》、蒲柏的《怀念不幸女士的挽歌》("Elegy on the Memory of an Unfortunate Lady",1717)等作品。所有这些挽歌都哀悼死亡,表达丧失之感,但表达悲伤和哀悼的方式各有不同。其相似之处确证了西方文学悠久的挽歌传统,而不同之处则说明不同时代、宗教、文化、哲学对待生命和死亡的态度各有不同。因此,所有挽歌都是在其历史语境中对现实的呈现,其呈现的方式则来源于挽歌诗人偏爱的某些观念。挽歌背后的观念不仅是解读作品和作者的钥匙,也是理解其时代特征的独特视角。

于是,战后美国诗人的挽歌,尤其是他们反映现实的独特方式,为观照战后美国文化和文学面貌提供了独特的视角。虽然不同诗人的挽歌在情感和技巧上各有不同,但死亡造成了现实的和隐喻的剧变,需要重复和继承来创造慰藉,从而要求挽歌使用人们熟知的大量传统哀婉元素来哀悼死者。战后美国诗人的挽歌继承了这些元素,但他们组织这些元素的方式显著有别于挽歌传统,说明他们更多地关注对死亡的生活世界体验,而非宗教或道德对死亡的规训。通过对比阅读狄金森的《因为我无法为死亡停步——》("Because I Could Not Stop for Death—", 1863)(Dickinson, 1960:350)和塞克斯顿的《非洲某处》("Somewhere in Africa", 1962)(Sexton, 1999:106-107),能够初步窥探挽歌传统和战后美国诗人的挽歌处理传统哀婉元素的不同之处。这两首挽歌都将死亡拟人化,想象死亡的真实面貌。死亡在狄金森笔下化身为男性,在塞克斯顿笔下则表现为女性。这两首诗中,死者都追随死亡去旅行:狄金森将目的地称为"永恒",塞克斯顿将目的地描述为一条或许在"非洲某处"的"河流"。狄金森笔下的死亡好似上帝,心地善良,温文尔雅。死者和死亡坐在马车里,他们的伴当是"永生"。死者从马车里看到的是"劳动""娱乐""学校""孩子们""操场""田地里凝视的稻谷""西斜的太阳"等诸如此类死者生命中最可爱的事物。所有这些都已经成了过去,在死亡中被放弃,意思是说,死亡让死者为了永生而放弃所有现世的事物。塞克斯顿的诗歌中,第一、二诗节有意削弱传统宗教对死亡的理解。这里,神圣的死亡仍然以男性形象出现:"他的臂膀/环绕布道坛,让你怯懦,没有真实的年龄,//被信仰掩盖,如夸夸其谈的传道士一样枯燥无味!"在这样一位神圣死亡的影响下,死者"已经迷失了"。第三诗节批评崇尚科学精神的现代医学:死者"被科学抛弃,癌症在你的嗓子里盛开"。不论是传统的上帝还是现代医学都没有拯救死者,所

以诗人猜想,是否会有一个别样的上帝来扭转大局。于是,死亡变成了女性:

> 让这儿来一位女性上帝,她会把你放在
> 她浅浅的船上,这位上帝上身赤裸,
> 因棕榈油和汗水变得湿漉漉,她有某种美德
> 还有狂野的乳房,她四肢完美,没有伤痕,纯洁无瑕。

对这位女性死神的描写不乏情欲暗示,却因此显得少了抽象和枯燥,多了现世色彩和感官触动,比前文的男性死神更富吸引力。同样,这首诗对人类死后情景的展望不像狄金森的诗歌那样是抽象、枯燥的永生,而是充满了惬意和欢乐:死者"躺在她的怀抱中/与象牙、干椰肉和黄金一起顺流而下"。通过对比,我们发现,美国现代挽歌和传统挽歌有许多相似的元素,但却更依赖事物和对事物的生活世界体验来构建哀悼死者的视域。

第一节　战后美国诗人与美国现代挽歌

在详细讨论战后美国诗人及其美国现代挽歌的艺术特色之前,需要明确战后美国诗人的定义。战后美国诗人这一群体并没有概念清晰的边界,他们不是同龄人,也没有形成旗帜鲜明的诗歌流派,但他们都深刻感受到,曾经在美国诗坛占据统治地位的现代主义和仍然如火如荼的新批评不再适于表达"二战"后美国的社会、文化、政治、生态,都迫切希望冲破正统技艺和宏大叙事的桎梏,一定程度上开创了后现代主义文风,却又没有一头扎进戏仿、语言、杂糅等后现代主义技法。有学者为了论说方便,把战后美国诗人称为"中间代诗人"(the Middle Generation),特指20世纪中期活跃在美国文坛上的诗人,但其内涵和外延却难以让人一目了然,就连这个名称最突出的时代特征也无法准确呈现,因此本书选择使用战后美国诗人来概括美国现代挽歌的创作者。

从现有的战后美国诗人研究来看:罗斯克(Theodore Roethke,1908—1963)、

毕肖普（Elizabeth Bishop，1911—1979）、贾雷尔（Randall Jarrell，1914—1965）、贝里曼（John Berryman，1914—1972）、洛威尔（Robert Lowell，1917—1977）、塞克斯顿（Anne Sexton，1928—1974）和普拉斯（Sylvia Plath，1932—1963）出现频率最高，因此可以看作战后美国诗人中的核心成员；梅瑞狄斯（William Meredith，1919—2007）、迪基（James Dickey，1923—1997）和梅里尔（James Merrill，1926—1995）出现次数较少，用他们的艺术特色丰富了战后美国诗歌的艺术图景；默温（W. S. Merwin，1927—2019）和赖特（James Wright，1927—1980）从未出现过，但他们诗歌艺术成型的时间、对生活世界体验的关注和诗歌中的哀婉气质（至少在其诗歌生涯早期）都彰显了他们作为战后美国诗人的气质。总体来看，上述12位诗人有如下共同点：（1）从时间上看，这些诗人的诗歌生涯成熟于20世纪中间年代，大体在"二战"结束后的30年间；（2）从历史语境上看，他们都深受"二战"和冷战的影响；（3）从诗歌主题上看，死亡经常出现在他们笔端，构成了他们诗歌的哀婉基调；（4）从诗歌技巧上看，他们拒绝理论抽象，拥抱生活世界体验。总而言之，他们是美国诗人中最早一批明确表示拒绝浪漫主义和现代主义的诗人，尊重个人体验在理解生命和死亡中的重要性，开创后现代诗歌艺术，这些特点在他们的挽歌作品中有集中体现。

虽然战后美国诗人的作品各具特色，但他们相互之间关系密切。每当他们亲熟的前辈诗人去世，他们之中总有人站出来，因循职业挽歌传统，为死者哀悼。他们借此机会，点明战后美国诗人与前辈的不同之处，从而彰显其内部的密切关系。这些诗人中，贝里曼对诗歌代际差异尤其敏感。他在《从中间代和上一代说起》的文章中用"中间代"来指代罗斯克、洛威尔等诗人，用"上一代"来指代卡明斯和威廉斯。同样，在为史蒂文斯创作的挽歌《再见？史蒂文斯》（Berryman，1969：238）中，贝里曼把战后美国诗人和上一代诗人放在一起对比，来说明前者在后现代艺术上的一致性。在这首诗中，贝里曼赞扬了史蒂文斯，却也不乏揶揄。他把史蒂文斯比作"一只显赫的乌鸦"，"叫得很好""咕哝得很时髦""让亨利的脑力/相形见绌"。贝里曼选择聒噪、不祥的乌鸦作为喻体，是为了讽刺史蒂文斯代表的"文学英雄主义"（Ramazani，1990：8）。贝里曼用"奇怪的//……什么……什么……他怒放的艺术中不存在的东西"来表示自己很难理解史蒂文斯的诗歌话语,因此深受刺激,渴望表达"一种对抗性的咕哝"。贝里曼认为史蒂文斯诗歌的怪异和弱点来源于他心中缺失的某种东西,这种缺失导致他不能给别人造成伤害,即不能真正触动心弦。相反,只有贝里曼自己这类人才能够造成伤害,能够表达快乐世界的真实状态。贝里曼用"我们这类人"在他那一代诗人周围画了一条分界线,他们与众不同之处在于有能力表达一种与生活世界的痛苦和幸福直接的遭遇。战后美国诗人受够了史蒂文斯形而上学的诗风,这种诗风宏大、抽象、超越物理性质,与生活世界之间存在隔阂。史蒂文斯形而上学的抽象放弃了它在物理性质中的根基,包括在情感、伦理中的根基,因此具有典型的非个人化风格,既无法给别人造成伤害,也无法让人愉悦。为了谋求变化,战后美国诗人回归事物本身,以此为根基,断然放弃抽象和形而上学的光鲜亮丽和深刻,转而追求个人痛苦和愉快情感的广度:"他追求光鲜亮丽;/胜过我们;但不如我们宽广。"

　　战后美国诗人的挽歌不仅彰显其与前辈诗人的不同,还在哀悼同辈诗人之死中表达他们共性的体验。同辈诗人之死反复提醒生者生命短暂、脆弱,让其内部的凝聚显得尤为重要。洛威尔的《献给贝里曼》(Lowell,2007:737)明确指出:"其实我们有过共同的生活,/我们这一代人提供的/寻常的生活。"这首诗进一步解释这种普遍的生活给战后美国诗人什么样的感受:"'海牙'——每代美国人/都捎带着/给自己赞许。"《海牙》是一部电影的名字,讲述了"二战"临近结束时发生的故事:一艘潜艇载着一群纳粹和一些战俘,试图逃离日渐式微的德国,驶向南美。这首诗借用这个故事,暗示了战后美国诗人就像这潜艇中的俘虏,想要逃离,却进退维谷。本诗第一诗节接下来的几行进一步解释了他们的困境和困惑。作为学生,他们忍受了"灿若星河的伟大导师"的影响,这些导师包括弗罗斯特、庞德、艾略特、兰瑟姆等。然后,他们自己也在大学教授诗歌,他们的学生包括普拉斯、塞克斯顿、默温、赖特,这些师生一起构成了"我们50年代的团体"。"二战"结束后,冷战和核弹毁灭人类的危机随之而来。每一诗行都描绘了他们共同生活的一个侧面,这种生活导致了他们在文化和文学上的相互认同。第二诗节中,洛威尔描述了他认为或许可以让战后美国诗人走出困境的方法:"你是否醒来,像我一样头晕眼花,/在一只鞋里找到了你失落的眼镜?"由于对战后美国深感失望,他们深陷白日梦之中,但不论如何茫然,他们必须醒来,随后在一只鞋中找到了真实的、富有象征意义的眼镜。他们最终找到眼镜来看清世界,意味着获得了诗歌和心智上的突破。他们找到眼镜的地方似乎借用了"脚踏实地"这一成语,意思是说,把目光放在实实在在的地面上。从沉迷到清醒的过程照应了战后美国诗人的诗歌生涯的发展过程。几乎所有战后美国诗人都在20世纪50年代及之前深受他们的"伟大导师"的影响,随后才逐渐获得了他们自己的诗歌声音,所采用的方法恰是在鞋子中看世界,即行走在重视事物本身的生活世界中。

赫希认为以贾雷尔、毕肖普、洛威尔等诗人之间的亲密感同样适用于其他战后美国诗人:"有时候,我几乎把他们看作一个有机整体,一个生命力来自各个部分的实体,一个奥维德式的神话。他们中大多数都出生在20世纪20年代。他们起始于大萧条年代,在'二战'冲突激烈的那几年过后凝聚在一起,在40年代后期创造出了惊世骇俗的诗集……他们忍受了洛威尔所说的'静谧的50年代',他们的血液里流淌着美国的社会问题……1959年,洛威尔在写给贝里曼的信中说道:'几乎整个夏天我都在想念你,回忆我们如何穿越同样的困境,光顾世界的最底层。我想伸出一只手,告诉你我也去过那里,那里亮堂起来,生活游弋归来。'"(Hirsch,2003:19)他们享受彼此的陪伴,也对此有清晰的认识,于是他们的生命和诗歌创作都变成了"同一种技艺",即"丧失的技艺","生命和生命的记忆如此压缩/它们已经彼此转换"。(Bishop,2011:198,197)这些诗人不仅相互认同,而且为争夺更高超的诗艺相互比拼,如贝里曼就心怀焦虑地表达了对洛威尔的敬佩:"谁是第一? 谁是第一? 卡尔(洛威尔的昵称)是第一,对吗?"(转引自Haffenden,1983:319)塞克斯顿得知普拉斯自杀身亡之后,略带哀怨地对她说:"现在,西尔维娅,/又是你/再一次和死亡同在,/和我们的小伙/一起回家"(Sexton,1999:127)。如果说他们的亲密关系在一定程度上来自他们共同的历史和社会背景,以及他们相互的欣赏和影响,那么这是如何表现在他们的美国现代挽歌中的呢?

首先,战后美国诗人创作的美国现代挽歌遵循挽歌传统。英语挽歌中的哀婉传统可以追溯到古希腊哀歌,且在美国现代挽歌中仍然存在,确保了不论挽歌如何演变,仍旧是挽歌。我们判定美国现代挽歌为不成功、难以让人满意之时,需要小心谨慎,因为我们使用的判断原则可能有问题,或者讨论对象已经超出了挽歌范畴。其次,萨克斯在其《英语挽歌》的后记中简要讨论了美国挽歌与哀婉传统的关系及其与英国挽歌的不同之处。最后,他以美国现代诗歌中挽歌数量总结道:"任何当代美国诗歌的读者都会惊奇地发现,每年发行的书和杂志中有着大量挽歌。还有更多诗歌虽然不是挽歌,但倾向于表达、应对总体上的丧失和悲伤之感。这些诗歌放在一起记述了一个典型的挽歌时代。"(Sacks,1985:325)

关于美国现代挽歌品质的争论从另一个方面证明了挽歌这一文类在战后美国诗人意识中的统治地位,以及为解决争论而将这些挽歌放置在哀悼者生活世界视域下的重要性。萨克斯对这些挽歌的品质不甚满意:"通常,这些诗歌的关注点太狭隘,表达悲伤太个人化,使用的轶事、描述和回忆太怪异。虽然感情十分强烈,但这些诗歌没有将它们个别的世界与普遍的世界和广泛的指涉结构关联起来。它们涉及的主题和哀悼元素难以辨认,也没有使用与哀悼相关的神话和仪式。"(Sacks,1985:326)萨克斯认为这些挽歌不够成功,因为"我们成功的挽歌应该最能够将具体情景的细节与挽歌的仪式和心理基础关联起来"(Sacks,1985:326)。这里的"基础"是他所说的洛威尔、贝里曼、梅里尔等人所做的挽歌中的"仪式传承""古代哀婉神话"和"植物之神"(Sacks,1985:326),即能够在传统挽歌中提供慰藉的哀婉传统。然而,那些所谓的不成功的挽歌的典型特征也普遍存在于这几位诗人的挽歌中,因为他们也使用大量个人体验作为创作素材。因此,导致萨克斯自相矛盾的原因不是"当代挽歌中存在的问题",而是"判断个例时使用的标准"存在问题。(Sacks,1985:325-326)查尔迪所说的判断战后美国诗歌优劣的标准问题恰好可以反驳萨克斯对美国现代挽歌的责难,"不幸的是,诗歌读者在捕捉这种诗歌的味道上比较迟缓"(Ciardi,1950:xiii),意思是说,读者使用的标准是陈旧的,没有与时俱进,没有同诗人一起站在战后美国语境下来品评这些诗歌。因此,不是美国现代挽歌不够成功,而是成功的挽歌的标准已经发生了变化。查尔迪认为,战后美国诗歌的典型特征是具有"完整的""交流过程"

（Ciardi，1950：xiv）。这一过程首先存在于特拉维萨诺所谓的美国现代挽歌的"过程诗学"（Travisano，1999：66）中。创作挽歌的过程与诗人生活世界体验的过程一致，需要读者多些耐心，追随体验的过程，而非固守规定性的哀婉传统来阅读美国现代挽歌，否则难免产生失望情绪。

特拉维萨诺称毕肖普、洛威尔、贾雷尔、贝里曼这4位战后美国诗人创作的挽歌为"后现代挽歌"，是对其过程诗学的一种概括。所谓过程诗学，即诗歌的展开不是依照僵化的规定性理论抽象来进行的，如萨克斯所说的成功的慰藉性哀悼。相反，这种诗歌书写采取"探索范式"，拥有"自我探索的驱动力"（Travisano，1999：66），拒绝情感上的决绝。特拉维萨诺指出，过程诗学"危险、痛苦、不确定"，因为它"探索自我分裂的个体生命中的危机时刻，这些个体在丧失创伤下挣扎着生存、恢复"。（Travisano，1999：66）用现象学话语来说，过程诗学承认：在知觉过程中，生活世界视域具有流动性，从而导致无穷无尽的潜在视域等待充实。此外，死亡和丧失的危机时刻尤其需要接近视域边缘来仔细体察，如此一来则会在生活世界的边缘创造出新的视域。因此，美国现代挽歌通常采用过程诗学，因为后现代死亡和哀悼会招致持续的痛苦和挣扎。在这种痛苦和挣扎中，自我倾向于退回过往的回忆，希望重新审视错误的根源，纠正错位，消除不确定性。但在这无尽的过程中，个性化的自我身份感受到被抹杀的威胁，导致了特拉维萨诺所说的"后现代世界的自我身份问题"（Travisano，1999：67）。没有什么比丧失自我身份更让人惧怕，尤其是在后现代世界，个性不仅仅受到死亡的威胁，而且也被专制的家庭、社会、文学总体乃至生态破坏压制。因此，在后现代世界的阴霾中，用过程诗学对个性的探索为自我身份提供了立足之处。战后美国诗人相互之间的交流为特拉维萨诺对过程诗学的价值的判断提供了根基，虽然这种诗学密切关注自我探索中的风险、痛苦、不确定和丧失，但他没有谴责其过于自我，而是尊称其为后现代诗歌艺术的起点，称战后美国诗人创作的挽歌为"后现代挽歌"，即本书所说的"美国现代挽歌"。特拉维萨诺采用了合适的标准来评判战后美国诗人，即他不是凌驾于这些诗人之上，用理论抽象来规训这些诗人，而是从诗人的相互交流中窥探其生活世界，对其表达了充分的理解和尊重。

通过对比叶芝和贾雷尔的挽歌,特拉维萨诺展示了美国现代挽歌和之前挽歌(统称"传统挽歌")的区别。特拉维萨诺借用拉马扎尼的悲剧英雄概念,断定叶芝"和尼采、海明威、史蒂文斯等作家一样,也用挽歌构建了文学英雄主义"(转引自 Travisano,1999:237),因而不同于美国现代挽歌。美国现代挽歌"与传统挽歌之间有着静默但决绝的割裂,后者在英语诗歌中流淌了数百年,且仍在叶芝重构的文学英雄主义中继续存在"(Travisano,1999:239)。相比之下,贾雷尔挽歌中的死者"遭遇死亡时流露出的不是一种悲剧的喜悦,而是一种困惑的脆弱,这种感觉生发于高科技武器和'国家'强加于其公民身上的饕餮欲求"(Travisano,1999:238)。文学英雄主义的喜悦虽然具有悲剧色彩,但仍然意味着死者的死亡具有目的和意义,但美国现代挽歌通常嘲弄其中的死亡,削弱其重要性,因为它看起来微不足道,但这种死亡在体察生命和死亡中却意蕴繁复、意义深远。为应对支离破碎的世界秩序,美国现代挽歌必然与萨克斯所说的"成功哀悼"决裂,呈现出符合战后世界秩序的新面貌:死后的精神永恒难以让人信服,而身体对死亡的超越在对自我死亡的预期中得到彰显;家庭成员之死首先被人们供奉上了道德高地,随后其中蕴含的压迫性的总体的浮夸被解构;自然的脆弱和自然彻底消亡可能造成的严重后果被深切哀悼。这3种哀悼对象都与个人身份问题相关,且都需借助自我的生活世界体验来得到恰当的关注。

总之,克利福德对普拉斯、塞克斯顿、贝里曼诗歌的评价适用于所有美国现代诗歌,它"激荡起罗伯特·洛威尔所说的'静谧的50年代'的平和的表象,老练地、富含哲思地探索美国人对死亡和自杀的态度……这个世纪,大规模死亡和暴行反复出现,这些诗人哀悼了死亡的非个人化特征"(Clifford,2004:199)。在此阴郁时代,挽歌传统表达的"平和的表象"和过程诗学呈现的"激荡"之间的张力决定了美国现代挽歌不同于传统挽歌。战后美国文化和历史背景是美国现代挽歌的生活世界,战后世界史无前例的死亡威胁则提供了这一生活世界中独特的视角,两者为美国现代挽歌与现象学精神的应和提供了肥沃的土壤。

第二节　美国现代挽歌与现象学——文化与哲学概观

战后美国诗人书写死亡和哀悼的方式与生活世界现象学的应和体现在多个层面。应和的根源首先要从文化和哲学角度来进行探讨,以便为挽歌文本分析打下基础。

从文化角度来看,战后美国充满了矛盾冲突。虚假和做作压制着真实体验:"流淌于这些分裂、隔离、缝隙之中的是一种虚假、欺诈、做作、伪造的感觉;一种伪造者的快感。从某些角度讲,这个时代本身就是个伪造品。它沉湎于拒斥。因此,美国20世纪50年代的名声惨遭扭曲:有更多宣扬复兴的神话,而抗拒体验中的真实。"(Hendin,2004:21)在20世纪50年代,现代主义文学在美国的文学版图和精神世界中仍然占据着统治地位,新批评的信条被作为正统观念在美国大学中广泛传播。同样,"现代主义的立足点恰恰是将其自身从外部世界中抽象出来"(Silverman,1988:3),和战后美国虚假做作的时代精神如出一辙。西尔弗曼对战后欧洲文化面貌的论述同样适用于美国:"在20世纪50年代,现代主义寿终正寝的迹象已经在一些现象中初露端倪:荒诞戏剧,注重表象呈现的法国新小说,认识到科学或许并非日益进步,哲学思考偏重语言层面。"(Silverman,1988:5)这些端倪也能在美国现代挽歌中找到,特别是在其与生活世界现象学的互动中呈现得尤为显著。

现代主义必然遭受生活世界抽象化之弊病的侵袭,因为"对艾略特、庞德、摩尔等一些现代主义诗人来说,把现代科学作为诗歌的模范和类比物司空见惯,他们认为诗歌应该非个人化、精确、脱离浪漫派的主观主义和滥情主义"(Knickerbocker,2012:62)。因此,生活世界现象学是疗救现代主义弊病的良药。现代主义的领军人物艾略特在1948年的一次演讲中明确否认了现代主义的可持续性:"我认为,我们的诗歌艺术在爱伦·坡的作品中获取萌芽,在瓦莱里的作品中结出硕果,但如今气数已尽。我认为这种艺术对后来诗人不会有任何帮助。"(Eliot,1965:41)当此之时,战后美国诗人不得不另辟蹊径,寻找属于他们自己的诗歌艺术,而且从内因来讲,这些诗人也渴望开创有别于传统诗歌的新领地。

为了彰显权威,现代主义必须采取抽象的概括来增加观点的普适性,相反,战后美国诗人喜欢"描述思想中的头脑,而非一个思想"(Bishop,1994:12)。因此,诗歌的产生不应该是庞德通过《地铁站》主张的突然的显灵,而是像毕肖普所说的那样,"诗人必须把诗歌落笔在纸上,诗歌对诗人的呈现不是一首诗的突然的固定的显灵,而是一个或一系列移动的观点"(Bishop,1934:7)。对诗歌中变化过程的强调产生了过程诗学。因此,抽象让步于体验,顿悟的显灵让步于反复的探索。体验和探索的视域不是科学的、非个人化的所谓精准的现实,而是个人化的、主观的、交互主体的生活世界。

同样,现象学自从胡塞尔开创伊始,就怀疑心理主义、自然主义和科学主义,努力回到事物本身,寻找认知和存在的本原根基。胡塞尔对现代科学的批判早已蕴含了哲学和诗歌对现代主义潮流的解构,"胡塞尔批评对自然的伽利略式的数学化模式滋生的现代科学主义,这种模式将生活世界视为科学的理所当然的社会文化基础,胡塞尔的批评本身就是解构行为的力证"(Yung,1997:558)。现象学对现有的判断加括号,关注判断产生的过程,认为世间事物不是瞬间通透地呈现自身,而是通过其侧面、视角面和外形一点点地呈现,从而形成主题化的过程。主题化并非一蹴而就,而是需要在人的意向的参与下反复进行,且会随着知觉角度的空间变化、时间的滞留和前摄、视域的转换和组合而发生变化。现象学虽然强调知觉带来的变化,但不是相对主义,而是承认和尊重生活世界中无处不在、无时不有的变量。芬克在论述作为还原行为的现象学时说道:"构造过程必须被理解为现象学行为的对象。这一过程生发于超越性主体的构造,终结于最终产物——世界……主体……不会出现于过程之前,而是只会出现在过程之中。"(Fink,1995:29,44-45)同样,过程诗学构建于意向过程中,需要意向过程来透过多重视域揭示知觉。对战后美国诗人来说,在过程诗学中对某一事物的意识不是先在的,而是与构造过程同时出现的。

过程诗学和构造过程都反对僵化的权威总体。美国现代挽歌和生活世界现象学都批判非个人化和理论抽象,在对个人体验和感官知觉的尊重中表达不满。

然而,战后美国的时代精神却对构造过程缺乏耐心。个人记忆对战争和死亡的残忍荒谬深有感触,但战后美国极度膨胀的自信心和甚嚣尘上的商业气息营造了集体性遗忘和逃避的氛围,造成了对个性的压迫和身份的危机。美国人被推动着向前展望经济的发展、国家的繁荣和至高无上的国际地位。这种压迫感构成了规定性的责任,模糊了个人身份的历史维度。

对战后美国诗人来说,脱离生活世界体验不会改善现状,而是会放大个人遭遇,造成反复哀悼。在现象学看来,"我的自我就是在此时正在回忆的我自己和那个被回忆的彼时的我自己之间被构成的同一性"(索科拉夫斯基,2009:69),脱离生活世界就意味着剥夺"我"自己回忆和被回忆的权利,从而抹杀个人身份。因此,探索个人生活世界体验的重要性盖过了现代主义的宏大叙事和非个人化,变得刻不容缓,"自白性传记变成了详细记录战后生活的先锋,包括典型的焦虑、对精神稳定的多重威胁、对健康的人类身份观念本身的侵蚀"(Hoffman,1979:332)。洛威尔是自白性传记的代表人物,梅瑞狄斯对其评价如下,"我们怀念他的笑声,留在诗歌中闪耀,/那关于事物的朴素本质"(Meredith,1997:172),点出了洛威尔回到事物本身的现象学精神看似无意之举,却蕴含了必然性。现象学精神充盈于洛威尔的诗歌是时代的必然,其诗歌中蕴含的对事物本身的关注也必然被后人发掘。虽然洛威尔诗歌中呈现的只是事物的朴素本质,却是关于事物本身的要言,展示的生活世界体验虽然不像现代主义那样精妙,却因其指出的新方向和新过程而弥足珍贵。

挽歌是过程诗学的良好载体。挽歌哀悼过去的丧失造成的痛苦,思索死亡对当下的影响和对未来的启示。死亡是永恒的谜,对人类思想的掌控能力亘古不变。传统挽歌在应对死亡时,离不开想象、浪漫、宗教永生和自然主义物质本质中蕴含的终结感。但对死亡的此类解释难以让战后美国诗人满意。为了避免陷入想象中永恒的、冷漠的自然主义的彼岸世界,战后美国诗人坚守死亡与此生世界即生活世界的关联。他们将死者放在生活世界中,用日常情感来哀悼。他们在生活世界的视域下构造知觉的过程与对死者和死亡的哀悼过程相伴存在。因此,美国现代挽歌不是反对慰藉,而是用后现代手段寻求慰藉。挽歌尤其容易受到传统挽歌和理论抽象的影响,而美国现代挽歌对生活世界的坚持则很好地证明了其与现象学的应和。

战后美国诗人沉溺于生活世界的痛苦,因而被金斯堡唤作"疯子",被洛威尔称为"静谧的",被贝里曼叫作"醉鬼"。普遍认为,这些诗人酗酒、精神错乱是社会规训的产物,也是逃避社会规训的手段。总之,他们还原抽象,回归事物本身,关注生活体验,放大了他们对错位、痛苦和丧失的感触。赫希如此评价战后美国诗人:"这些诗人身上有些东西损坏了,我觉得无法修补,还有哪一代诗人比他们更容易酗酒,更猛烈地遭受精神疾病的冲击和折磨,更饱受自杀的蹂躏呢? ……他们竭尽全力把极端的痛苦转化为一系列作品,这些作品充满'机智、怜悯和智性的光辉'……这些诗歌、这些著作触动了我们,让我们变得更有人情味,这些奇异的美国式死亡让我们更贴近当下。"(Hirsch,2003:12,23)

战后美国诗人使用新的视角构建和感知他们的生活世界,这一视角让人能够知觉和体验事物本身,所有的知觉和体验都隐藏并呈现于这一视域之下。这是意向和意识的语境,也是所有事物的语境。如果说生活世界是"一个与我们的直接体验相联系的概念……是对我们自己以及我们体验到的所有事物来说的终极背景……是对体验来说的具体而现实的整体"(索科拉夫斯基,2009:43-44),那么视域则是生活世界的各种变体的范围和边界,是已知的和未知的、可见的和不可见的相互交织的所在。梅洛-庞蒂如此评价胡塞尔的视域和生活世界概念:"思维不是拥有思维的对象,而是通过思维的对象划定我们还没有思考过的一个思维界域的范围。正如被感知的世界只是靠映象、阴影、层次在物体之间的界域支撑的,这些东西不是物体,不是无,但只有它们才能划定在同一种物体和同一个世界中的可变界域的范围,——同样,一位哲学家的作品和思想也是由在说出的东西之间的某些连接构成的。"(梅洛-庞蒂,2003:198)思维的对象可以是同一种物体和同一个世界,但思维的界域是可变的。生活世界是同一的,视域是可以变化的,变化的范围由事物之间的关系决定。就挽歌而言,生活世界的视域变化是由生死之间的关系决定的。传统挽歌中,生活世界被压制,因为死亡的意义超越了生的意义,死后的世界比生活世界更真实;美国现代挽歌中,生活世界得到彰显，因为生的意义高于死亡的意义，死被放在了生的阴影下、界域中来考察，生的世界更真实。美国现代挽歌思维的对象是死亡，它不能像传统挽歌那样拥有死亡，而只能划定死亡的可变界域的范围。

　　作为此在，战后美国诗人完全沉溺于生活世界，而非像浪漫派和现代派那样悬于其上。因此，美国现代挽歌立足于生活世界，守望其视域，即生与死交汇的界域。相应地，本书也在生活世界视域中分析美国现代挽歌，而不是把现象学仅仅当作一个视角，因为笔者努力避免将战后美国诗人及其挽歌仅仅当作研究的对象，而是试图像一个此在一样体验这些诗人在生活世界中的体验，包括自我的死亡、他者的死亡和自然的死亡。莫兰恰如其分地告诫道："不要像某些解释者所做的那样，如此夸大现象学已汇为一致的'方法'，或接受一种理论观点，或有一套有关意识、知识和世界的哲学论题。"（莫兰，2017：3）他这样回答"什么是现象学"这一问题："现象学从未发展出一套教义或凝聚为一个系统。它首先自称是研究哲学的一种彻底的方法，一种实践，而非一个体系。现象学最好被理解为一种彻底的、反传统的哲学实践风格，它强调通过描述现象达致事物真理的企图，现象在最广义上即任何在其呈现方式中，即当其显现于意识、显现于经验者时所呈现者。"（莫兰，2017：4）现象学从来没有发展成一套教条，也没有沉淀成一个体系。它首先是一种进行哲学工作的基本方法，是一种实践而非体系。现象学是一种革命性的、反传统的哲学思维方法，强调探索事物的真相，描述现象，在最广义上、任何以其方式呈现自身的现象，即对意识和体验者呈现自身的现象。现象学让现象尽可能地按照它所有的可能、对意识和体验者的印记呈现自身，尽量远离理论抽象等先入为主的教条、系统。其目的是尊重事物对意识和体验的直接刺激，从而构成了一种远离理念、形式和抽象的方法。

　　总体来说，现象学是一种知觉世界的方法。它重视意向和知觉的过程，在时间和空间两个维度上围绕知觉对象移动，这一过程推动视域向前移动，此前空虚的意向得到充实。现象学在此知觉过程中描述对事物的体验。现象学知觉世界的方式和范围为美国现代挽歌和本书提供了视域："现象学对在其显现方式中的事物所进行的描述（这正是现象学的主旨所在），意味着现象学家们可以自由地介入一切经验领域。只要人们忠实地研究事物本身,对于可能被研究的东西就不会加以限制。"(莫兰,2017:xiv)在对身体、他者和生活世界化自然的现象学描述中,美国现代挽歌和本书围绕着死亡这一主题进行移动,时刻关注着战后美国诗人知觉死亡和哀悼时揭示的新的视域。

之所以有些评论者称现代挽歌为"反慰藉挽歌",是因为他们根据挽歌是否遵从挽歌传统来判断其哀悼行为是否成功,而没有将其放在生活世界中来体察其哀悼的本质。成功哀悼没有准确地评价美国现代挽歌在生活世界中的知觉和描述。然而,"现象学的第一个步骤就是设法避免一切预先强加于经验的曲解,无论这些强加的曲解是来自宗教的或文化的传统,来自常识习俗,或哪怕来自科学本身"(莫兰,2017:4)。因此,在生活世界的视域下观照美国现代挽歌显示了它与传统挽歌的区别,不是在慰藉层面上的区别,而是在体验死亡和哀悼的方式层面上的区别。

第三节　美国现代挽歌与生活世界——艺术概观

正如现有的战后美国诗人研究所示,这些诗人之所以能够成为一个群体,是因为他们都是新诗歌艺术的发端人,这种艺术风格应运而生,围绕着一些关键词做文章,如犹太人身份、禁锢、遭遇,以及对弱者、琐碎之物、家庭事宜、死者的共情。洛威尔是战后美国诗人中最受欢迎的研究对象,他的诗集《生活研究》是对战后美国生活的本原体验的典型描绘。若把题目改为"生活世界研究",同样切合诗集的主题。上文中,笔者已经多次使用"生活世界"一词来讨论战后美国诗人及其诗歌,那么它何以能够用作一个艺术概念从而进行现代挽歌研究呢?

"生活世界"作为一个哲学概念首先在胡塞尔的《欧洲科学危机和超验现象学》中得到了系统论述。胡塞尔认为,生活世界是所有科学的根基,但现代科学越来越偏离甚至遗忘了这一根基。对胡塞尔来说,欧洲科学把抽象作为本质,远离了物质基础和伦理意义。于是,个人、伦理和自然都被抽象涂抹得面目全非。生活世界概念与回到事物本身的现象学精神如出一辙,进而在许多其他现象学家的重要理论中安家落户,如海德格尔的此在现象学、梅洛-庞蒂的身体现象学、列维纳斯的他者现象学等。梅洛-庞蒂在其第一部主要著作《知觉现象学》中评述了胡塞尔现象学和海德格尔现象学之间的关系,表现了他对生活世界作为现象学核心概念的认可:"整部《存在与时间》没有越出胡塞尔的范围,归根结底,仅仅是对'natürlicher Weltbegriff'(自然的世界概念)和'Lebenswelt'(生活世界)的一种解释,这些概念是胡塞尔在晚年给予现象学的第一主题。"(梅洛-庞蒂,2001:1-2)从词源上来说,"现象学"(phenomenology)是"现象"(phenomenon)的逻各斯(logos)。现象学回到事物本身的精神虽然在胡塞尔创立了现象学哲学之后经历了巨大的发展变化,但其核心地位从未改变。生活世界现象学被认为是胡塞尔晚年哲学的突破,因为它将所有理论抽象都建基于体验和知觉世界,它对海德格尔、梅洛-庞蒂、列维纳斯等人的影响述说了它在现代世界中,尤其是"二战"后世界中的重要地位。现象学家用"生活世界"来指代"生活体验中的世界",即"日常世界,我们永远是这个世界的一部分";"现象学最终是要探究重构生活世界的方法,我们每个人都在这个世界中出生、存在、死亡"。(Natanson,1962:37,24,11)因此,美国现代挽歌和生活世界的应和清晰可见:生活世界是现实生活和生活体验的视域,生命在这里开始和终结;当个人生活、家庭成员、自然等"现象"死去时,生活世界的视域被迫调整位置,不断更新对死亡的生活体验。

对战后美国诗人来说,诗歌艺术来源于生活又变成了生活本身,因此贝里曼要和史蒂文斯的形而上学唱反调,洛威尔在鞋子里找到眼镜且沉溺于写作,毕肖普将生命认同为诗歌创作。贾雷尔代表他那一代诗人高度评价了艺术与生活的密切关系:"艺术很重要,不仅仅是因为它是最壮丽的装饰品,我们生命中最持久不衰的事业,还因为它就是生活本身。"(Jarrell,2001:22)如果艺术就是生活本身,那么它不应该像形而上学那样抽象,也不应该凌驾于生活之上决定生活的样貌,而应该自然而然地从生活中流淌出来。毕肖普和贾雷尔就这一基本原则相互称赞,"据我所知,你是唯一一个能够自然地探讨诗歌的人"(Bishop,1994:283),"就连它们(指毕肖普的诗歌)最复杂、最恼人、最富想象力的效果都总是显得个人化、自然而然"(Jarrell,1999:206)。贾雷尔批评了洛威尔早期诗歌的缺点,鼓励他更加贴近生活本身:"你最大的缺点是有些诗歌写得太拿腔作势、机械化、刻意,但这种诗歌你现在不怎么写了,因为你受够了这种主题,能够把当代现实生活作为出发点了。"(Jarrell,2002:139)或许是对贾雷尔评价的直接回应,洛威尔在写给贾雷尔的一封信中评论了自己新近的几首诗,称它们"都非常直接、个人化",值得一提的是,这是他在时隔四年再一次开始写诗,这些诗后来都收入了《生活研究》。因此,《生活研究》也被许多评论家视为"充满了对个人、家庭、心理挣扎的集中、奔放、前所未见的强调"(Hunter,2000:251)。所以,"生活研究"也可以称为"生活世界研究",二者都以个人化和自然而然为主要特征。彼得·奥尔问普拉斯:"什么主题最吸引作为诗人的你? 你最喜欢围绕什么事物写作?"普拉斯借用对洛威尔和塞克斯顿的评价回答了这个问题:"或许是美国化的事物:我看到罗伯特·洛威尔的《生活研究》这类作品表现出了新的突破,感到十分激动。这是对非常严肃的、非常个人化的情感体验的探索,这种话题曾经一定程度上被列为禁忌,这是巨大的突破。例如,罗伯特·洛威尔的诗歌写他在精神病院里的体验,这让我非常感兴趣。我觉得,这些独特的、私己的主题在最近的美国诗歌中得到了探索。让我感触最深的是女诗人安妮·塞克斯顿,她是一个情感非常充沛、善于体察的年轻母亲,她写了她作为母亲、一个经历了精神崩溃的母亲的体验,她的诗歌技艺精妙,拥有情感和心理深度,我觉得这很新鲜,很激动人心。"(Plath,Orr,2003:165)普拉斯的回答表征了个人体验对战后美国诗人来说多么有吸引力,使用"一定程度上被列为禁忌"的体验来入诗在抵制诗歌传统的限制方面有多么重要的意义。因此,马里亚尼对洛威尔的评价同样适用于所有战后美国诗人,"洛威尔的全部诗歌有一个共性,即拥有生活体验的意识,至少他希望如此。毕竟,任何其他东西都不能成就诗歌,政治不行,神学也不行"(Mariani,1996:282)。

对成长于现代主义和新批评阴影下的美国诗人来说,随着20世纪40年代接近尾声,非个人化和宏大理论教条变得越来越压抑、难以忍受。为了获得自己的诗歌声音,他们反对抽象,对自己的诗歌理论保持缄默,把个人体验编织进诗歌写作,让诗歌构造的过程保持敞开:"伟大的现代主义者取得巨大成就时,战后美国诗人在其巅峰的阴影下开启写作之路。现代主义的非个人化英雄主义——英雄的非个人化——由现代主义本身造就,在此之后,战后美国诗人的作品在丧失的影响下风急雨骤,在温暖的感召下面目一新,降格到人本身。他们都是非常个人化的作者。他们也许发端于缜密的、严肃的新批评,但奇妙的是,他们最终都使用了他们自己的充满讽刺的知觉,把凌乱的人性、刺眼的光亮、深邃的温柔带回诗歌本身……每个人都脱下了高跷。他们在赤裸的行走中发现了更伟大的事业。"(Hirsch,2003:6)赤裸着身体走出现代主义和新批评的阴影从本质上意味着抛弃理论抽象的阻隔,包括非个人化、客观对应物构成的文本与生活世界之间的隔离。为了达到这一目的,或许没有哪种文类比挽歌更合适,因为没有什么比生命的丧失更痛苦,更需要个人情感的参与。因此,"在这些美国诗人中,有着深沉的同情、体贴的尊敬、对所有有生命事物的无与伦比的敬意,对任何受伤害的、被损坏的、有缺陷的、脆弱的、丧失的事物来说,尤其如此"(Hirsch,2003:10)。对身处危机者的同情和哀悼者本人感受到的致命威胁密切交融,自我同样脆弱,因而常常将自己的身份认同为身世悲惨的孩童。

　　许多美国现代挽歌采用孩童视角来哀悼死亡。洛威尔的《我与德弗罗·温斯洛叔叔共度的最后一个下午》("My Last Afternoon with Uncle Devereux Winslow",1959)说"那时我五岁半"(Lowell,2007:164),贾雷尔的《球形炮塔枪手之死》("The Death of the Ball Turret Gunner",1945)说"我蜷缩在它肚子里,就连我湿漉漉的毛发都结成了冰"(Jarrell,1971:144),罗斯克的《濒死之人》("The Dying Man",1958)说"自由的空气让我像孩童一样奔跑"(Roethke,2011:149),毕肖普的《在新斯科舍的第一次死亡》("First Death in Nova Scotia",1965)说"我被抱起来/接过一朵山谷百合/放在亚瑟的手里"(Bishop,1983:123),普拉斯的《杜鹃花路上的依莱克特拉》("Electra on Azalea Path",1959)说"我穿着天真的裙子,像布偶一样渺小"(Plath,1981:116),塞克斯顿的《"爸爸!"巫师》("'Daddy!' Warbucks")回忆"孩童时那黑色的基督"(Sexton,1999:543),所有这些表达都让哀悼者退缩回有限的心智中,用"孩子般的方法体验和写作"(Merrin,2003:44)。如果丧失对所有人来说都是痛彻心扉的体验,那么对孩童来说尤其刻骨铭心。

此外,与成人相比,孩童更难理智地应对丧失之痛,更倾向于用个人化的方式进行体验。他们似乎无法从精神和身体上将死亡理论化,因而让人觉得"孩童不会哀悼",但事实上,"很多情况下,这是因为关于所发生的事情,孩童没有获得足够的信息,或是因为没有人同情他们,没有人帮助他们逐渐理解丧失,以及对死去的父母的追思、愤怒和悲伤"(Bowlby,2005:36)。孩童哀悼的非典型性、无望、无助正是这些诗人的挽歌想要表达的内容。这种应对死亡的陌生化手法和现象学对生活世界体验的强调遥相呼应,"孩童的表达方式一旦被艺术家刻意捕捉,呈现为真诚的创造性姿态,反而会造成隐秘的共鸣,通过这种共鸣,我们的有限性会向世界的存在敞开,变成诗歌"(梅洛-庞蒂,2005a:151)。世界存在的有限性通过孩童的视角得到表达,让战后美国诗人获得了对生活世界的有限视角。这种视角被压缩到极致时就产生了想象自我死亡的自我挽歌。

美国现代挽歌中,孩童视角通常用来描述家庭成员之死,尤其是家庭前辈之死,不仅仅哀悼,甚至一定程度上主动"期盼"家庭前辈去往极乐世界。美国现代家庭挽歌中复杂的感情和伦理关系是战后美国家庭、政治和艺术环境的必然产物,因为这种环境激发了对生活体验的真实表达。

首先,美国现代家庭挽歌批评和反叛家庭长辈,这种看似违背伦理道德的行为本质上是为了表达个人情感,而非对公众的主动言说。传统道德观念要求生者敬重死者,正如拉丁悼念箴言所说的那样,对待死者要"隐恶扬善",因为死去的家庭前辈要升至神灵的地位,加入总体来巩固生者家庭身份的认同感。这一道德规训需要生者履行公共责任,但倾向于忽视对死者的私己的真实感受,这种忽视对战后美国诗人来说难以忍受。

其次,家庭总体以社会和政治权威的形式呈现,压制个人身份。"二战"后,尤其在冷战中,美国对个人身份的压制变得尖锐、荒谬,个人的公民权受到严重威胁,麦卡锡主义的盛行就是例证。在这种强调规范的社会里,身处危机的事物数量巨大,对此战后美国诗人表现出了同情。

最后,战后美国诗人对待家庭权威的态度反映在他们有意识地将自己与诗界前辈——所谓的"艾略特一代"——的诗歌艺术进行区分,"这种对他者遭遇的迫切参与和深刻认同,这种对人性缺陷的明显的责任承诺,这种把事物放在主体人性中衡量的方法,都显著不同于庞德、艾略特那一代诗人设定的非个人化的、客观的标准。这一信条体现为文本表达,承载了明显不同的政治策略和家庭风貌,公然反抗独裁主义"(Hirsch,2003:10)。诗歌领域的独裁主义折射出了战后美国政治中的独裁主义。

在大规模死亡和对公民权恶意破坏的背景下,每一例战后美国诗人的死亡都警醒生者,哀悼和共情弱势的他者在对抗令人窒息的文学传统构建的总体方面是多么必要。战后美国诗人把现代主义高度客观的语言和对个人身份的消解变成了主观的、个人化的话语,经常使用戏剧独白,因为这种话语模式给予了诗人充分的自由,"诗人掌握、使用这种话语以便探索个性"(Hirsch,2003:6)。或许没有什么比哀悼同辈诗人死亡更主观、更个人化、更享有表达情感的充分自由。梅瑞狄斯在《回忆罗伯特·洛威尔》("Remembering Robert Lowell", 1978)(Meredith,1997:172)中怀念洛威尔反抗现代主义独裁取得的突破:

> 你的语言向我们的语言缓缓移动
> 直让我们觉得我们都是外来户——
> 或许都是乘船而来的流放犯——
> 从你勉为其难控诉的那片土地而来,
> 这片土地如果不是我们造就的,就是在我们纵容下出现的。

洛威尔的语言让梅瑞狄斯觉得他自己的语言不是美国本土产生的,而是来自"我们纵容下出现的"土地,意指庞德和艾略特代表的欧洲的土地。洛威尔的诗歌语言深深植根于他的生活世界,因此能够触动心弦,或者用贝里曼的话来说,"能够产生伤害"。为了创新,洛威尔在诗歌语言中寻求变化,但他并非从一开始就是如此,也并非轻而易举就能做到。他"缓缓移动",给出"勉为其难"的控诉。梅瑞狄斯暗示,洛威尔对现代主义的控诉经历了渐进的过程和伦理上的两难。

战后美国诗人反叛的文学传统不仅是现代主义传统,还有浪漫主义传统①。贾雷尔将这两种影响深远的传统看作一脉相承,但在他那一代的美国诗人却没有前途,"现代诗歌本质上是浪漫主义的延伸……是浪漫主义的终端产物,属于过去,没有未来"(Jarrell,1980:48)。战后美国诗人偏爱的对情感的个人化、生活世界化的表达也曾是华兹华斯等浪漫主义巨匠的常用手法。华兹华斯认为好的诗歌是用"人们真正的语言"写就的,是"强烈情感的自然流露""起源于在平静中回忆起来的情感"。(华兹华斯,2010:19,18)但华兹华斯强调的是想象高于现实,通过心眼和象征重现世界,因而阻碍了对生活世界的直接体验和描绘。华兹华斯认为,想象生发于现实,"甚至在我们的天然本性中也足以产生看起来几乎是不可思议的种种变化"(华兹华斯,2010:19)。对于诗歌来说,想象当然重要,但在战后美国诗人看来,想象不应该用抽象模糊生活世界。罗森塔尔将浪漫主义诗人和自白派诗人(他们大多都是战后美国诗人的主要成员)进行了对比,认为前者已经不能让人满意,"现在,我们远离了伟大的浪漫主义诗人,诚然,他们直接言说他们的情感,但连他们自己也参不透其中的奥秘。相反,他们找到了普遍的等价和象征,把'酸橙树枝当作我的监狱'的超验妥协,强烈的抑郁,在这种情绪中,浪漫主义诗人把他悲剧的终结感和夜莺的啼鸣融合在一起,从而在普遍的愁苦中迷失了个人的怨怼"(Rosenthal,1991:109)。浪漫主义诗人在对世界的象征性再现中丧失了他们想象的根基,在"超验妥协"中模糊了他们的个人情感。

从对待现代主义和浪漫主义诗人的态度上可以看出,战后美国诗人对诗歌传统怀有复杂的情感,因为诗歌传统万分宝贵,却压迫感十足。他们对待诗歌总体的复杂态度回应了列维纳斯的他者现象学。他者现象学的形成深受"二战"中大屠杀的启发,探讨了总体和他者之间的生活世界伦理关系。在哀悼家庭和诗界先贤的美国现代挽歌中,死者是道德责任规定的权威总体;而在哀悼诗界同辈的美国现代挽歌中,诗人与死者作为深受总体侵害的他者进行身份认同。

---

① 哈罗德·布鲁姆认为,"浪漫主义传统"的核心是唯我论,包含了华兹华斯和济慈等英国诗人,也包含爱默生、惠特曼、狄金森、弗罗斯特、史蒂文斯、克莱恩等美国诗人。(Bloom,1997:132-133)

美国现代挽歌中的生活世界在哀悼自然之死中达到了深度和广度上的顶峰。自然生活世界遭到破坏,甚至可能彻底毁灭,这一现状和可能性造成的冲击早已有之,甚至可以在《旧约·创世记》的大洪水中找到隐喻的痕迹。但传统挽歌中的自然总是屈居背景地位,服务于人的情感。传统田园挽歌中刻写着充满人类唯我主义色彩的情感误置,人类情感统领着自然变化,让其为己所用。月亮的圆缺、太阳的升落、潮水的涨伏、四季的更迭等自然现象都是解释死亡和期待重生的灵泉。但这些都是自然现象,并不生发于人类活动,因此,田园挽歌传统中寄居着规定性的理论抽象,强化主客二分,掩盖了人类行为对自然的损害。文化对自然的入侵和人类污染对自然之美的破坏长久以来一直刺激着人们敏感的神经,尤其是文学创作者的神经。加勒德研究发现,"《牛津英语词典》中'污染'一词现代含义的第一个例子来自弗兰西斯·培根的《学术的进展》(1605)……卡罗琳·麦钱特的《自然之死》(1980)是生态批评史上的重要作品,认为培根在构建危及自然的世界观上扮演了关键角色,这一世界观认为'有机宇宙的形象中,有生命的女性地球居位中心,被机械世界观取代,这一世界观将自然重构为被动的无生命体,自然需要被人类统治和掌控'"(Garrard,2004:8)。可以说,从培根时代起,环境意识就和文学密不可分。利奥·马克斯研究美国田园主义思想时指出,美国对田园自然的情感尤其强烈,因为从欧洲人踏上美洲大陆起,自然环境就对未来国家的形成起到了非常重要的作用(Marx,2000:5-6)。相应地,美国人意识到田园自然的和平宁静被工业机器打破时,自然环境遭受破坏,人深感切肤之痛,这种环境意识在文学作品中比比皆是,如霍桑的《睡谷》、梭罗的《瓦尔登湖》、梅尔维尔的《莫比·迪克》、马克·吐温的《哈克贝利·费恩历险记》、斯坦贝克的《愤怒的葡萄》等(Marx,2000:11-16)。

在此文化环境下,挽歌传统的变化却相当迟缓。从布雷兹特里特的《献给菲利浦·西德尼的挽歌》("An Elegy upon Sir Philip Sidney",1650)到惠特曼的《最近紫丁香在前院开放的时候》("When Lilacs Last in the Dooryard Bloom'd",1865),再到艾略特的《荒原》,所有这些挽歌都借鉴了大量田园挽歌传统手法,如神话人物、天庭的名星、世外桃源、植物之神、自然的生死循环,构建了永生的寓言和萨克斯所说的"成功哀悼"。然而,这些以自我为中心的哀悼涂抹甚至全然忽视了自然环境的现实,关注的焦点在于对慰藉的主观需求,自然环境仅仅是客观的外在物、责备的对象、慰藉的源泉。

人类对自然进行了精神上的压制和驯服,以及物质上的破坏和剥削,环境问题越来越受到重视。卡逊的《寂静的春天》(*Silent Spring*,1962)被视为现代环境主义的开端(Garrard,2004:1)。从此人们意识到,对人与自然关系的重新考量不仅事关人类社会的福祉,而且对性别和种族歧视等其他社会和政治问题都有启发作用。视自然为被压迫、被剥削、无关紧要的他者为人们对待性别和种族问题提供了可供借鉴的思维方式。同样,相较于传统挽歌,美国现代挽歌对待田园的态度出现了明显变化。诗人尽量避免使用自然现象提供的死亡和重生的暗示,相反,他们体验自然之死,就好像自然也有了主体性。为了达到更好的效果,哀悼者通常将自己的身份和死亡的自然拉平,与自然交流,共情和理解自然。

战后美国诗人拒绝人与自然的二分,认为人应该通过生活世界的体验融入自然、书写自然。毕肖普高度评价达尔文对自然的生活世界态度:"没有'分裂'。梦、(一些)艺术作品、日常生活中总是更成功的超现实主义的片段、难以预料的共情的瞬间(不是吗?),这些都是周边视觉捕捉到的无法获得全貌却似乎非常重要的东西。我不认为我们都是完全理性的(我特别敬佩达尔文!)。阅读达尔文,会敬佩他无尽的、独到的、近乎无意识的观察发掘出的绝妙的、坚实的事例,然后突然觉得放松,达到忘我的境地,认识到他的工作如何超凡绝俗,看到这个形单影只的年轻人,他的眼睛注视着事实和微小的细节,忘乎所以地陷入、滑入未知世界。人们希望从艺术中通过体验艺术获得的东西也是创造艺术所必需的东西:一种忘我的、看似毫无用处的专注力。"(转引自 Hirsch,2003:17)这段话中的关键词是"日常生活""共情""感受""体验""忘我的、看似毫无用处的专注力",充分表现了毕肖普的现象学精神。感受和体验自然不是利用自然达到实用的目的,而是为了专注力本身,这种体验不存在于以想象或科学为目的的对自然宏大的抽象,而是存在于日常生活中。自然不再仅仅服务于人的死亡和重生,而是也关注其自身,哀悼自己的死亡。戈尔登松指出,毕肖普"把她最痛苦的、困惑的自我隐藏在陆地或海洋的伪装之下,如蜗牛、矶鹬、鱼、犰狳、猛犸象、驼鹿"(转引自Hirsch,2003:18)。毕肖普用自然元素掩盖痛苦的做法不是对自然的盗用,而是一种主体交互性共存的体现。同样,普拉斯的自我挽歌《榆树》("Elm",1962)隐喻了核武器和酸雨造成的环境问题,从而把自我的死亡认同为榆树的死亡:"她的辐射灼伤我""它毒蛇般酸性的亲吻"(Plath,1981:192-193)。哀悼自我的痛苦和死亡没有弱化自然的遭遇,两者的体验相辅相成。

打破田园挽歌规定性传统是环境意识和挽歌新发展的标志性特征。现代环境问题和自我与他者的伦理关系的新诉求都呼唤生活世界化的、交互主体性的自然体验。20世纪80年代,一批美国学者把这种对生态的现象学理解和生态对现象学的补充总结发展成为生态现象学。生活世界化的自然体验强调与自然初次遭遇之感的重要性,其中包含了认识论、本体论和伦理色彩;交互主体性的自然体验拒绝把人的主体知觉强加到自然身上,而是探索人与自然的本原关系,以及自然的非客体化的存在状态。

战后美国诗人一致表达对浪漫主义和现代主义诗歌艺术的不满,共同探索后现代诗歌艺术。他们拒绝使用理论抽象把世界知觉为彼世,而是偏爱生活世界中事物的朴素本质。面对死亡造成的危机,挽歌传统通常陷入非个人化的、疏离的旁观状态,采用浪漫主义或自然主义的解释方法,而美国现代挽歌用过程诗学与死亡相伴存在,反复探索死亡的本质和意义。由于美国现代挽歌中生活世界地位显赫,其哀悼对象和方式都深深植根于一个预先给予的、尚未抽象的世界。哀悼对象不是某个抽象的观念或影像,而总是实在的、可知觉的。美国现代挽歌哀悼自我的死亡,获得第一手的死亡体验和与众不同的、极端的世界知觉,哀悼家庭成员的死亡,详述其与自我之间的复杂伦理关系,澄清对死者的复杂情感,哀悼作为生活世界最大视域的自然环境的死亡。哀悼的方式不是非个人的、疏离的,而总是个人化的、全身心投入的。美国现代挽歌使用身体作为知觉的源泉和目标,探究与他者的伦理关系,表达对自然的交互主体性的共情。总之,美国现代挽歌通过哀悼死亡尊重身体的关键地位、对死者的真实情感和自然的本体表征。

第三章　美国现代自我挽歌与身体的
生活世界体验

　　"二战"结束后,西方世界越来越畏惧、抵制死亡,这种态度与"二战"中的大规模死亡和物质主义与观念主义在身心二分上的同谋有关。与这一时期出现的身体现象学类似,美国现代身体挽歌拒绝传统自我挽歌中显著的身心二分。美国现代身体挽歌无视死亡禁忌,认为身体是身体主体,具有跨越灵肉和生死的能力。美国现代身体挽歌和身体现象学的应和旨在缓解现代科技的快速发展和宗教死亡造成的幻灭感。

　　将美国现代挽歌研究的第一步确定为自我挽歌,是因为对生活世界的探索和构建往往是从自我开始的。从现象学还原的深度和范围来看,自我是认识和理解死亡的起点和旨归。现象学认为,生活世界是人类知觉的非主题化的场域,认识到生活世界的存在需要进行现象学还原。现象学还原始于对主体的观照,通过与自身的关系扩展到与世界的关系。这种顺序是现象学还原和认识论的基本结构。这并不意味着一个人若不哀悼自我之死就无法哀悼自然之死,而是说他在何种情况下,包括目睹家庭死亡和自然死亡的情况下,都会回归自我之死来探寻超越死亡的可能性。正如胡塞尔所说,超越性体验是"一种追索一切知识形成的最终源泉的动机;这是一种认知者对自己进行反省,对自己的认知生活进行反省的动机……当这种动机彻底地把自己发挥出来的时候,它是一种纯粹地以这种源泉为根基的,因而是被最终地建立根基的、普遍哲学的动机。这种源泉拥有我自己这一称呼,它包括我的整个实际的和可能的认知生活。整个超验的问题集首先围绕着这个我的我——'自我'——跟首先被认作当然的东西——心灵——的关系而旋转;其次它围绕这个我和我的意识生活与世界的关系而旋转,这个世界是我所意识的世界,这个世界的真的存有是通过我自己的认识结构而认识的存有"(胡塞尔,1988:117-118)。自我向死而在,难免一死,因此所有挽歌都将自我之死作为潜文本,那么所有对死亡的理解都源于自我之死的体验且不断强化这一体验。

第一节　身体现象学视域下的美国现代自我挽歌

美国现代自我挽歌与传统自我挽歌的不同之处在于对待身体的态度,这种不同在身体现象学视域下彰显无遗——前者视身体为主体,对世界的观照只能通过身体来进行。既然所有挽歌都具有反身性,那么自我挽歌更是专注于自我的死亡。在战后美国的社会和文学语境中,美国现代自我挽歌尤其关注自我身份和身体体验中表现出的超越性。

在详细论述美国现代自我挽歌与传统自我挽歌在身体观上的差异之前,有必要首先讨论自我挽歌这种说法的合法性,并将美国现代自我挽歌放置在战后美国自我身份危机的大环境中进行考查。

总体来说,所有挽歌都具有反身性。挽歌在哀悼他人或他物死亡的同时,哀悼者本身也去之不远。也就是说,所有挽歌在哀悼对象的同时也哀悼自己,挽歌"需要在书写死者和将自己作为书写对象之间寻找平衡"(Kennedy,2007:1)。对于或然的、有限的生命来说,死亡是必然现象。每当死亡出现,我们就感到迫切需要回顾死者的一生,同时假想自己死亡时的情景。回顾和展望激发了挽歌写作,因此,挽歌必然或隐或显地包含对自我死亡的哀悼。正如柯勒律治所言,"挽歌这种诗歌形式天然具有反身思想。它或许可以书写任何对象,但它必然不是为了书写对象而书写,而是往往唯独映射诗人自己"(Coleridge,1835:268)。因此,安提戈涅俯身在兄弟的尸体上哀悼其死时说道:"当我献出生命拯救死者时/

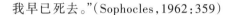

我早已死去。"(Sophocles,1962:359)

哀悼自我死亡是一个悖论。死亡的自我无法哀悼自我的死亡,哀悼自我的死亡就意味着自我尚未死亡,那么自我挽歌就难以称为"挽歌"。然而,自我的死亡是必然的,对自我死亡的预见也是自然而然的。对自我死亡的预先哀悼,就像预先给自己建造活人墓,刻上墓志铭,在自己尚且能够把控的情况下给自己一个盖棺定论。因此自我挽歌并非一种虚妄错误的视角,而是反观自我生命的一种独特视角。这一视角把挽歌本身的反身性发挥到了极致。

自我挽歌是挽歌的子类,关注对自我死亡的思考,其存在和产生具有必然性。自我是独一无二的个体,死亡意味着自我的湮灭,对自我死亡的体验和表达具有最强烈的个性化特征。虽然死亡对每个人来说并无二致,但个体死亡的意义千差万别。一些期待死亡,一些惧怕死亡,一些耽于身体,一些憎恶弃绝身体,一些相信灵魂不朽,一些怀疑灵魂存在。不论自我死亡的含义是什么,自我挽歌是给予表达的唯一途径。虽然自我挽歌的作者从未真正经历过自我的死亡,但对他者死亡的观察和对死亡哲学的探究可以给自我挽歌的合法性一席之地,避免将其斥为纯粹的胡说和病态的妄念。自我挽歌的起源之一是忒奥克里托斯的《田园诗之一》,其中达佛涅斯对自我死亡进行哀悼。在达佛涅斯濒死之时,身边围满了牧牛人、牧羊人,都请他说出"什么东西困扰他以致如此",他却默不作声(Theoritus,1973:11)。最后,他答道:"我所有的太阳都落山了吗?就算去到地府,达佛涅斯也会深受爱之悲痛的困扰。"(Theoritus,1973:11)这意味着他死去是因为失落的爱。可见,除非当事者本人站出来指明自己死亡的原因和对死亡的感受,否则无人能够确切知道。此外,达佛涅斯丧失爱情使他对自己丧命的描述更加可信,让这首挽歌的吟唱人赛西斯的哀悼更加技艺纯熟、感人肺腑,从而帮助他获得了杯子作为奖品。这个例子从源头证明了自我挽歌的合法性。

既然除自己之外,无人能够体验自我的死亡,那么自己就有充足的理由书写自我挽歌。海德格尔说:"死亡是此在本身向来不得不承担下来的存在可能性。随着死亡,此在本身在其最本己的能在中悬临于自身之前……当此在作为这种可能性悬临于它自身之前时,它就被充分地指引向它最本己的能在了。"(海德格尔,1987:300)他的意思是,一个人的死亡属于他自己,不能被任何人的死亡取代,自我的死亡意味着生活世界中一个新的潜在视域。"二战"后,美国见证了工业、科学、经济、政治等方面史无前例的飞速发展。美国成了当时世界上的两个超级大国之一。同时,社会法则给个人声音越来越大的压力,试图将其纳于绝对控制之下。在文学领域,现代主义的统治地位仍然坚不可摧,其主要学说,如拒绝个人化表达、客观对应物、非个人主义等,都削弱了诗歌中个人情感的力量,阻塞了个人情感表达的渠道。新批评是从现代主义学说中抽取出的批评方式,被奉为所有文学批评和创作的圭臬。其倡导的文本细读拒绝历史、社会和个人话语参与文学批评。所有这些因素构成了"我们文明毁灭性的上层结构",从而导致"后现代社会的自我身份问题"。(Travisano,1999:266)在此语境下,战后美国文学感受到了一种让自我表达回归公共话语的强烈冲动。通过"探索家庭、历史、神话背景等有助于塑造对自我的认识和理解的元素"(Travisano,1999:217),坚守自我身份,成了战后美国文学的标志性特征。

为了反击社会和文学领域对自我身份的压制,战后美国文学中涌现了黑山派、垮掉派、自白派等文学团体,这些团体都极力主张自我身份和私己表达的重要性。其中,挽歌是一种非常受欢迎的文体,特别强调死亡激发的个人情感。战后美国诗人目睹了"二战"对人类生命的无情践踏,仍然经历着越南战争中无辜生命的陨落,而且头顶笼罩着可能导致人类灭绝的核战争的阴云,他们深深感受到了理解死亡、表达个人对死亡切身感受和哀悼个体死亡的重要性。因此,"二战"后的30年间,美国诗坛出现大量挽歌并非偶然。战后美国诗人偏爱死亡主题,因为对他们来说,死亡的出现是允许个人情感随意流淌的难得的机会。

战后美国迫切渴望摆脱死亡禁忌。如果说浪漫主义诗人通过想象创造自我死亡的神话,现代主义诗人在非个人化和客观化的视角下观照自我死亡,因为这个话题太过主观,无法获得普适意义,那么战后美国大众文化拒绝谈论自我死亡,视其为禁忌,以便让社会更加稳固,应对动荡不安的战后世界政治局势,就构成了美国现代自我挽歌诞生的历史和文化语境。进入20世纪,尤其从30年代起,西方社会对待死亡越来越讳莫如深,"二战"后,死亡已俨然成为禁忌,被社会驱逐（Ariès，1972：87—93）。死亡禁忌主要体现为对死者身体的排斥，甚至将其视作恐怖和污染的渊薮。世界大战造成的大规模死亡、冷战阴云以及现代科技对生命的祛魅致使宗教神学许诺的精神永生难以令人信服，让死亡观坠入身体湮灭的泥潭，让美国社会谈死色变，对死亡避之不及，保持缄默。究其根源，此身体观来自唯物主义（materialism）和心灵主义（idealism）在身心二分论上的同谋。唯物主义认为身体在本质上是"高度复杂的物理客体，所有假定的精神事实都是物理事实，或者至少从逻辑上都依赖于物理事实"；心灵主义认为身体在本质上是"非物理的精神或意识，所有物理事实都是精神事实，或者至少从逻辑上都依赖于精神事实"。（Priest，1998：57）面对死亡时，前者不可避免地将身体贬为物质本体，陷入彻底的虚无，后者则通过想象虚构生命的精神本质和死亡的精神归宿。两种身体观看似针锋相对，实则都否认身体的主体地位，主张死亡能够湮灭身体、抬升精神。然而"二战"后出现的大量美国现代自我挽歌却无视死亡禁忌，虽然和传统自我挽歌一样都以思考自我死亡为主旨，但在对待死者身体的态度上形成了对死亡禁忌观的反拨。

美国现代自我挽歌是对传统自我挽歌的继承和反叛。自我挽歌在西方文学中具有悠久的历史，从雷利（Walter Raleigh）、柯勒律治（Samuel Taylor Coleridge）、斯威夫特（Jonathan Swift）为自己书写的墓志铭，到弥尔顿（John Milton）、格雷（Thomas Gray）、雪莱（Percy Bysshe Shelley）诗歌中对自己的哀悼，都遵循了自我挽歌思考自我死亡的范式（Ramazani，1994：136）。拉马扎尼认为自我挽歌在20世纪颇受欢迎，"20世纪以来，随着哀悼仪式的衰落，战争、机器、信息技术让死亡越来越没有人性，自我挽歌越来越常见"（Ramazani，1994：136）。他把自我挽歌大量出现归因为现代科学和技术的发展，揭示了物质主义对死亡观念的不良影响，也指明了使用自我挽歌应对这一问题的内在驱动力。那么，美国现代自我挽歌的哪些特征不同于传统挽歌呢？总体来说，美国现代自我挽歌秉承观照自我身体的生活世界态度，是对物质主义和观念主义身体观的反拨。自我挽歌对自我死亡的思考通常以自我身体为基点。由于自我挽歌的哀悼者是自己，因此自我的意识不会消散，但由于哀悼的对象是自己，自我的身体死亡是哀悼得以进行的基本前提,因此自我身体在死亡作用下的变化是自我挽歌哀悼的主要对象。然而传统自我挽歌在对待自我身体的态度上往往在唯物主义和心灵主义之间左右摇摆,或是悲叹自己物质性身体的有限性,或是完全舍弃身体的物质性,皈依精神的超越性,总之将身体二分为物质和精神,两者相互对立,不可融合。相反,现代自我挽歌则将物质和精神融合在身体之中,着意探寻身体本身的超越性。有学者认为,在美学层面上,"身体本身就是超越性的存在"(王晓华,2016:15),而美国现代自我挽歌恰恰倾力描绘死亡身体的超越性。

身体是自我最主观、最多变的部分。一方面,有人认为身体在灵魂的光泽之下相形见绌。自从古希腊时期开始,人的身体就像其他物质存在一样,被视为覆盖在"形式""理念""本质"之上的表象。身体多变,因而在理解世界的自然本质的问题上不可靠。对于基督教来说,身体进一步与灵魂分离。尤其当身体死亡时,灵魂从现世的限制中解放出来,获得自由,可能进入天堂的永恒幸福,也可能进入地狱的永恒苦难。不论灵魂去哪里,都会到达永恒,时间静止不动。相反,身体是灵魂的躯壳,留在现世的物质世界中,腐烂,消失。当身心关系问题来到笛卡尔手中时,他意识到现代科学已经对灵魂的完整性构成了威胁,为了保护灵魂,他进一步将身体和灵魂分离,相信灵魂属于上帝的国度,而身体就像机器,按照物理和机械原则工作。因此笛卡尔认为灵魂具有超越性:"我因此得出结论,我是这样一个东西,其全部本质和天性都居住在思考中,为了存在,它不需要地点,不依赖任何物质事物。因此,也就是说,这个'我'也就是灵魂,因为这个灵魂我才成其为我,我完全不同于身体,比身体更容易理解;即便身体停止存在,我也不会丧失其所是……我们的灵魂所具有的天性完全不同于身体,因此,身体会死去,而灵魂不会。既然我们都不能看到任何其他可以毁灭灵魂的因素,那么我们自然得出结论,灵魂不朽。"(Descartes,2006:29,48)至此,在理解世界和自我的能力上,身体已经被贬到了最低点。既然身体是自我最低贱、不可信、应该鄙夷的部分,那么自我的死亡如果仅仅意味着身体机能停止工作,就不应该让人痛心,因为灵魂不论好坏都能永生。所以,对传统自我挽歌来说,自我的死亡是必将到来的一种解脱,从个别、次要遁入普遍、本质。

另一方面,有人认为身体总是在场的,对于纯粹的灵魂来说,总是一种干扰。诚然,亚里士多德将存在明确分为实质存在和形式,身体属于前者,灵魂属于后者,主张灵肉的二分和灵魂对肉体的统治地位,但他也明确承认,两者密不可分,"就像眼睛既是眼球又是视力,同样,生存既是身体又是灵魂……灵魂无法与身体分离"(Aristotle,2010:50)。文艺复兴之后,西方思想家开始怀疑灵魂的存在,形成了主体必然与身体共在的观念。18世纪,法国哲学家梅特里认为:"灵魂仅仅是一个空洞的词语,我们对此一无所知,清醒的头脑应该只把它当作我们身体用来思考的那一部分。就以运动的基本原则为例,活的身体拥有一切它用来移动、感受、思考、忏悔的东西,也就是它在物理世界、道德世界的所有行为举止都有赖于身体。"(Mettrie,1996:26)到了19世纪,尼采声称:"我就是身体本身,除此之外别无他物;灵魂只是一个表达身体上某件事物的名词。"(Nietzsche,2006:23)20世纪,现象学特别关注身体在知觉和理解世界上的重要性。对于胡塞尔来说,精神-物质的二分可以通过身体这个媒介来消解,也就是胡塞尔所说的"有机事物":"精神现实建基于有机事物,但有机事物并非建基于精神现实。更进一步,我们可以说,位于我们所说的自然这一绝对客观世界之中的物质世界,是一个自我封闭的世界,不需要其他现实的帮助。精神现实的存在,即真实的精神世界的存在,首先是有赖于自然的存在,即物质自然的存在,这种依赖性不是偶然,而是具有根本原因的。"(Husserl,1990:104)

几乎所有现象学家都论述过身体对知觉的重要性。对胡塞尔来说,他者的身体是通往他者的意识的向导,"我们也能讨论他人的体验,通过共情,我们将他人的体验归因于其他人,在他人的体验中,我们知觉到经验论的活着的身体,活着将其放置在表象或思想中"(Husserl,2006:92)。尽管海德格尔很少讨论身体,"在《存在与时间》中,关于身体问题的论述不超过十行"(Waelhens,1983:xix),但他的此在和在世之在都浸润在身心融合的结构中(杨大春,2005:169)。梅洛-庞蒂的哲学观明确建立在身体之于人类知觉的核心地位上,也就是所谓的身体现象学。梅洛-庞蒂认为:"我身体同时看和被看,这是难解之谜。能够看所有事物的东西也能够看自己,在它看到的东西中,认识到它视看能力的'另一端'。它能看到自己在视看;它能触摸到自己在触摸;它对于它自己来说可见可感。它不是透明的自我,与思维不同,思维思考事物的方式只有同化它,构造它,将它变成思想。身体是自我,通过困惑、自恋,通过内在的自我所看到的东西来视看,通过对被知觉到的事物的内在知觉来称其为自我,因此,自我困于事物中,有前有后,有过去有将来。"(Merleau-Ponty,1964:162–163)身体现象学的原则是,知觉者同时也是被知觉者,身体知觉其他事物,同时也知觉自我,这构成了解读美国现代自我挽歌的完美视角。

美国现代自我挽歌通过知觉自我的身体哀悼自我的死亡。身体因死亡而变化,身体死后,身体的知觉会有什么变化呢?立刻消失?还是会以其他形式存在?美国现代自我挽歌哀悼自我死亡时,预设了身体知觉仍然存在,采用了但丁笔下的蒙泰费尔特罗的逻辑,如果听众回归人世间,死者就不会回应听众的问题,如果听众不回去,那么死者就会开口说话。既然他开始说话,就意味着他默认他的听众已经死去。然而,既然我们作为读者,偷听到了他的话,就说明他的听众回到了人间。同样,美国现代自我挽歌假设话语不会被第三者听到,因为说话的是死者。然而同时,他知道会有偷听者。从另一个层面来说,知觉的主体知道他在知觉,他知觉这一事实也能够让生者得知。所有这些都在身体现象学的结构中完成,而非在灵魂超越的预设下完成。因此,美国现代自我挽歌中,身体是知觉和超越的唯一源泉。

身体现象学支持战后美国诗人有关自我重要性的表述和自我的表达,"在我最原本的周身世界中,身体在彼处共现出来的东西,不是我的精神之物,也不是我自己世界中的任何东西。我以肉身的方式在此,最原本的世界的中心以我为起始"(Husserl,1977:118–119)。自我是所有意义的自然源泉,生活世界在自我身体周围构造起来,自我的身体"不是客体,而是客观的条件,是意识和世界的交接之处。毫无疑问,意义来源于意识,但意义建基于先在被给予的世界,其被给予性依靠身体呈现"(Laucer,1965:182)。因此,身体现象学强调,身体决定了知觉的生活世界,同样,美国现代自我挽歌在通过身体构建的生活世界中哀悼自我的死亡。

在西方哲学史中,身体的概念经历了巨大的变化,但却很少和身体超越死亡的能力联系起来,直到身体现象学出现,这一观点才浮出水面。挽歌中身体的超越性也是在美国现代自我挽歌中才逐渐清晰起来的。

从身体现象学的角度来追问身体的超越性可以解释身体的生存论意义。从词源来看,"超越性"(transcendence)是"跨越"(trans)和"上升"(ascendence)的结合。在现象学中,"'超越'一方面意味着对意识的超越……另一方面……是指对意识实项因素(感性材料)的超越"(倪梁康,2007:468)。纵观人类历史,有许多方法可以让人超越死亡,包括传说、宗教、艺术、哲学、科学等,自我挽歌是其中之一。通过反思自我之死,自我挽歌秉持意识的超越性态度。通常认为,一个人死亡,其身体就会失去知觉能力。或者说,只有当身体失去知觉功能和对世界的意识时,才能称之为"死去的身体"。然而,自我挽歌中的死者仍然能够知觉,仍然有意识,在传统自我挽歌中,死者知觉的渠道是灵魂,而在美国现代自我挽歌中,死者知觉的手段是身体。两种方式都认为死者能够超越死亡,前者通过灵魂,后者通过身体。

传统自我挽歌信任灵魂的超越性,而美国现代自我挽歌信任身体的超越性。灵魂的超越性容易理解,因为灵魂通常被认为超脱于物质的身体之外,能够在身体死亡之后继续存在。面对死亡这一万事终了的状态,为了自己的精神健康,人们认为十分有必要找到不变的、永恒的东西并牢牢抓住,当作人生意义的确切来源。这种永恒的东西给哀悼者慰藉,解释偶尔出现的关于死者的超自然现象,尤其可以让自我的死亡变得不那么可怕、容易接受一些。身体只是现世的躯壳,是灵魂暂时的寓所。从基督教的角度看,身体是肉身化的忏悔媒介,灵魂因其原罪在身体里忍受现世的折磨。在这个堕落的世界里赎罪之后,灵魂回到天国。在传统自我挽歌中,人死亡之后,灵魂获得报偿,而身体或者被遗留在现世,或者变得完全缺席。例如,在狄金森的诗歌《因为我无法为死亡停步——》中,死亡驾驶着马车,马车中乘坐着死者的灵魂和永生。通过死亡,死者目睹了现世和肉体的劳作和欢愉,即所有曾经对身体意味深重的东西。之后,他们乘着马车游历了生者的世界,向着永恒驶去。文德勒认为,这首诗中的"'永恒'没有面目,没有名字,没有特征,一片空白"(Vendler,2010:7)。只有将身体赶下死亡的马车,灵魂才能到达没有时间流动的地方,才能获得永恒。

　　传统自我挽歌中也有关注死亡身体的例子,如多恩的《圣父颂歌》("A Hymn to God the Father",1633)(Donne,2010:576-579),但其中死亡的身体维度导致困惑。言说者的生命是一根"线",是持续流淌的时间。当时间耗尽,"当我织完/我最后一段线,我将毁灭在海岸上",意味着身体的时间已经耗尽,肉身不复存在。对死亡和湮灭的恐惧深入骨髓,言说者的时间意识产生混乱。这首诗的时态复杂多变,使用了过去时、现在时、将来时、将来完成时等多种时态,因为他相信,时间意识只属于身体,而当身体湮灭之时,就完全没有了时间的概念,这是难以想象的。他解决时间意识混乱的方案是"在我死去时,这个太阳""将永远照耀,就像它从古至今一直照耀那样;/如此一来,你将功德圆满"。这几行诗句中,有两个双关语值得关注。"这个太阳"(Sun)也指圣父之子(son),太阳永远照耀,就意味着"我"作为上帝的子嗣将永远光彩夺目。太阳是时间的源泉,当"我"成了太阳,自然就不会再有时间流逝的概念。当"我"变成了太阳,没有了时间的困惑,那么"你"(圣父)就完成了所要做的事情。由于英语中的done(完成)和诗人的名字"Donne"同音,这里也可理解为"圣父就拥有了多恩",也就是说,诗人和上帝融为一体,诗人就获得了永生。就好比《圣经》中所说,骆驼死后穿过针眼,融入上帝的衣袍,证明基督教的死亡观中,最伟大的死亡就是和上帝融为一体。如此,"诗人可以放弃身体时间,转而进入灵魂时间,他的诗歌便可就此终结"(Vendler,2010:19)。

　　身体现象学可以解释对死亡的超越,而避免陷入身心二分的困境,身体——特别是死去的身体——便可获得一种新的意义。身体现象学由梅洛-庞蒂在"二战"后的20年中逐渐构建完善,是对胡塞尔现象学的新发展,核心方法是用身体的意向性取代意识的意向性。"二战"中,在胡塞尔的《欧洲科学危机与超验现象学》的影响下,梅洛-庞蒂深深感受到了现代西方文明的危机,认为危机的根源在于笛卡尔的二元对立(余碧平,2007:6-7)。因此,现象学要求对自然态度加括号,回到事物本身,为的是揭示事物如何到达人类的意识。在梅洛-庞蒂看来,现象学主张"让理智、观念、科学、透视、传统重新跟它们注定要理解的自然世界发生关联……希望同自然一起面对'来自自然'的科学"(梅洛-庞蒂,2018:10)。为了应对这一危机,身体现象学特别关注身体的知觉能力,"梅洛-庞蒂的现象学最具特征的东西,是他试图将现象学从纯粹意识的水平拉到具体生活的世界中,事实上是试图将现象学在人的个人实存和社会实存中具体化"(施皮格伯格,1995:784)。身体现象学不认为身体是由意识元素或物质元素构成的,而是由生活世界的天然意义来源组成的(佘碧平,2007:73)。身体是知觉的本源,而美国现代自我挽歌也认为灵魂不可靠、不可信,只有身体可以用来证实诗人哀悼自我死亡的信度和效度。

身体不再仅仅是只有心灵才能指向和知觉的身体的影像,而是一种身体图示,可以在运动觉的过程中指向和知觉(王晓华,2016:3)。简单来说,身体不是头脑中形成的图像,而是知觉的过程。因此,对于战后美国诗人来说,在自我死亡问题上,身体既是知觉的来源,又是构造的结果。战后美国诗人的过程诗学的重要贡献就是对死亡自我的知觉过程和构造过程的探索。兰格认为,"对于梅洛-庞蒂来说,体验是'超越的过程'""主体在身体中生活的方式对其理解世界的方式具有决定作用"(Langer,1989:xvi),因此可以说,生活在身体中的过程就是超越的过程。美国现代自我挽歌哀悼自我之死,主要是以身体为媒介进行的,原因是身体是体验世界的媒介,在死后仍然以某些形式存在,预示了体验过程的持续,暗示了超越死亡的可能性。在身体现象学中,身体的超越性主要表现在身体的时间意识和身体对与自我变化相关的自然力量的体察上。

从胡塞尔的内时间意识现象学来说,主体的时间由当下、保持和预持三部分组成。人的知觉能够超越当下,将触手伸向保持和预持。保持和预持的极端情况分别是出生前和死亡后,两者都是死亡的表现形式。人类对世界的体验"从自我流淌而出,其本身就包含了时间概念,因此必须被定义为'绝对'","对于胡塞尔来说,自我必然在一定程度上超越时间:'主体时间变成绝对的无时间的意识,而不是客体'"。(Moran,Cohen,2012:323)体验构造了时间,因此是时间的一部分,什么东西一旦和时间融为一体,那么一定就是绝对的存在。由于体验来自自我,所以自我一定高于体验,也高于时间。主体时间汇入了绝对的无时间的意识,因此也是无时间概念的。上文所说的狄金森和多恩笔下的永恒来自自我和上帝的融合,来自对灵魂永恒的信念,而胡塞尔所说的永恒是来自自我、主体、身体的体验和意识能力,这和灵魂的永恒有本质区别,因为胡塞尔的永恒没有对人进行灵肉二分,而是将永恒和超越的知觉建立在身体上。在生活世界体验中,主体时间超越客体时间,客体时间就是自然时间。当我们说一个人在某个时间死去,这个时间是客体时间,但我们提到此人死亡这一行为本身是属于此人体验的一种延伸,是主观时间的保持。如此说来,可以看作死亡超越了时间。死者被生者提到,意味着死者仍然活在生者的记忆里,因此,死者的时间被延续,可以看作死者主观时间的保持。在美国现代自我挽歌中,诗人同时期待和反思自己的死亡,既是通过反思来期待,也是通过期待来反思。诗人对自己的死亡的生活世界体验超越客观时间,从而通过超越时间来实现超越死亡。身体是生活世界体验的参与者,而非传统自我挽歌中的无时间概念的灵魂。无论生死,身体一直在自然力量的作用下变化。活着的时候,身体经历各种物理变化,这些变化必然在死亡中终结;死亡之后,身体继续在腐败过程中变化。在这些变化中,美国现代自我挽歌探索通过身体超越时间和死亡的可能性,以及这种可能性所蕴含的意义。

美国现代自我挽歌通过身体的超越性来哀悼自我死亡,暗自承认死亡身体可以跨越生死界线,其触手可以伸入可知觉的物质领域。具体来说,现象学中身体的超越性是属于肉身化的身体主体的,美国现代自我挽歌中的身体主体就是自我哀悼者。所谓"肉身化的身体主体",是指作为灵肉结合体的身体,是为了概括这样一种观念提出的,即"主观和客观的区分是错误地做出的……完全外在于自我的科学世界与由自我向自我的完整呈现所界定的世界的对立是站不住脚的"(梅洛-庞蒂,2005a:22-23)。梅洛-庞蒂所论的身心关系拒绝笛卡尔所说的身心二分——"是心灵而不是眼睛在看"(转引自梅洛-庞蒂,2005b:283)。笛卡尔认为身体的知觉能力是由身体中隐藏的某种东西操控的,"我用贴合语境的表达来说就是,我看到他们,就像我看到了蜡像。但我实际看到的却不过是帽子和外套,其下隐藏着机器人。但我断定他们是人。因此,我认为我用眼睛看到了东西,事实上是用头脑的判断机能把捉到了它"(Descartes,2008:23)。依据这一逻辑,梅洛-庞蒂推导出这样的结论:活着的身体接受外部世界的投射,"以这种方式被改变的身体不再是我的身体,一个具体的自我(Ego)的可见表达,而成了其他所有物中的一个物体……于是,当有生命的身体成了无内部世界的一个外部世界时,主体就成了无外部世界的内部世界,一个无偏见的旁观者"(梅洛-庞蒂,2001:85)。笛卡尔主义的视看和被看都浸润着身心二分,必然导致物质主义和心灵主义的身体观。物质主义依从世界应该如何的自然主义态度,认为死去的身体是自然物体的一部分,只遵从物理和化学原则;心灵主义认为死去的身体完全缺席,只留下精神,因为只有摆脱了低贱的身体,精神才能获得超越。这两种观念都过于偏狭,它们都预设了自在的客观世界,且都遗忘了具有知觉能力的身体主体,从而导致身体脱离了生活世界体验,而生活世界体验恰恰需要身体主体来获得和揭示。受时代和认识水平所限,传统自我挽歌难免落入物质主义或心灵主义的圈套,其中死去的身体或者与灵魂分离或者堕入灵魂的管辖。

相反,美国现代自我挽歌中的身体和灵魂通常是融合在身体主体的知觉能力中的。身体现象学认为身体和灵魂不是界限分明的两个绝对概念,而是相对概念,包括三个层面的身心关系:物理、生命、心理三层辩证法(梅洛-庞蒂,2005a:272)。生命包含物理,心理包含生命,所有三层辩证法都统一在身心一体之中。当身体主体死亡后,三层辩证法解体,不是像身体那样分解,而是分成了身体主体知觉的多个层次。与笛卡尔身心二分论不同,梅洛-庞蒂认为,灵魂与身体主体不可分离,灵魂也和对生活世界的知觉密不可分,"一个'事物'向意识的呈现或展现,不像在素朴经验中那样停留为一种理想的关系,而是被解释为事物对于身体和对于知觉主体的真实作用"(梅洛-庞蒂,2005a:284)。美国现代自我挽歌模仿想象中自我死亡的知觉分层,将生命呈现为三种辩证法中的一种。

正因为这种辩证法分层,事物对身体主体的作用方式,以及身体主体的触角伸向对生活世界的知觉的方式,才清晰可见。因此,身体现象学中的身体主体所指的不仅是身体的肉身,而且也指"世界的肉身"。所谓"世界的肉身"是指"我的身体是用与世界(它是被知觉的)同样的肉身做成的,还有,我的身体的肉身也被世界所分享,世界反射我的身体的肉身,世界和我的身体的肉身相互僭越(感觉同时充满主观性,充满物质性),它们进入了一种互相对抗又互相融合的关系——这还意味着:我的身体不仅仅是被知觉者中的一个被知觉者,而且是一切的测量者,世界所有维度的零度"(梅洛-庞蒂,2016:317)。

身体与世界的交互就像肉身与肉身的交互,让身体主体具有超越身体与世界之间界线的能力。身体是所有事物的标尺这一观念超越了身心二分论和主客二分论,从而让笛卡尔式的抽象世界回归生活世界。"我们是要在自在的、客观的存在和生活世界的存在之间找到一条通道——而这条通道意味着没有任何存在形式能够不涉及主体性而被设定……意味着这一通道是心理-物理的。"(梅洛-庞蒂,2016:206)美国现代自我挽歌坚持经由这一通道知觉自我的死亡,直接表现为对身体主体而非精神的关注,对身体而非灵魂的关注,因为"世界对我们呈现的方式取决于我们存在的方式,取决于我们作为身体主体的存在"(Priest,1998:74)。对生活世界的把捉需要身体主体的参与,世界呈现给我们某种样态,是需要通过身体来呈现的,也是因为身体才有意义的,这是身体对生活世界的贡献。反过来说,生活世界对身体主体的存在也有贡献。生活世界是身体主体存在的唯一环境和情景,离开了生活世界,进入传统的抽象世界,身体主体是不可想象的,因为在传统的抽象世界,身体不是主体,自我的物质性、身体性被排除在抽象世界之外。

战后美国诗人梅里尔在他生命的最后一年创作了一首诗,题为《身体》("Body",1995)(Merrill,2001:646),可谓他所有作品中身体意识最突出的一首。虽然从时间上来看,这首诗已经超越了战后美国诗人最活跃的年代,但从中可以看出美国现代自我挽歌关注死亡身体和身体核心地位的持续性:

> 认真看字母。你是否能看到,
>
> o从右侧进入舞台,然后逐渐圆满,
>
> 然后继续前进——如此迅速——
>
> 就像一个画着黑色眼影的月亮

她一路从 b 变成 d

——而 y 敲着门，得不到回答？
看的时间太长，词淡去，
消失。请问一旦身体不再
闪耀，你凭借什么光线看这些诗行，
b 和 d 又代表了什么。

　　这首诗开篇展示的是传统身体观，结尾使用了一个没有问号的反问句，拒绝了通过灵魂超越死亡的观点。通常意义上，正如此诗标题所示，body 变成了相互独立的四个字母，"身体"在死亡之后获得盖棺定论式的反观，反观的主体是隐藏在身体背后、超越死亡身体继续存在的灵魂。以身体为基础，人的一生解体成为四部分：b 代表"出生"（birth），o 代表"灵魂"（soul），d 代表"死亡"（death），y 代表身死之后的追问"为什么"（why）。既然身体死去，那么生命的意义只能通过反思的灵魂来揭示。身体不是知觉的主体，而是仅仅像一对书立一样，支撑灵魂经历从生到死的旅程。在这一段旅程中，灵魂看似知觉主体，掌控一切，身死之后仍然追问生命的意义。这首诗前六行覆盖了从生到死再到反思的全过程，第五、六行共同构成一个问句，跨越两个诗节。第一诗节以代表"死亡"的 d 结束，第二诗节以代表"为什么"的 y 开始，两者之间漫长的跨越和停顿似乎是讽刺身体和灵魂、凝滞的客体和知觉的主体之间二分的鸿沟。最后四行颠覆传统身体观。首先通过质疑身体一词的解体来解构二分。就像一个词看得太久会失去意义一样，身体对于意识来说，太过亲密，因而难以恰当地观照。此外，诗歌问如果"身体"这个词汇和身体这样东西都完全消失了会怎样。最后一个问题没有问号，说明没了身体，意识甚至不能阅读手头的这些诗行，更不可能理解生命和死亡的意义。因此，这首诗认为，追问生命的意义和身体的在场是并行的，只有身体作为统一的整体，而非像传统身体观认为的那样分裂开来，对死亡的超越才有可能。此外，这首诗还借女性怀孕的暗示赞扬身体超越死亡的重要意义。身体的代词是

"她"，o从b左侧的竖线逐渐显露，就像孕妇肚子变大，然后再从d右侧的竖线后退场，就像生完孩子的女性身体恢复了原样；而且从b代表birth、d代表death来看，女性的身体具有创造生命、超越死亡的能力。梅里尔质疑传统自我挽歌中常见的精神超越论，而倾向于认为，身体是身体主体，身体主体只有在死亡中才能最好地被知觉到，既因为死亡是任何事物终结的极端情景——对于人来说，除了身体别无一物，也因为死亡可以引起身体辩证法的分层呈现。

　　如上所述，所有挽歌都具有反身性，既指向死者又指向哀悼者，自我挽歌尤其关注自我的死亡。然而，美国现代自我挽歌特别关注死亡的身体，因此与传统自我挽歌有显著不同。如果战后美国诗人特别关注对生活世界的个人生活体验，从而构成了他们独特的意识场域，那么从非现实世界寻找超越死亡的线索就显得虚无缥缈。相反，尽管通常认为死亡身体的存在是短暂的，但死亡之后唯一确切存在的是身体，而且身体并非沉默，反倒可以"体现"出丰富的信息。从物理的角度来说，或许死亡的身体并不会消失，而且永远会以另外一种形式存在；从法医的角度来说，死去的身体并非一言不发，甚至有千言万语等待发掘；从历史的角度来说，考古发现往往涉及对死亡身体的探索和解谜。传统自我挽歌中的灵魂具有神性特征，而死去的身体脆弱不堪、危机四伏，但在美国现代自我挽歌中却具有个人化和主观化的特征。之所以说身体个人化，是因为和灵魂相比，身体是千差万别的；之所以说身体主观化，是因为身体上镌刻了死者个性化的印记，传递着独特的信息，需要主观意图的介入才能充分解读。对于美国现代自我挽歌来说，这一死去的身体就像济慈的"希腊古瓮"，生活世界化的知觉围绕着它蔓生。所有自我挽歌都具有超越死亡的能力，而直到美国现代自我挽歌出现，身体才被有意识地提升为身体主体，成为丈量世界的准绳和超越死亡的凭借。所谓"有意识"，是相对于过去人们的潜意识而言的。在潜意识中，人在身体主体的框架下生活和行事，身体也一直是丈量世界的准绳，但身体对过去的人们来说，是自然态度下的身体，是海德格尔所说的"在手之物"，是非主题化的静默的存在，而在战后美国诗人手中，身体的地位才发生了显著变化。战后美国诗人主要是通过新的自我挽歌来表达身体观的变化的。换句话说，离开身体，死亡的自我无法接收哀悼,因为在美国现代自我挽歌中,身体是媒介,耀眼夺神,诗人借此表达对死亡的生活世界体验,以及物质和精神的融合。美国现代自我挽歌没有忘记死亡的身体属于自我,也不会忘记知觉的身体同样属于自我。死亡的自我身体分成三层辩证法,追问身体主体如何超越死亡。如果说现代身体历史是身体造反的历史,那么美国现代身体挽歌中的身体就是造反最彻底的身体。之前的身体造反都只在活的身体上出现,美国现代身体挽歌将这种造反精神发展到了极致,死去的身体也被诗人注入了知觉和意识。自我挽歌中的死亡总是想象出来的,因为哀悼自我的死亡蕴含着悖论——如果自我死去,还怎么哀悼?然而,美国现代自我挽歌对身体主体的关注帮助自我体验死亡,为的是以生活世界化的方式实施死亡演练。

第二节　超越死亡的美国现代自我挽歌

正如梅里尔的《身体》所示,意识的知觉能力无法脱离身体而存在。对于战后美国诗人来说,既然身体主体是一切事物的唯一准绳,包括自我的死亡,那么它就能够跨越主客二分的鸿沟,采取的路径是身体的三层辩证法:物理-物质辩证法、生命-知觉辩证法和心理-时间意识辩证法。相反,离开身体洒下的光辉,意识就会陷入黑暗,超越死亡将不可想象。正如身体现象学反对唯物主义将身体看作机械原理决定的物理客体,美国现代自我挽歌反对传统自我挽歌将身体简化为物质实体,而是认为身体即便死去,也以其他形态继续存在,在多个层次的身心辩证法中现身,从而获得身体主体的超越性。

传统自我挽歌《灵船》("The Ship of Death",1928)(劳伦斯,1988:199-205)是劳伦斯向自己身体的告别。象征身体死亡的苹果从树上坠落,不仅说明死亡是自然现象,而且还喻指了伊甸园中的生命之果和植物之神的死亡和重生。苹果"撞破自己,为自己打开一个出口",这是"向自我道一声告别",是"从掉落的自我中/寻找一个出口"。苹果中的灵魂透过坠落造成的伤痕,从物质化的身体中逃向永恒。对于灵魂来说,身体之死虽然痛苦,却是短暂的,因为身体注定步入"湮灭"的境地。身体的"湮灭"在本诗中占据核心地位,出现多达七次,暗示了诗人物质主义的身体观。对劳伦斯来说,身体像苹果一样是物质实体,死亡就意味着身体的腐烂和消亡。诗歌标题"灵船"实为"死亡之船",其作用不是超度灵魂,而是帮助死去的身体"走完最漫长的旅程,抵达湮灭",从而让灵魂褪去制造苦难的"百孔千疮"的"躯体","摆脱旧的自我"。身体幻灭感贯穿此诗始终,只在第九部分和第十部分的前两个诗节突然反转。然而此处借助大洪水和诺亚方舟的寓言表达的灵魂重生的希望更反衬了身体湮灭的彻底,且在第十部分的最后一个诗节(也是整首诗的最后一个诗节)重提"灵船"和"通往湮灭的航程",再次强调了身体卑贱的物质性。

美国现代自我挽歌中,身体主体通过其物质性超越死亡。身体的物质性主要表现为身体在不同阶段的各种体貌表征,其中衰老和死亡对身体的改变最显著、最极端。贾雷尔对自我衰老和死亡的意识在他的多首自我挽歌中都有表现。其中《脸》("The Face",1955)、《华盛顿动物园里的女人》("The Woman at the Washington Zoo",1960)和《第二天》("Next Day",1965)三首诗都是一个年迈的女人自述的自我挽歌。诗人之所以选择女性作为叙述者,或许是因为人们通常认为,与男性相比,女性对身体形象的衰老具有更强烈的自我意识,因而,女性在哀悼自我死亡时,会更多关注身体而非灵魂。衰老的第一个表现是外表的变化,"脸""不再姣好,不再美丽——/甚至不再年轻"(Jarrell,1971:23);衰老的第二个表现也并不怎么咄咄逼人,"衰老,但不知道确切年龄,/不知道死亡,尚且安全"(Jarrell,1971:215);然而,衰老的第三个表现就让人不安了,"我看着我的人生,/我只害怕/它会变化,就像我正在变化那样"(Jarrell,1971:280)。这三个年迈的女性对待衰老有不同的态度,但都关注渐渐衰弱的身体,而第三个女性对身体的超越性意识最为明确。变化的身体体验以及对身体变化的体验都是非常个人化的。威廉·詹姆斯说过:"智慧的艺术是知道应该对什么视而不见。"(James,1980:369)这个女性从这句格言中学到了应该无视丧失和死亡,以及步步紧逼的自我的死亡,"智慧,威廉·詹姆斯说过,//是学会应该对什么视而不见。如果说这就是智慧/那么我就很聪明"(Jarrell,1971:279)。然而,丧失和死亡的痛苦是所有情感中最个人化的,因此把无视痛苦看作智慧极具讽刺意味,让人怀疑,而且"如果"一词更是指明了这种讽刺和怀疑。衰老造成的个人化的痛苦是多层面的,为此,诗人采用了三个人格面具——"她新近埋葬的朋友;她朋友的(也是她自己的)主要哀悼者,一个抽象的、非个人化的、孤独的形象,站在墓地旁边;一个仍然活着的、中产阶级女性,带着杂货从超市开车回家"(Travisano,1999:276)。这三个女性形象的声音对应了身体的三层辩证法:死者是物理层面的,哀悼者是心理层面的,开车回家的女性是生命层面的。女性言说者经历了从生命到心理再到物理的逐渐变化,在最后一个层面——物理层面——变化停止。对于女性来说,摆脱混乱的最终出路是自我的死亡。死亡是物理层面的,物理层面不再变化,变化会造成混乱,因此想要不变,最好的办法就是死亡。因为和心理、生命层面相比,物理层面是永恒的。

在《第二天》中,对身体在物理层面衰败的关注和前两首诗相似:

> 今天早晨,我担心我的脸。
> 它在后视镜里
> 看着我,我恨那双眼睛,
> 我恨那笑容。它相貌平平,布满皱纹,
> 就像灰色的发现,
> 对我反复说:"你老了。"就是如此,我老了。(Jarrell,1971:280)

不是女士在看自己的脸,而是她的脸在看她,在反复审视她自己。在镜子中,女士本人当然看到了审视自己的那个她,明确表达了自己对那个她的憎恨。她不恨自己,却恨镜子里自己的映像。这是在割裂自我和自我的面具。在镜子中看到自我不是女性的特权,但女性对自己的映像似乎具有更高的要求和更强的执念。一旦女性发现自己的映像让自己失望,就很可能产生怨怼之心。这里的女士最痛恨的也许就是镜子里的自己反复提醒自己的衰老。然而物理的身体的超越性的重要意义更加含混不清:

然而我害怕,就像我昨天参加

葬礼时的感受。

我的朋友面庞冰冷,带着妆容,像花丛中的大理石,

她的身体曾经被脱去衣服,施以手术,再精心打扮,

那是我的脸和身体。

我想着她,听到她对我说

我看起来多么年轻;我是多么特别;

我想着我所拥有的一切。

但事实上,没有人是特别的,

没有人拥有任何东西,我就是任何人,

我站在我的坟墓旁

对我的人生感到困惑,我的人生平淡无奇,形单影只。(Jarrell,
1971:280)

　　这首诗体现了一种对身体的强烈意识,认为身体会衰老、会伪装、会变冷,其中不乏苦涩的味道。对于死者来说,身体的物理层面决定了生命和死亡的意义。传统挽歌中,对衰老的身体日渐虚弱的担忧司空见惯,但对重生的暗示总是如影随形,而这种暗示对于美国现代自我挽歌来说没有足够的说服力,因为灵魂的重生必然否定自我身份和物理层面的身体。脸上的妆容、身上的行头旨在掩盖个人特征,而生活世界恰是由这些个人特征组成的。正是这些物理特征确保了对死亡的超越,诗歌言说者面对自己的生和死,想弄清自己的特征,却激荡出许多困惑。在传统自我挽歌中,这种困惑并不存在,因为灵魂的源泉和超越性都蕴含在了其神性之中,而美国现代自我挽歌中,变化的身体特征对世界的知觉困扰了本应处于中心地位的灵魂。

　　从结构上看,最后一个诗节是死者对言说者所说的话,她认为自己年轻、特

别、富有,但言说者认为,这些都是假象,一旦掩盖了身体的物理特征,让千人一面的灵魂发言,就会产生一个结果:言说者面前的坟墓不仅仅是朋友的,而且是"我"自己的,更是所有人的坟墓。正因为言说者具有现代人反思自我死亡的生活世界视角,她才能对眼前的情景产生困惑,才会渴望直视身体物理特征的变化,因为这是知觉世界的唯一凭借。相反,如果像传统自我挽歌那样,无视身体的变化,用妆容掩盖真实的特征,让灵魂和具有超越能力的灵魂的神性主导一切,那么就不会有任何困惑的存在。就像《灵船》一样,诗人迫切摆脱坏苹果,只希望坏苹果中的灵魂无视物理特征的变化,到达神圣的彼岸。

贾雷尔对衰老身体的态度和对身体超越死亡能力的态度反映了他对自己衰老的思考。贾雷尔诗歌中的超越性表现了他物理身体的知觉和他对超越衰老的渴望,难怪他的妻子在阅读《第二天》时,把它当作"贾雷尔的人格面具,掩盖了他对自己日渐衰老的抑郁,他拒绝任何交流,只沉湎于一个月中参加的两个朋友的葬礼"(转引自 Travisano,1999:276)。

美国现代自我挽歌拒绝将知觉能力归因于灵魂,拒绝承认这种对身体的心灵主义观念,而是将身体的感官看作知觉的本质,可以进一步解释身体的超越性。同样,身体现象学认为,知觉的本质是灵肉弥合的辩证法。身体主体的知觉能力是生命辩证法的体现,因为只要身体能够在生活世界中知觉,就说明知觉能力的存在。生命辩证法建基于物理层面,且尚未介入心理辩证法的反思层面。梅洛-庞蒂认为:"我是我自己身体的囚徒,是我自己身体可能存在的知觉的囚徒。"(Priest,1998:64)其意思是说,"我"的身体不是外在物体,而是和"我"对自我的身体的知觉一致。他还指出:"身体本身在世界中,就像心脏在机体中:身体不断地使可见的景象保持活力,内在地赋予它生命和供给它养料,与之一起形成一个系统。"(梅洛-庞蒂,2001:181)既然身体和世界具有同质性,"我"的身体和"我"对世界的知觉就具有同质性。

柏拉图的"洞喻"充分表达了西方传统身体观念。通过这个比喻,柏拉图试图证明,在认知世界方面,人的身体深受制约,就像囚禁在洞穴中一样。洞穴中漆黑一片,人类看到的只有火堆投射在墙壁上的阴影。柏拉图用受困于洞穴的身体来比喻受困于身体的灵魂：由于身体受困，人无法获得真知；灵魂被困在身体中，同样无法获得真知。要想获得真知，只能走出洞穴，来到本质的光芒下，就意味着灵魂要摆脱身体的束缚，上升到神性和抽象的高度，因为"身体的优点确实不是身体本来就有的……但是思想的优点似乎确实具有比较神圣的性质……灵魂的这个部分从小就已经得到锤炼，在我们出生的这个多变的世界里身受重负，被那些贪食一类的感官快乐所拖累，使它只能向下看。现在假定这种重负突然解脱了，灵魂转向了真实的事物，那么这些人的灵魂的同样的功能也一定会具有同样敏锐的视力去看较高的事物"（柏拉图，2003：515-516）。

如果说《灵船》关注的是物质主义，也就是说，死亡中身体的湮灭，那么罗伯特·布朗宁的《向前看》（"Prospice"，1861）（Browning，1896：164-165）关注的则是心灵主义，也就是说，灵魂在身体死亡之时离开身体，就像人逃离洞穴，而后获得了知觉能力。在这首诗中，死亡毁灭了身体的知觉，只留下主体，无法言说、无法视看，因为死亡意味着"我喉间的迷雾，/我脸上的阴霾"。面对死亡，言说者表现得非常乐观，士气高昂，期待着再次和死亡搏斗，然后获得"所有一切的回馈"，"偿还幸福生活的痛苦的/孽债，黑暗和寒冷"，因为他相信死亡之后，灵魂必然能够获得明亮幸福的知觉：当"黑暗的时刻即将终结"，也就是说，当痛苦、黑暗和寒冷的感受"退缩，调和，/改变"，随后出现"是一道光线，然后是你的胸膛，/哦，我的灵魂中你的灵魂！我要和你紧紧相拥，/和上帝一起安息"。此诗标题"prospice"是拉丁语，本意是"向前看"，含有祈使语气，这个命令的对象不是身体，而是灵魂。对布朗宁来说，当身体死去后，灵魂应该像柏拉图所说的那样，去追逐光明，回到本源，与上帝同在。

罗斯克对自我死亡的反复思考在身体现象学的助力下愈加深邃。霍尔斯坦注意到罗斯克对现象学的兴趣，"罗斯克似乎本能捕捉到了现象学方法，其结果是创作了一系列开创美国诗界先河的诗作。他的创作有赖于打破单一意识层面、狭隘的自我意识和现代美国的学科边界……他观察世界的方法具有原始的味道，同时也具有现象学的精神"（Holstein，1984：327）。罗斯克在知觉世界的方法上进行了破和立，目的是获得一种新的看和听的手段，新的手段只能通过多层面的身体知觉才能获得,身体知觉在死亡时刻变得更加敏锐和丰富。在罗斯克的《在黑暗时刻》("In a Dark Time",1968)(Roethke,2011:231)中,濒死的自我被推向了极端时刻,这一点和《向前看》相似,而不同点在于,《在黑暗时刻》将"洞喻"中身体和灵魂的关系彻底颠覆:黑暗没有阻止眼睛看到本质,而是恰恰帮助眼睛看到了本质。如标题所示,此诗的叙述设定在黑暗之中,在传统隐喻体系中,黑暗恰是死亡。但在这里,黑暗没有将灵魂赶出身体,也没有让身体的机能停止运作。事实情况是,"在黑暗时刻,眼睛开始看视,/我在渐渐变得深沉的阴影里遇到我的幽灵;/我听到回响的树林里回荡着我的声音"。柏拉图的"洞喻"中,洞穴里的身体只能看到幻象,渴望逃离现世,向往永恒的本质,而这里的身体是在世存在,这个世界是安放身体的生活世界,"我的幽灵钉在汗湿的墙上。/岩壁之间——是洞穴,/还是通幽的曲径?",这里的"洞穴"不是囚禁之所,而是通往知觉和生活世界"边缘"的曲径。

这首诗的第一人称言说者在几乎每个诗节都站出来说话,只在第三诗节隐身不见,因为这里的身体处于缺席状态:

> 稳定和谐的风暴!
> 夜晚和鸟儿、褴褛的月亮一起飘荡,
> 在光天化日之下,午夜在此降临!
> 一人远行去探寻他是什么——
> 在漫长、无泪的夜晚,自我死亡,
> 所有自然的形状闪耀着非自然的光芒。

这一诗节戏仿了传统洞穴身体观,其中只有非自然的光芒在闪耀,似乎能够让人看清自己的身体,却只能将身体的阴影投射到洞壁上。精神被囚禁在身体中,只能借助非自然的光芒来知觉世界。这样的精神当然不会知足,不甘愿在无知中死去,而是立志远行,走出洞穴,探寻世界的真谛。这非自然的光芒象征着人类历史上用理论抽象解释世界的尝试,尝试在这种光线下认识身体和"所有自然的形状"。因此,这一诗节中的"人"虽然理智地"远行去探寻他是什么",却只能"在漫长、无泪的夜晚"找到"自我死亡"。自我死亡,是因为他在身体死亡的传统解释中看不到希望,这种因失望和绝望而导致的死亡是心死,是知觉之死,是真正的自我死亡。最后一节指出了救赎之路:"我的光线是黑暗的,我的欲望更加黑暗。"这条救赎之路自相矛盾:光线怎么会是黑暗的? 可以认为,当身体位于死亡之中,光线就变成了黑暗,这是终极的光线,在这里,身体回归了与灵魂的完全统一。如此一来,出现了理想的知觉模式,即摆脱了理论抽象、与胡塞尔所说的本质直观相仿的知觉模式:"我的灵魂,好似夏日热浪逼疯的苍蝇,/在窗台上嗡响不停。"此时,来了一个"堕落之人",他在死亡的最底层,但他毫无畏惧,因为"头脑进入自己,上帝进入头脑,/这个就是唯一,在撕扯的风中自由自在"。于是,知觉的头脑回归身体之后才能形成救赎,而上帝(这里的上帝不是神灵,而是世界)和思维合二为一,自我的肉体映射着世界的肉体(爱默生式的唯一/统一)。这首诗以"撕扯的风"(tearing wind)结尾,照应了"无泪的夜"(tearless night)。"tearing"一词可以理解为撕扯和哭泣,两个意思都表现了强烈的个人情感,极力反对非自然的光线造成的愚钝和知觉能力的丧失。因此,这首诗拒绝放弃维持身体生存的知觉能力,坚持将其放回交错纠葛的生活世界。

　　所有自我挽歌都建立在时间意识上,因为只有当自我前瞻或回顾自我的死亡时,对自我死亡的哀悼才能够出现。自我的死亡和他者的死亡具有相似性,看到后者往往能够让人联想到前者,因此为自我挽歌想象提供了现实素材,其中,时间意识构建了基本叙事结构。时间意识存在前摄和后摄,属于身体主体三层辩证法中的心理辩证层面。传统自我挽歌中,在物质主义和精神主义的合谋下,死亡身体的时间意识不复存在,身体降级为卑贱的物质,剩下灵魂上升至诱人的永恒,两者都与时间意识无关。相反,在美国现代自我挽歌中,时间意识并不因死亡的出现而终止,而是在死亡之后的身体主体上继续存在。从知觉上来说,自我死亡后时间意识不可能存在,但由于死亡会使身体主体的三层辩证法剥离开来,时间意识的持续存在并非全无可能,而这也恰好是身体超越性的又一力证。从身体现象学来看,时间意识建立在身体意向性的基础上,因为时间由在世存在的存在场构建,只在身体和事物的交互关系中存在,"最终我通过反思进入普遍精神,远不能发现我历来之所是,而且这种进入是我的生命和其他生命的交错、我的身体和可见物的交错所引起的,是我的知觉场和他人的知觉场的交叉所引起的,由我的绵延和其他的绵延的混合引起的"(梅洛-庞蒂,2016:66)。身体的绵延不仅意味着"其他的绵延",而且在美国现代自我挽歌的自我死亡中超越它们。

史蒂文斯的《遗作集》(*Opus Posthumous*,1957)中有许多自我挽歌。《阿多尼斯》和《灵船》的自我挽歌成分在史蒂文斯的这些诗作中多有体现,尤其明显的是劳伦斯笔下"雪莱式的死亡观,视死亡为向原初的回归,而非骤然终结,这是史蒂文斯自我挽歌的典型特点,衰老和死亡是全新的开始"(Ramazani,1994:120)。对史蒂文斯来说,衰老和死亡所预示的全新开端属于灵魂,而非身体,随之而来的是没有时间概念的永恒。在《当你离开房间》("As You Leave the Room",1947—1955?)(Stevens,1989:117-118)中,史蒂文斯表达了自己告别生者世界的感伤之情:

> 你说话。你说:今天的主角不是
>
> 橱柜里的骷髅。我也不是。
>
> 这首诗写了菠萝,这首
>
> 写了永不满足的心理,
>
> 这首写了可靠的英雄,这首
>
> 写了夏季,都没写骷髅之所想。
>
> 我怀疑我是不是过了骷髅的生活,
>
> 我不相信现实,
>
> 我是不是世界上所有骨头的同乡?
>
> 现在,在这里,先前被我遗忘的雪变成了
>
> 主要现实的一部分,对现实的欣赏
>
> 和改进的一部分,就好像我离开了

带着我能触碰的、随便触碰的什么东西。

然而,除了不真实的东西,什么都

没有改变,好像什么都没有改变。

　　这首诗中的"你"是诗歌言说者说话的对象,冒号之后的部分都是"你"的自我独白。这首诗是诗人对自己的一首旧作《第一缕温暖》("First Warmth",1947)(Stevens,1989:117)进行改写而成的,其中说道:"今天的主角不是/橱柜里的骷髅。"这意味着本诗的言说者不再使用旧作中死亡身体的视角,因为死亡身体不得不离开现实的房间。诗人将旧作中的"现在,在这里,先前被我遗忘的温暖"改成了"现在,在这里,先前被我遗忘的雪",似乎是在拒绝变成冰冷的身体,努力回归房间,因为他认为,在房间里,"什么都没有改变"。新作中的自我正在离开世界,却担心自己会变得脱离真实。所幸,对他来说,非真实的世界已经在死亡中改变,那么结果是变成了真实的世界,这就意味着死亡让知觉更真实可信,就像乘坐劳伦斯的灵船来到了精神永生的世界。在旧作的基础上,史蒂文斯的新作就像是向着死亡的移动,充满了迟疑和犹豫,因为言说者怀疑时间意识和死后的改变。其结果是言说者拒绝变成骷髅,甚至不住地"担心自己已经变成了骷髅,生活在自己非真实的诗歌世界里"(Ramazani,1994:128)。因此,对于言说者来说,死亡已经阻断了他身体的意向性,时间意识也停止了工作。可以认为,在身体观念上,现代派诗人的挽歌是比较传统的,认为身体的死亡就意味着意识的终结。相较于20世纪之前的挽歌,虽然灵魂的痕迹淡化了很多,但仍然期望飞升,获得被"遗忘的温暖"。

　　相比较而言,对于战后美国诗人来说,自我意识问题更加摄人心魄。他们不信任现代派所说的非个人原则,偏爱呈现遭受困苦的、濒死的或已死的自我。因此,自我被哀悼,却从未消失。相反,自我的超越性的时间意识证明了其在危机状态下继续存在。赖特的诗歌具有典型的关注"知觉过程"和"通过情感获得理解"的特征,他借此消解、哀悼死亡的自我。(Lensing,Moran,1976:4,6)正如莫尔斯沃思所说,"从一开始,抒情诗中的自我问题就是赖特诗歌的活力之源。抒情诗产生于自我,又努力消解自我"(Molesworth,1973:222)。然而,自我的消解不是完全的消失,而是自我与其所吟唱之歌的融合。自我在诗歌中隐身,却用自我的时间意识结构左右着诗歌的书写。在赖特的诗歌中,尤其是他的自我挽歌中,知觉和理解将自我放置在死亡这一时刻,面临着死亡的威胁,时间意识仍然存在。例如在《葬礼之梦》("A Dream of Burial",1963)(Wright,1971:136)中,诗人将时间意识具象为身体主体的多重梦境。

梦境与呈现的场域密切相关,在这里,身体与事物交叠在一起。第一诗节是梦境的第一层,死去的自我凝视着自我的身体:

> 我什么都没有留下,
> 除了我的右脚
> 和我的左肩。
> 它们颜色惨白,就像蜘蛛丝
> 在雪原上飘向黑暗的建筑
> 那建筑被风吹得歪歪斜斜,斑斑点点。

这里的自我与史蒂文斯笔下死亡的自我相似,也变成了骷髅,甚至残缺到只剩下了一部分。然而赖特的自我与史蒂文斯的自我的不同之处在于前者没有离开此在的房间,而是渴求"黑暗的建筑"。这一建筑可能属于生者也可能属于死者,不论属于谁,自我都通过身体的知觉过程充分意识到时间的流淌,"在梦境中,我继续做梦",熟睡恰是对死亡的隐喻。此后,在第二诗节,自我来到梦境的第二个层次:

> 一队老妪
> 在我头顶轻轻歌唱,
> 就像死水边蚊子微弱地嘤嗡。

从"头顶"一词可以看出,这里的自我在坟墓之中。然而身处坟墓并不意味着时间意识的终结。他听到的歌声应该是一首安魂曲,但对于自我来说,也是唤起梦境的招灵曲。这首歌曲引出了第三层梦境,这里的时间意识指向了将要到来的生活世界,这一世界不是经过史蒂文斯抬升的天国世界,而是具有浓厚的现实色彩:

> 那么我等待,在我的通道里。
> 我倾听大海
> 对我的呼唤。
> 我知道,外面某处,那匹马
> 鞍辔俱全,咀嚼鲜草,
> 等待我到来。

这三层梦境构建了四层时间意识:诉说着的自我,早先死去的自我,新近埋葬的自我,未来的自我。知觉过程清晰明了,时间意识的持续延伸值得期待。整个诗歌使用过去时,意指诗歌中的所有事情都发生在过去,而最后一节中的两个"等待"分别是过去时和进行时,暗示了死亡身体对未来的前摄。这一身体观在收录入同一诗集的另一首诗中也得到了很好的表达:"突然间我意识到/如果我走出我的身体,我会绽放成花朵。"(Wright,1971:135)在《葬礼之梦》中,死去的自我走出身体来体验时间意识的过程,期待身体的未来能够像花朵一样美丽。如果说史蒂文斯诗歌中的过去屏蔽当下,死亡阻隔时间意识,那么赖特的诗歌让未来决定现在,其手段可以很好地用梅洛-庞蒂的时间意识理论概括,"不是过去推动现在,也不是现在推动在存在中的将来;将来不是在观察者的后面形成的,而是在观察者的前面形成的,就像暴风雨是在地平线附近形成的"(梅洛-庞蒂,2001:515)。这段话生动形象地描绘了身体主体对时间意识的决定能力,让身体得以超越死亡,思索存在的多重维度。对于赖特来说,存在的意义在于身体对死亡的期待,也在于死亡的身体在死亡中对未来的期待。死亡的身体正是一种在世存在,耸立在意识之中,就像"地平线上的风暴",让身体辩证法层次分明。

面对生命的有限性,自我挽歌视超越死亡为永恒的主题。美国现代自我挽歌拒绝物质主义和观念主义在身心二分上的同谋,审视栖身于多重辩证法之中的身体的超越性,反对传统自我挽歌漠视身体的态度,试图扭转飞速发展的科学和日渐消亡的宗教所造成的身体幻灭感。

第三节　跨越生死的美国现代尸体挽歌

一直以来,人类有个梦想,希望从死亡返回人间,更希望将阴间的情形描述给世人听。例如,俄耳浦斯希望用自己哀悼亡妻的凄婉琴声打动地府的艄公守卫和冥王冥后,救亡妻回到人间;再如,但丁在《地狱篇》中幻想自己和维吉尔一起到地狱巡游,希望如实记述地狱的情景,遇到的蒙泰费尔特罗对这两人说:"既然无人曾从这地狱返回人间,那么我就不必担心名声受损,会如实回答你的问题。"(Dante,2004:249)这表现了人类超越自己能够知觉的世界、一定程度理解彼岸世界的愿望。然而,不论人类如何努力,另一个世界都虚无缥缈、神秘莫测,但这种尝试仍然是文学最迷人的主题之一。如果自我挽歌是这种尝试的结果,那么尸体挽歌则是通过尸体的自我独白来揣测、描绘另一个世界的一种自我挽歌。

尸体挽歌借尸体之口以第一人称讲述死亡体验。自我挽歌哀悼自我死亡,而尸体挽歌想象自我是死亡主体,张口说话,是对死亡世界更深入的探索。尸体挽歌来源于描述死亡世界这一悠久的文学传统,但不同于其他想象死亡的作品,因为它不是第三人称的转述,而是言说者第一人称的体验。尸体挽歌并非战后美国诗人首创,而是在英语诗作中早有体现,如托马斯·胡德的《玛丽的幽灵》("Mary's Ghost",1827),哈代的《啊,你是否在挖我的坟墓》("Ah,Are You Digging on My Grave",1914),狄金森的《人们是否同样腐朽》("Do People Moulder Equally",1862)、《我的小屋是坟墓》("The Grave My Little Cottage Is",1896),史蒂文斯的《罗森布鲁姆的送葬队伍》("Cortege for Rosenbloom",1921)、

《冰激凌之王》（"The Emperor of Ice-Cream", 1922）。然而，"二战"后的美国文坛不仅出现了数量惊人的尸体挽歌，而且还表现出通过尸体戏剧独白来表达超越性的新特征。

　　美国现代自我挽歌通常将身体的死亡想象为一种稳固的状态，在相应的状态下体验其超越性的物理、生命或心理层面，而美国现代尸体挽歌往往跨越生死界线。众所周知，尸体不会开口说话，让尸体讨论死亡具有超自然的色彩，让人难以用常理想象或理解，尤其是现代世界里，宗教权威的普遍衰退似乎让这种诗歌表达方式沦为纯粹的无稽之谈。诚然，宗教对死后世界的描述越来越难以让人信服，但对死亡的恰当解释并不是不再重要，反而显得越发必要，因为对未知世界的好奇心是人类的天性。当现代死亡越来越低眉顺目，越来越禁忌化，当上帝死去，宗教式重生的希望消失殆尽，身体成了死后知觉的唯一媒介，唯一可能跨越生死的超越性存在。

　　所有的尸体挽歌都必然涉及死亡的身体，但同样是死亡的身体，在传统挽歌和美国现代挽歌中具有不同的内涵和归宿。在传统尸体挽歌中，尸体仅短暂存在，其目的是帮助灵魂超越至彼世；而在美国现代尸体挽歌中，灵魂是缺席的，只留下身体用生活世界的方式知觉世界和死亡。

　　在美国诗歌史上，狄金森和史蒂文斯这两位诗人特别偏爱尸体挽歌，都在哀悼死亡的时候表现出了身心二分的倾向。在《人们是否同样腐朽》（Dickinson, 1960: 207）中，狄金森认为人死之后，身体在坟墓里腐烂，但她不确定的是，身体腐烂的方式是否相同。她把死者分门别类。一种人"像我一样积极地生活"，他们拒绝回答上述问题，因为虽然"我死了"，但我"仍然让我的肺/在没过头顶的水箱里/充满，为了观众"，意思是说，"我"能在水里呼吸，还能说话，说明这种人有独特之处，因为他能在死亡中进行某种转化。第三诗节用耶稣的口吻回答了诗歌标题提出的问题："我告诉你，耶稣说——/这里站着——/一种人，不会品尝死亡的滋味——"因此，言说者对诗歌标题问题的回答不言自明。如果她死后能够听到耶稣的话，那么她就没有死。尽管她死后同样也进入了坟墓，她这类人的意识不会随着身体死亡而消失，这一点说明了她与其他种类的不同。然而，言说者的信念是有条件的,即"如果耶稣是认真的",这表现了她对答案确定性的怀疑。言说者最终选择相信耶稣说的话,"上帝的状态/无可辩驳——/他告诉我,死亡已死——",耶稣的话使用了过去时态,说明言说者已经死去。通过转述上帝的话语,她扮演了上帝信使的角色,传播上帝的教令,也证明了她自己获得了精神不朽。

《我的小屋是坟墓》(Dickinson,1960:706-707)表达了同样的思想。这首诗中,言说者同样在她的坟墓里。诗人把这个坟墓比作"小屋","在这里,我为你'守护房屋'/把我的客厅收拾得井井有条/摆上大理石茶具"。这首诗中的言说对象并不在场,言说者期待其回归,因为她相信"两人(只是)短暂分离/……/知道最终生命(将会)重聚/形成坚固的纽带"。这首诗进一步描绘了言说者这类人死亡后的生活状态。显然,言说对象是死者的灵魂,灵魂离开身体,将身体留在坟墓里,身体仍然相信灵魂将会回归,与身体重聚。笛卡尔式的身心二分是言说者信念的根基。身体是灵魂的房间,灵魂离开,身体便进入坟墓。如果灵魂相信耶稣所言,身体就不会像不信上帝的人那样腐烂。最后,灵魂会回归身体,获得重生,两者会获得永恒的生命。因此,对狄金森来说,身体是世俗的、是物质的,等待灵魂的救赎,灵魂回来时会带着耶稣的箴言,将身体的寓所带上天国。否则,身体就会在坟墓中"腐烂",分解成纯粹的、低贱的物质。

史蒂文斯也对自我的死亡着迷。他的自我挽歌,如《第一缕温暖》和《当你离开房间》,否定了死亡阴影下身体的物质功能。这些自我挽歌中的言说者担心自己因为不相信现实,"过了骷髅的生活",而现在已经"离开了,带着我能触碰的、随意触碰的什么东西"。只有死去时,他才会感受到他一直紧握不放的事实从未改变,意味着已经在死亡中改变的东西都是不真实的。对于死去的言说者来说,已经改变的东西是"菠萝""永不满足的心理""可靠的英雄"和"夏季",而那些没有改变的东西都像是"雪"。前一组东西是物质性的,能赋予生命,但不真实,因为它们都不具有超越性;而后一组东西都是真实的,因为它们不能被死亡改变。为什么说雪一样的东西不能被死亡改变?史蒂文斯的另一首挽歌《雪人》("The Snow Man",1921)(Stevens,2007:9-10)给出了答案。这里的雪象征着死亡,因为雪和死亡都是冰冷的,还象征着抽象为"虚无"的生活世界。如果生命和现实都被虚无笼罩,那么死亡将不能改变它,因为"虚无"不可能进一步收缩成别样的虚无。因此,对这个雪人来说,"这里没有的虚无和这里有的虚无"指涉生活中的现实和死亡。理解了史蒂文斯挽歌的基本主题,再来读他的尸体挽歌就相对容易了;而对他的挽歌中很少出现死亡身体的物质化形象,也比较容易解释了。

《罗森布鲁姆的送葬队伍》(Stevens,2007:79—81)被收录在史蒂文斯的第一本诗集中,是一首准尸体挽歌,之所以这么说,是因为这首诗没有采用第一人称独白的形式,而是让死去的身体说话,再由言说者从总体上对此进行哲思式的评价。拉马扎尼称其为"一首模拟挽歌",因为它"使用机械化的反复讽刺了挽歌的反复和社会化的哀悼,而且用挽歌的形式化样板嘲弄了对死亡的拒绝"(Ramazani,1994:94—95)。通过这首挽歌,史蒂文斯嘲笑了仪式化的送葬队伍,这支队伍的目标是把死者送到天国,诗人认为这一目标不切实际,因为离开物质现实,无法想象抽象。因此,与将死者奉为天上的明星这种虚幻想象相比,在空中建造"脚手架和台阶"更现实:"自远古以来,哲学家和其他领域的杰出人物用绚丽多彩的颜料涂抹了天空。但最终都难逃地下六英尺的归宿。对于罗森布鲁姆和亚西比德来说并无二致。他们一定都在图福特斯咀嚼过这个栗子。这个仪式很有趣。为什么不在天空搭建脚手架和台阶,就像天赋异禀的现实主义者那样随意往来?"(Stevens,1966:223)这首诗中表达的幻灭感具有自然主义态度的痕迹,而狄金森诗歌中对死亡浪漫的、宗教的和超自然的认识都消失殆尽,剩下的只有"他的身体","是遁世者的婴儿/是虚无的婴儿"。可以看出,在这首诗中,一方面,史蒂文斯完全相信物质性对于包括哲学和绘画在内的抽象观点的重要意义,另一方面,他厌弃物质性,认为它不过是"遁世者的婴儿",而且不信任它,认为它是"虚无的婴儿"。不论一个人所做的精神贡献有多大,死去的身体都终将埋入坟墓(六英尺是指常见的坟墓深度)。现实主义的死亡观和自然主义的死亡观似乎都与史蒂文斯对"虚无"的超越性的信念相矛盾。史蒂文斯的另一首准尸体挽歌《冰激凌之王》(Stevens,2007:64)则恰好可以化解这一难题。

这首诗中,难题首先表现在题目中。"王"是现实人物或事物的头衔,却被戴在了"冰激凌"的头上。抽象概念和具体物质的并置贯穿全诗:"强壮的"和"雪茄","充满欲望的"和"凝乳","看似"和"存在","扇尾刺绣"和"床单","充满欲望的"和"脚","冰冷的""沉默的"和"她","光芒"和"灯"。作为身体,冰激凌是脆弱的,但它诸如冰冷之类的抽象品质却是永恒的,配得上"王"这一头衔,因为即便冰激凌死去,他抽象的品质也会遗留下来。上述多对并峙词语中的前者都是抽象品质,不稳定,但比后者更持久。前后两者之间的关系在一句意蕴隽永的诗行中袒露无遗:"让存在成为看似的终结。"("Let be be finale of seem.")既然身体注定埋葬于地下六英尺,那么第一个"be"就像海德格尔所说的"存在",这个存在不像看起来那样坚不可摧,而其品质曾经只是"看似",却最终成为存在,为身体画上句号。隐藏于诗歌中的言说者在六个诗行中的前五行都使用祈使句发出命令,恰恰成就了他作为自我尸体的哀悼者和自我抽象品质的维护者的身份。他认为自己的抽象品质让自己成为一个王。史蒂文斯不像狄金森那样相信尸体的能动性,也不相信灵魂的存在,因而把死亡看作虚无,只留下抽象的品质悬浮于天空,因此他所写的尸体挽歌只能算作准尸体挽歌。尽管史蒂文斯看似强调身体的物质性,不信任非现实的彼世,但和狄金森一样,他的观点是基于身心二分之上的。两者的区别在于,对于史蒂文斯来说,永恒存在于精神的成就,而对于狄金森来说,永恒存在于宗教的重生。对两者来说,身体抑或滞留于此世,抑或被踩踏于地下,像一所房子一样屈居次要地位,或像一个冰激凌一样转瞬即逝,不能分享灵魂的勃勃生机。

相比较而言,美国现代尸体挽歌拒绝分离身体和灵魂,诗歌言说者通常在生活世界视域下体验和探讨生命与死亡,居于这种体验中心的恰是身体和身体的知觉。传统尸体挽歌把身体作为彼世灵魂的传声筒,或者是抽象品质的放大镜,而美国现代尸体挽歌只让身体来言说其生活世界的体验。美国现代尸体挽歌是一种"沉默的我思",专注于自我思索的过程,对于这种思维方式来说,世界不再二分为思考者和思维。在梅洛-庞蒂看来,"沉默的我思,自己对自己的呈现,是存在本身,先于任何哲学,但是,它只能在受到威胁的极限情景中认识自己:例如在死的焦虑中,或在他人注视我的焦虑中"(梅洛-庞蒂,2001:506)。因此,对美国现代尸体挽歌来说,"沉默的我思"的对象是自我的死亡,只有通过灵魂和身体的融合才能对自我的死亡进行反思,而且进行"沉默的我思"的最佳渠道是死亡身体的独白。通常情况下,一个人的意识都是向外的,就像触角一样,伸向外部世界,而很少触及自身,就像眼睛视看的对象是外部世界,而很少注意到视看这个行为或是眼睛本身一样。只有当自身受到威胁时,例如遭遇病痛或面临死亡,这个人才会注意到自我的存在。当这个人关注自我的存在时,他的灵魂不再游离于身体之外,而是回归了身体本身,从而实现了灵魂和身体的融合。如果这个人进一步假想自己已经死去,而且从死亡身体的视角来言说,那么正像我们在现实生活中所看到的那样,尸体的"言说"是"沉默的",是"我思"式的,是"沉默的我思"的最佳体现。因此,尸体挽歌就是"沉默的我思"。灵魂的言说和灵肉融合的言说具有本质的区别。传统尸体挽歌中的言说和知觉主体不是身体主体,而是试图获得超越的灵魂;相反,美国现代尸体挽歌中灵魂和身体的交织揭示了在世存在的本原知觉,其中的言说和知觉主体是身体主体,充满了思考和晦暗的身体的含混性。

总体而言,美国现代尸体挽歌中存在两种超越死亡的方式:从生入死,从死复生。西方文学中,但丁的诗作是超越死亡的典型,特别是《神曲》中的言说者返回人间,转述地狱中蒙泰费尔特罗讲述的故事。但这些有关地狱的描述其实并非但丁的言说者亲历,而是来自地狱的永久居民。所有的尸体挽歌都可以看作这一悠久传统的继承者,但美国现代尸体挽歌特别关注自我已死身体的肉身体验,其中自我的身体潜入死亡,而后返回生者世界讲述死亡。之所以尸体能够讲述死亡,是因为身体和世界是同质的。尸体是生命和世界分离的结果,但对于梅洛-庞蒂来说,世界也是一种肉体,世界之肉的开裂和生活世界的本原意义一致。正如梅洛-庞蒂所说,"晦暗的身体和晦暗的世界的连接处,有一种普遍性和启示之光"(梅洛-庞蒂,2016:181),身体和世界的碰撞具有特殊意义,可以称其为"生活世界的根基",哪怕是在死亡中也是如此。没有其他身体和世界比尸体和死亡的世界更加晦暗,因此,美国现代尸体挽歌中尸体和死亡世界的碰撞具有"一种普遍性和启示之光",尸体作为世界之肉的一部分,在其超越死亡方面具有重要意义,具体表现在知觉和言语之中。

尽管我们对彼世的认知通常只是想象,但只要我们对其有所了解,都会减轻死亡的恐惧感和神秘感。或可说,只有第一人称陈述的一手的死亡体验才是最生动、最让人信服的。首先,言说者想象自我的死亡,然后死者作为尸体讲话,有意识的讲话对象是自我,却无意间被整个生者的世界听到。既然对于美国现代尸体挽歌来说,身体之外没有灵魂,那么死亡就是一种无知觉状态,出声的言说自然就毫无可能。其次,现象学认为,当我思处于沉默状态,本原的知觉就凸显出来了。本原的知觉就是思考本身,将自我看作身体和灵魂的统一体:"我们所用来对抗作为第二种现实的物质自然的东西不是'灵魂'而是身体和灵魂构成的坚实的统一体,即人(或动物)的主体。"(Husserl,1990:146)简言之,传统尸体挽歌认为,只有彼世的灵魂才有知觉能力,身体只是提线木偶,而美国现代尸体挽歌通过身体和灵魂在生活世界中的结合来知觉死亡,死去的身体提供了显性的知觉逻辑。

美国现代尸体挽歌怀疑身心二分。当死者张口说话,分享关于死亡的见地时,言说者总是尸体本身,而且是为了自身的存在代言,却并不是通过高人一等的灵魂,也不是为了昭示灵魂的存在。普拉斯的《凌晨两点的外科医生》("The Surgeon at 2 a.m.",1961)(Plath,1981:170-171)是一首准尸体挽歌,言说者是一个外科医生。躺在手术台上的身体"冰冷,平静",其灵魂似乎不知去向:"灵魂是另一种光芒。/我没有见过它;它没有飞升。/今夜,灵魂退缩,就像船上的灯光。"第二诗节呈现了身体器官的形状、颜色、质地、触感和味道。身体的物质性冲击感强烈,诗歌言说者感到"比起这些器官/我如此渺小"。第三诗节描写了身体的血液。言说者赞美了血液循环系统,将其比作古罗马复杂精细的供水系统。第四诗节描写了手术情景,通过手术,外科医生让身体"完美",但医生没有像上帝一样主导身体,而是把患病的身体组织当作"圣人的遗骸"来供奉。外科医生完成手术后,骄傲之情溢于言表,"我是太阳,穿着白衣,/苍白的面庞,被药物遮蔽,跟随我像花朵",不啻于把自己比作宇宙的中心,病人的脸庞就像向日葵,仰视、追随太阳,但事实上,外科医生是通过身体认识世界的,包括超自然世界、植物世界、微生物世界和古罗马世界。因此,看似被医生主宰的身体实际上主宰了医生。医生和身体的接触其实是精神和肉体的接触,更是世界之肉和身体之肉的接触。因此,这首诗从医生的角度证明了身体超越生命到达死亡的能力,身体凭借一己之力,帮助医生超越生命,触及死亡,而且由此完成了肉体和精神的接触和融合。

尽管此诗中的身体一直静默无言,从与身体的接触中获得的知觉都由医生言说,但离开身体,言说者不可能如此深刻地认识身体和世界。通过阅读普拉斯的生平传记,我们知道,诗人并未有过从医经历,却有过丰富的病人经历(史蒂文森,2004:51-53)。由此可以推断,本诗中的手术描写看似来自医生,其实来自病人,因为病人濒临死亡的阈限性的身体超越生命,触及死亡。这个身体总是保持安静,由外科医生代为言说超越的过程和由此获得的知觉。诗歌言说者显然认为灵魂并不存在:"我没有见过它。"他认为当身体机能停止后,死亡便完全接手,身体是生命的全部。如果说身体是整体,那么各器官就是身体的有机组成部分。诗歌把器官比作自然界中的生灵,暗示了器官也有生命,而非像机器的零部件一样毫无感觉。诗歌言说者甚至把自己降低到器官的层面,来表达尊敬。这首准尸体挽歌也可看作身体颂歌,哀悼身体的死亡,也赞扬生命的奇迹。生命的奇迹并非来自寄居于身体的灵魂,而是来自所有器官协同工作所构成的整体。

诗歌言说者迷恋于人类身体科学一般的严谨和机器一般的精密。他的语言充满了解剖学式的精准,但并不受制于解剖学的机械刻板。在身体之外,仍有多重存在,体现着身体的超越性。诗歌把体内的器官比作植物和动物,把血液比作日落,把输送血液的血管比作古罗马的水利系统,把身体的各部分组织比作圣人的遗骸。于是,在麻醉剂的作用下,身体昏迷,经历手术,好比死去,而当身体苏醒过来,生命随即回归。普拉斯通过诗歌表达了自己对医疗救治之中的身体和身体各器官的兴趣,或许与她父亲因病截肢、随后死去有关。普拉斯的父亲是著名的植物学家,有着外科医生的精准,但科学精神并未能够挽救他的生命。普拉斯对其中的讽刺意味进行了反思,让她对使用科学态度观照生命有了新的认识。科学态度,也就是胡塞尔所说的自然主义态度,把人的身体看作零件组成的机器。身体的真实感受不过是低贱身体的主观性的外在表现。普拉斯的父亲恰是因为这种对身体感受的漠视而置自己坏疽的腿于不顾,最终不得不截肢。

诗歌言说者在死亡边缘做手术,猛然感受到了"沉默的我思"的冲动,思索着灵肉的结合。这个身体并未被自然主义一分为二,仍然尊重每个器官和所有器官聚合成整体的体验。普拉斯让外科医生谈论死亡,似乎是努力在现实生活体验中寻找父亲的科学自然主义的根基。此诗结尾不乏希望色调,说明诗人的努力是卓有成效的。

普拉斯有多首挽歌通过对肉身体验的关注获取戏剧性效果,例如《五寻深处》("Full Fathom Five",1958)、《巨石像》("The Colossus",1959)、《爸爸》("Daddy",1962)中死去的父亲的身体,以及《郁金香》("Tulips",1961)、《高烧103度》("Fever 103°",1962)、《边缘》("Edge",1963)中忍受痛苦的自我身体。有时候,自我历尽苦难的身体被推过生死界线,变成毫无生命的物体,身体的话语被记录在尸体挽歌中。这种身体不同于狄金森死亡的自我,因为对狄金森来说,物质的现实不复存在,也不同于史蒂文斯的死亡身体,因为对于史蒂文斯来说,尸体是虚无,灵魂不会经历任何变化。在普拉斯的尸体挽歌中,身体即身体主体,不拒绝反而拥抱、品味身体的变化,体察其中隐含的从生到死的超越。

《石头》("The Stones",1959)(Plath,1981:136-137)一诗中,诗歌言说者似乎一开始就没有了生命,"我躺在巨大的铁砧上"。这个身体就像圣坛上的祭品,让我们不由联想到《凌晨两点的外科医生》中手术台上的身体。然而,与诗歌最后身体的遭遇相比,《石头》中铁砧上的身体更像是活着的,因此让诗歌呈现出一种逐渐滑入死亡深渊的过程。对诗人来说,死亡不是一种绝对的状态,可以有浅层的死亡——身体完好、意识独立,也可以有深层的死亡——身体支离破碎、意识涣散缥缈。这种对死亡的理解有诗意、想象的成分,但也表达了人们对彼岸世界的猜想和对死亡的诠释。第一、二诗行使用了现在时态,意指身体当下的存在状态,随后的十四行使用了过去时态,意味着这部分是身体对自己如何变成尸体的回顾。身体曾经是鲜活的,沐浴在光明之下,现在"坠落光线之外",深陷黑暗之中,"进入/冷漠的肠胃,无言的橱柜"。进入冷漠、黑暗世界的过程暗示了在诗歌使用过去时态描述的情景之前,生活并非如此冷漠和沉寂。死亡世界中的身体被无视、禁言。然而,死亡并不是变化的终结。身体被"捣锤之母""碾成""一个死气沉沉的卵石"。身体虽然已死,但仍被"城里人"珍视。当他们听到"嘴巴"吹出的口哨声时,"他们就来搜寻石头"。

　　言说者是众多石头中的一块,被从"采石场"带回,放在铁砧上。然而,让人吃惊的是,石头的价值不在于它静止不动的品质,也不在于它在死亡中吹响的哨声,而在于它可以被修补的潜质。因此,这首诗继续使用一般现在时态来描述躺在铁砧上的身体的状态。它经历了各种手术,这些手术让它进入一种"后地狱"的状态。此前的一般过去时态意味着死亡,现在身体似乎在死亡之后重新获得生命,而这一过程充满了痛苦的祭献:

> 我看到了光。
> 风开启了耳道的
> 塞子,古老的斗士。
>
> 水安抚了火石的唇,
> 日光将不变的自己投射在墙上。
> 嫁接人心花怒放。
>
> 加热钳子,举起精致的锤子。
> 电流摇动电线
> 电压升高。肠线缝合我的裂缝。

　　城里人之所以修复言说者的尸体,是因为他们的"爱是我光头护士的制服//……是我的诅咒的筋骨"。他们用爱修复尸体的最终结果是:

> 重塑的花瓶里居住着

难以描述的玫瑰。

十根手指捧成一个碗，装入影子。
我的补丁发痒。无事可做。
我会完好如新。

言说者的身体被重塑成了花瓶，有了新的生命，但其中的玫瑰难以理解，难以保存，重塑留下的补丁和裂缝永不会消失。

诗歌时态的变化暗示了言说者身体阶段的变化，她经历了从生的世界到死亡的地狱再到重塑后的后地狱阶段的持续坠落。这三个阶段都是由言说者的身体经历的，离开身体的体验，只有虚无。此诗的言说者不同于狄金森，因为狄金森认为灵魂的认知高于一切，也不同于史蒂文斯，因为史蒂文斯认为生命和死亡中都一无所有。既然在城里人的修补之下，言说者的身体从黑暗回归了光明，读者很可能认为这个身体和狄金森笔下等待灵魂回归的身体有相似之处。然而，永恒生命对狄金森笔下的身体来说是一种极乐状态，她对此无比期待，而对于普拉斯的言说者来说，新的生命是"后地狱"式的生命，是城里人违背了身体本意强加给她的生命。从这种观点可以看出，诗人认为身体知觉能够超越生命，诗人担心自己的生命和死亡会被攫取，被人们强制变成她不希望看到的样子。她关于身体知觉的观点恰如她对待这修补过的花瓶的态度，不同于传统尸体挽歌中灵肉二分的观点。对于狄金森来说，这花瓶可以容纳象征灵魂的玫瑰，二者幸福地共存；对于史蒂文斯来说，这花瓶会放任自己支离破碎，听任抽象的玫瑰独自保持纯粹的状态。然而，对于普拉斯来说，花瓶和玫瑰都不值一提，因为两者都是人造的产物：花瓶是通过打碎天然身体重塑的，玫瑰是被剪下之后插进花瓶的，都仅仅是为了满足城里人的喜好。普拉斯曾经在精神病院接受过治疗，特别是电击疗法给她留下了难以磨灭的创伤，这一事实进一步印证了她秉持的身体知觉由生及死的观点。因此，在知觉世界方面，没有什么比身体更重要，也只有身体才可以获得、保存世界留下的任何印记。

死者的身体被城里人重塑之后并没有一直被动屈服,在普拉斯的其他尸体挽歌中,甚至起身复仇。在《拉撒路女士》("Lady Lazarus", Plath, 1981:244-247)中,诗歌言说者又一次自杀,她的身体像上首诗歌中的石头一样被赋予了新的用途:

> 我的皮肤
>
> 像纳粹灯罩一样明亮,
>
> 我的右脚
>
> 是一个镇纸,
>
> 我的脸毫无表情,是质地精良的
>
> 犹太亚麻布。

言说者的身体被解体,不是为了重塑成温顺的花瓶,盛放玫瑰,而是变成了复仇者,高喊着"从灰烬中/我重生,满头红发/我吃男人,就像空气"。像石头一样,此诗的言说者也死去了,也获得了重生,但与石头不同的是,她的自杀是出于自己的意愿,重生就像是她的天然禀赋:

> 很快,很快,墓穴
>
> 吃掉的肌肤会
>
> 重新回到我身上
>
> 我又变成了一个微笑的女人。
>
> 我年方三十。
>
> 我像猫,有九条命。

上首诗中的石头最终忍受着补丁带来的刺痒生存下去,无力改变现状,而此诗中的言说者有规律地死亡、复生,"这是第三次。/消灭每个十年/就像垃圾"。

对于站在对立面的医生来说,言说者的身体有利可图,因为他从中看到了奇迹,但言说者警告他,要当心这种不公交易中潜伏的危机,"纯金的宝贝//……融化成一声尖叫。/我变化,燃烧"。于是,这首诗把吹口哨的嘴巴变成了一声尖叫,紧随《石头》之后实现了身体的升华。

《拉撒路女士》影射了《圣经》中的人物拉撒路和"二战"期间纳粹对犹太人进行的大屠杀,进一步证明诗人对身体知觉能力超越性的关切。《圣经》中,犹太人拉撒路因病死去,随后被耶稣救活。他的重生是个神迹,这种神迹只会降临在上帝的信徒身上,旨在展示神性的力量。此诗言说者自称为"拉撒路夫人",虽然被救活,但对上帝或上帝般的医生并无半点感激之情,反而称他们为"敌人和撒旦"。传统尸体挽歌中常见灵魂重生及灵魂与身体的重聚,且常常隐喻在宗教神话中。此诗中主人公性别的变化和对待上帝态度的反转可以看作对传统尸体挽歌中重生信念的讽刺。此外,对大屠杀的影射则揭示了犹太人在拉撒路故事中和在"二战"中的不同命运与身体的关系。耶稣使拉撒路死而复生让许多犹太人相信耶稣就是基督转世,从而选择皈依基督教,然而"二战"期间,反犹太主义盛行,犹太人被视作基督教的威胁,是大屠杀的原因之一。纳粹的做法完全不同于耶稣对拉撒路的所作所为,而是屠杀了数以百万计的犹太人。值得注意的是,耶稣救活拉撒路和纳粹屠杀犹太人都是直接作用于身体的行为,希望展示上帝的神迹,或是消灭犹太人的存在。正像此诗所示,杀戮是拯救和皈依的前提,拯救和皈依之后仍有杀戮,但皈依和杀戮都不能够消灭他者,因为诗歌中拉撒路夫人的独白证明、坚守了自己的存在。压迫性力量作用于身体,反抗亦有赖于身体。

在美国现代尸体挽歌中,身体的感官知觉帮助批评视野触及死亡之域,这种为死亡所做的准备既非超自然的,也非宗教化的,而是充满了生活世界的味道,因为所有注意力都在身体而非灵魂上。

美国现代尸体挽歌不仅阐述尸体进一步堕入死亡的意义,而且探讨尸体从死亡返回生命的启示。美国现代尸体挽歌十分重视在生活世界视域下让人为死亡做好准备,那么从死亡返回生命的可能性更让人着迷。死亡之所以让人害怕,原因之一正是无人曾真正从死亡返回。神话故事、民间传说中不乏此类桥段,返回人间者所说的话充满奇幻色彩,虽然让人将信将疑,但仍然可以在一定程度上满足人们窥探死亡世界的好奇心。尸体挽歌具有类似作用,不同之处在于,神话传说大多都是在讲述别人的故事,而尸体挽歌大多是用第一人称讲述自己的故事。如果死者能说话,那么就意味着生者可以触及死者世界,生活世界的视域就进一步扩大。在美国现代尸体挽歌中,尸体回归生者世界需要凭借知觉的、独白的身体,因为正如梅洛-庞蒂所说,身体是唯一能够知觉的东西。

贾雷尔的尸体挽歌总是让死者回归生者世界来讲述死者世界发生的事情。"二战"期间贾雷尔的从军经历让他对战争导致的死亡深有体会,因此,他常常从死去的士兵的角度讲述死亡经历。虽然贾雷尔本人从未参战,但他"与战斗之间存在的安全距离帮助他创作诗歌"(Pritchard,1990:110)。战争中的士兵大量死亡,但每个士兵都独自死去。关于死者的情况,幸存者并没有太多话可以说,抑或是因为他们拒绝言说,抑或是因为他们不知道该向生者说些什么。贾雷尔感到自己需要充当死去士兵的喉舌,"贾雷尔的战争诗都和真实事件密切相关……捕捉到了战争受害者的声音,独一无二。对这些受害者的同情给他的戏剧化抒情诗抹上了一层悲悯的色彩,让这些诗歌大不同于他早期充满机智和讽刺的诗歌"(Beck,1984:88)。如此,他的挽歌至少可以给战争幸存者和战死者家属提供一点慰藉。

《球形炮塔枪手之死》("The Death of the Ball Turret Gunner",1945)(Jarrell,1971:144)是贾雷尔的名作,记录了轰炸机枪手死亡之后梦幻般的独白,死者试图通过独白为自己和不知名的听众提供慰藉。死亡的梦境和后来梦境的实现占据了他的整个生命。整首诗都使用了过去时态,意味着主人公已经死去,他此刻正用诗歌的形式回顾自己的生命和死亡经历。所有经历都从尸体的角度来讲述,营造了一种客观和疏离的语调,就好像这些经历不属于主人公,而属于其他人。然而,整首诗中,尸体都在遭受痛苦,从出生到死亡,生命中的每个阶段都不例外,客观和疏离的语调不过是在隐忍地掩盖情感,以免情感过于强烈,让主人公难以承受。

这首诗中死去的主人公在他短暂的一生中举步维艰,每一行都书写了生命

的一个状态,仅用了五行就走完了从出生到死亡的全过程:

> 从母亲的睡梦中,我落入了美国,
>
> 我蜷缩在它的肚子里,皮毛打湿,冰霜凝结。
>
> 距离地球六英里,从生命的梦中释放,
>
> 我在黑色高射炮和噩梦般的战斗机中惊醒。
>
> 我死去后,他们用水管把我从炮塔中冲洗出来。

　　诗歌言说者在母亲的睡梦中出生,意味着母亲生育不是出于清醒的意识,而是受到了社会的迷惑,或许是在"二战"的婴儿潮中懵懵懂懂、匆匆忙忙结婚生子。离开母亲的子宫之后,他被转移到了另一个子宫,即美国的子宫。在这政治的子宫里,他没有享受到任何欢迎,而是生活悲惨,就像一只低劣的动物,就连皮毛都是濡湿冰冷的。如果说此刻他对美国子宫中的生活还存有一点幻想的话,很快他就被迫醒来,随战机来到了高空。此刻,周身围绕的是危险,于是他从前一梦境中醒来,发现自己进入了新的子宫——战斗机的炮塔。随后,他死去了。或许我们应该说,他从来没有真正醒来,也没有真正存活过。

　　活着的时候,主人公不可能看到问题所在,也不可能知道自己的悲惨结局。只有死后,身体已经支离破碎,他才把自己的一生拼凑在一起,才认识到自己一直以来都在子宫和梦境里,从来没有真正出生过,毫无生命自主权可言。这首诗中,主人公生命的任何阶段都没有自主意识的参与,被动性是他的悲剧性缺陷。他之所以返回人间言说过往的经历,是因为他感到有必要反思自己悲剧的一生,无意中留下了一条信息,告诫所有人类不要犯类似错误。睡眠、冰冻、梦境、噩梦、被水管冲洗出来的残躯都是身体感受的一部分,都是从尸体的角度展示出来的。尽管死去,身体仍然是知觉的重要媒介。正因为身体死去,主人公才可能知觉到生者无法知觉到的东西。

　　这首诗短小精悍,表达的情感客观疏离,让人不由觉得这是一则墓志铭,死者的生命和死亡都用简洁的语言记录在案。格雷的《墓园挽歌》("Elegy Written in a Country Churchyard",1751)也是一首自我挽歌,其中的最后三节也具有墓志铭的特征。将这两者放在一起对比,可以展示贾雷尔尸体挽歌的独特风格,以及其中尸体的独特作用。

两者的相似之处显而易见:情感疏离,缺乏主动性,将死亡比作睡眠。两者的区别更引人深思。在格雷的墓志铭中,身体死去后,就失去了知觉能力,不能说话,只能永远睡去,直到被上帝唤醒。其中既有现在时态也有过去时态,现在时态意味着对死者当下和永恒的评论,过去时态记述了死者的生平事迹。时态的转换暗示了言说者超过了死去的自我,采取了旁观者的视角。只有永恒的精神才能够无视时间,才能用现在时态说话。精神不是透过身体来知觉的,而是凌驾于身体之上的。知觉的内容不是身体状态和感情,而是灵魂,以及归属灵魂的智慧、秉性和美德。相比较而言,贾雷尔的这首诗中,生命在酣睡和梦幻中度过,而死亡让主人公清醒。过去时态则暗示了言说者还是死去的身体,而不是悬浮在身体上方的精神。知觉的内容是身体的切身体验,以及从尸体角度对体验的反思。在这首诗中,贾雷尔颠覆了传统自我挽歌,旨在获得一种讽刺效果,强调了尸体独白的私密性。这首诗"并置距离和亲密、游戏和现实、现代和古典祭献"(Axelrod,1999:4),帮助尸体通过独白超越死亡回到人间。"这首诗的最后一行是死者在说话,恰恰说出了我们正在聆听的话语,很像威廉·福克纳的《我弥留之际》和比利·怀尔德的《日落大道》描绘的怪异情景。"(Axelrod,1999:5)诗人将死去士兵的生平公之于众,吸引了生者的注意力,但这并非诗歌言说者的本意,其目的是告诫生者,避免无谓的牺牲。尽管尸体挽歌暗含了对死亡的超越,但超越的目的不是美化死亡,而是让生者汲取经验教训。

《丧失》("Losses",1945)(Jarrell,1971:145-146)是贾雷尔的又一首尸体挽歌,哀悼了"二战"中战斗机飞行员之死。言说者同样是一个死去的士兵,而且他在战斗开始之前就已经死去,但这首诗超越死亡,进入更深层的死者世界和生者世界。诗歌前两行明确点出死亡主题:"不是正在死去:每个人已死。/不是正在死去:我们早已过世。"因此,可以认为接下来的言说都出自已死士兵之口,他是所有阵亡美国士兵的喉舌。诗歌一开始,士兵尚未阵亡就已经死去,喻指精神死亡,留下行尸走肉般的身体驾驶飞机轰炸城市。战争时期飞行训练过程中时常出现坠毁事故,麻木了士兵的神经,造成了精神死亡。士兵阵亡后,战争报告只向政府呈现抽象的伤亡数据,甚至谴责阵亡的士兵拉高了死亡率,"死亡率升高,都是因为我们。/年历记录了我们的死亡,但本不应该写在这里"。此外,美国民众并不感激他们的献身精神,"我们像蚂蚁或宠物或外国人一样死去"。他们为国捐躯,却像蝼蚁一样毫无荣耀可言,祖国人民也漠视他们的死亡,这是莫大的悲哀。

更可悲的是,他们是在炸死其他生命的过程中丧生的。杀戮仿佛是一种游戏,目标城市中真实的死亡也被抽象化,"朝拖靶射击,等待我们的得分"。把战争和杀戮抽象化是为了削弱痛苦,换句话说,是为了在飞机升空前"杀死"士兵的神经,把他们变成无情的杀戮机器。他们在学校课堂上知晓的城市鲜活生动,在战争中却变成了地图上标出的一个个目标,被他们烧毁。这些城市生灵涂炭,杀戮者人性泯灭,最终两败俱伤,"我们的生命损耗殆尽;我们的身体躺在/我们杀死却从未见过的人中间"。直到躺倒在被他们杀死的人们中间,士兵才意识到自己烧毁的城市不是抽象的目标,而是真实的生活世界。尸体死亡状态下对了无生气的城市的知觉展示了这些城市活生生的一面,死去的士兵转醒回来表达自己的惊讶,讽刺了上述致命的抽象。在最后一个诗节中,尸体的言说有自相矛盾之处:

> 不是正在死亡——不,从不是垂死;
> 但我死的那晚,我梦到了我已经死去,
> 城市对我说:"你为什么要死去?
> 只要你满足我们也满足;但我为什么死去?"

虽然整首诗都使用了过去时态,表示言说者已死,但他拒绝承认。最后两个问题是那些被摧毁的城市对言说者的质问,提醒言说者已死,证明上面那些话都是言说者由死返生之后的独白。在死亡状态下,言说者和城市都了无生气,身不由己,因此身份相互认同,但他们都不明白自己为什么要死去。最终的身份认同呼应了梅洛-庞蒂的世界之肉的观点——身体之肉和世界之肉具有同质性,也表达了诗人的希望——生活世界或许可以抵抗普遍存在的对世界的抽象,可以拯救世界于水火之中。诗人给本诗设定的题目也独具匠心。复数形式的"丧失"意指多重阶段和不同层面上的丧失:士兵先是在训练阶段丧失了纯真和人性,随后在战争中丧失了生命,贯穿始终的是生活世界的丧失。所有这些丧失解释了言说者从开始的"我们"到最后一节中"我"的转变,意味着从荒谬的抽象到生活世界中身体-城市主体交互性的转变,体现了一种渐进的现象学还原。

让尸体说话、想象自己的话语以达到超越死亡的目的,不仅给战后美国诗人提供了表达自己身心态度的契机,而且体现了诗人在生命和死亡问题上的现象学精神。从生物学角度来讲,没有人能够停留在死亡过程中。如果一个人仍在说话,他就活着;如果一个人死去,他就应该完全停止说话。然而,从现象学角度来说,所有人都在死去,身披死亡的阴影,不断接近死亡。这一状态是海德格尔所说的"去存在"(ze-sein)。"去存在"的最终状态是死亡,这决定了所有人都在赴死途中,所有人都心存向死存在之念。然而,一个人相信身体的终结还是灵魂的终结则会产生完全不同的身体观和身体话语。美国现代尸体挽歌捕捉到了"去存在"的旨归,其中的戏剧独白创造了进一步深入死亡或者回归生者世界的态势。不论是哪种选择,这些作品都探索了超越死亡的身体路径。

美国现代自我挽歌很好地捕捉到了所有挽歌中的反身倾向,但与传统挽歌不同之处在于其对身体的强调。"二战"后的美国采取高压政策,在国内外排除异己,个人的自我身份受到严重威胁,而身体作为能够知觉的主体,是拯救个人身份的唯一渠道。对于战后美国诗人来说,知觉的主体和客体、超越死亡的凭借都是身体,不是灵魂。当一个人死去后,他的身体以三层辩证法的方式持续知觉,以跨越生死边界的方式持续存在。美国现代自我挽歌通过独白哀悼自我的死亡,其独白深深植根于生活体验之中,而传统自我挽歌偏爱理论抽象,追踪灵魂的下落,缅怀个人的品质,却无视身体的意义。梅洛-庞蒂很好地总结了身体、言语和生活世界的关系:"感觉的施动者=身体——观念的施动者=言语——这一切都属于生活世界的'超越'领域,也就是说带有'其'客体的超越性。"(梅洛-庞蒂,2016:212)当超越性的客体超越了"沉默的我思",触及自我之外但同样关系密切的主体的死亡——家庭成员的死亡时,那么哀悼的生活世界就扩展到了家庭,挽歌就成了家庭挽歌。

第四章　美国现代家庭挽歌中他者的
生活世界体验

　　美国现代家庭挽歌中他者的生活世界体验是对身体体验的放大。战后美国诗人的自我身份问题在家庭视域下表现得更加尖锐，因为对他们来说，家庭是压迫自我身份的权威总体。他者的生活世界体验既包括哀悼者作为他者哀悼权威总体的死亡，也包括哀悼者与作为他者的死者进行的身份认同。

　　"二战"结束后，美国社会特别强调家庭的重要性，声称美国家庭的"黄金时期"已经到来。然而与此同时，美国现代家庭挽歌表现出了明显的反家庭倾向，拒绝继承，反抗权威，颠覆传统生死伦理关系，与当时的主流家庭伦理规训背道而驰。对于战后美国诗人来说，通过现代家庭挽歌反抗继承诉求、权威地位和现代主义标榜的简单伦理结构，是摆脱传统枷锁的重要手段，也是探索独特个人身份和文学声音的重要渠道。但反抗并不意味着彻底割裂，美国现代家庭挽歌中决绝的态度和暴力的表达方法在生活世界视域下构建了复杂的伦理关系，是检验与文学传统之间情感纽带的极端手段，也是治疗社会弊病、追求自由和超越的一种努力。

　　与自我挽歌一样，家庭挽歌也能在忒奥克里托斯的《田园诗》中找到根源。《田园诗》中，赛西斯借达佛涅斯死亡之机赢得了歌唱比赛的奖励，同样，家庭挽歌也借用家庭成员死亡来宣称哀悼者与死者的密切关系，主张对死者遗产的继承权。自古希腊悲歌伊始，哀悼者扮演的角色据其与死者的关系不同而不同，尤其是在继承权问题上。"哀悼和继承自古以来就密不可分。对挽歌读者来说,最有意思的莫过于在古希腊,根据法律规定,哀悼权一开始就和继承权相关。"(Sacks,1985:37)古希腊的哀歌主要由两部分组成:主歌和副歌。主歌由"职业哀悼人"歌唱,他们受死者直系亲属雇佣来弥补"即兴哀悼的不足";副歌"是悲伤情景激发的即兴哀悼,由死者的亲友歌唱"(Alexiou,2002:12-13)。职业哀悼人代表关系最近的亲属唱哀歌,其余亲友负责应和。主副、唱和的分工明确区分了继承次序。

《田园诗》中暗含的继承关系不仅适用于生物学家庭,而且适用于文学或诗歌家庭。牧羊人劝说赛西斯为达佛涅斯唱挽歌时,借用俄耳甫斯登峰造极的挽歌技艺来缓解他的焦虑,让他不必担心"把歌声带入地府,导致忘却人间的一切"(Theocritus,1973:9)。忒奥克里托斯意指,赛西斯歌唱挽歌是深受传奇哀悼者俄耳甫斯的启发,也是对其挽歌遗产的敬意,而且不会超越这位先人。此外,赛西斯让达佛涅斯进行自我哀悼,借用了阿多尼斯的故事。阿多尼斯在风华正茂之时死于野猪攻击,但每逢春天就被阿佛洛狄忒重新赋予生命。同样,赛西斯希望"阿佛洛狄忒能够使他(指达佛涅斯)死而复生"(Theocritus,1973:15)。正如肯尼迪总结的那样,"使用前人的故事和他人的悲伤说明挽歌是一种高度自觉的文学活动"(Kennedy,2007:15)。挽歌的自觉性给诗人提供了一种独特的工具,让他们得以通过哀悼死去的诗人来表述他们与悠久的文学传统之间的关系,这种哀悼可以称为"职业挽歌"。不论是在生物学家庭还是职业家庭中,生者都把死者作为家庭成员来哀悼。因此,家庭挽歌可以分为生物学家庭挽歌和职业家庭挽歌(以下分别简称为"家庭挽歌"和"职业挽歌")。

然而,在哀悼中继承意味着赞扬死去的家庭成员,生活在他们遗产的阴影下。继承就要把死者整合入哀悼者的物质和精神生活,哀悼者因此受益于家人的死亡。家庭挽歌中暗含的道德责任和规训让哀悼者感到不安。对此不安的反思伴随着所有家庭挽歌,但责任和规训长久以来一直占据上风,直到美国现代挽歌开始集中反思自我身份问题,不安才有了表达的空间。战后自我身份深受威胁,他者现象学为其从家庭的压迫中解脱提供了路径。美国现代家庭挽歌同情身处危机者,关注他者的生活世界体验。

第一节　他者现象学视域下的美国现代家庭挽歌

在所有挽歌中,要数家庭挽歌最重视个人情感、最感人至深,因为它与伦理责任关系密切。当家庭成员死去时,表达哀伤和怀念的词句首先映入脑海,随后家庭挽歌在语言哀悼的过程中成型。生者感受到道德义务要求自己哀悼死者,以便抓住这特殊的机会巩固家庭关系,主张继承权,强化认同感。然而,当责任变成强制要求,达到了威胁生者身份的地步时,生者就会认为认同的道德诉求过分强烈,将自己视为深受传统总体压迫的他者。在美国现代家庭挽歌中,总体呈现为道德规训,生者渴求他者现象学,即生活世界视域下对他者的伦理描述。

自我和他者的区别对于定义个人身份具有至关重要的作用。长久以来,人们习惯于通过张扬自己、压迫他者来界定自己的身份,让自我凝聚在强大的总体中,而把他者当作怪异的威胁者排除在外。同样,在冷战的大环境中,战后美国诗人不由自主地"培养出了一种对'我们''他们'二元论的依赖,这种二元论影响了文化的几乎所有层面"(Axelrod,Roman,Travisano,2012:4)。所谓的"我们"和"他们"在"二战"中遭到了史无前例的粗暴割裂,"二战"后两者关系持续疏远。然而,由于个人和主体常常被投掷于危机之中,"我们"深感无助,倾向于和他者产生情感上的认同,于是,"我们"变成了弱小、怪异、被压迫的他者,而"他们"常常以压迫者、独裁者的身份出现。总体和他者之间的矛盾在美国现代家庭挽歌中尤其突出,恰恰不同于传统家庭挽歌中哀悼者和死者之间的亲密感。美国现代家庭挽歌显著不同于传统家庭挽歌,强烈反对涉及死去家庭成员的规定性的传统道德规训。

许多学者都从伦理学的角度区分传统挽歌和现代挽歌,因为他们认为现代挽歌似乎没有能力哀悼,也没有办法提供慰藉。从本质上讲,这种观点坚持使用传统道德规训,要求生者遵从死者的意志,融入总体。然而,如果生者感到死者对其产生了威胁,那么道德规训就岌岌可危了。道德是抽象的规训,约束着传统家庭挽歌,而他者伦理是富有洞察力的描述,充分尊重生活世界化的体验。美国现代家庭挽歌拒绝剥夺死者死亡的权利,也不再使用赞歌过度粉饰死者,但仍然以慰藉为目的。"二战"后的历史语境发生了变化,哀悼和慰藉的方式自然有所不同。如果一味坚持美国现代挽歌无法提供慰藉,就说明研究视角一定程度上脱离了"二战"后的生活世界语境,沉湎于抽象的道德规训无法自拔。

美国现代家庭挽歌中的他者概念深受列维纳斯的他者现象学影响,不同于传统西方哲学中的他者概念。列维纳斯所说的他者值得同情、共情、尊重,是伦理的传声筒,而传统西方哲学中的他者是陌生人,需要被同化和殖民,具有贬损的含义。简单说来,列维纳斯所说的他者是从另一个他者的角度看到的他者,而传统西方哲学中的他者是从总体的角度看到的他者。在对待与众不同的个体这一问题上,他者伦理并没有现成的答案,只是让自己对寻找答案的过程保持开放的态度。关于自我和他者的关系,列维纳斯如是说:"我既不能认可也不能否定他的言论;通过表达,他保持超越性。从这个意义上来讲,他是自由的,那么他怎样影响我呢? 我认可他;也就是说,我信任他。但如果这种认可意味着屈从于他,屈从的关系会将其价值从我的认可中抹杀掉;屈从之下的认可会湮灭我的尊严,而只有伴随着尊严的认可才有效力。看我的脸确证我。但面对面之时,我无法否认他者;他者本体的荣耀本身让那个面对面的情形成为可能。"(Levinas,1987:43)在列维纳斯的他者现象学中,自我不能认可也不能否认他者的要求,他者超越自我的控制;他者的面孔确证自我的存在,自我不能否认他者的存在。如此,列维纳斯论述了他者的价值,呼吁尊重他者。

正如美国现代自我挽歌反对传统的霸权、尊重个人的身份一样,美国现代家庭挽歌也感觉到了对自我身份完整性、统一性的威胁。死去的家庭先祖就像专制的总体一样赫然耸立,自我相对而言就成了他者,遭受压迫,面临淹没的威胁。总体给哀悼者施加一种限制,让其远离他者。传统家庭挽歌中的哀悼者通常尽力追随总体,渴望从外部被总体接纳,而美国现代家庭挽歌中的哀悼者总是他者的一员,拒绝融入总体。斯帕戈认为,如果哀悼者"代表了他者,不在乎哀悼对自己是否有用",那么"持续哀悼"是一种"异乎寻常的行为"。(Spargo,2004:6)斯帕戈对挽歌中的持续哀悼十分警觉,说明他认为这些挽歌跨越了某种界线,因为这种跨界暗示了哀悼者能够认识到却"反对那些告诉社会如何对待死者的规训"(Spargo,2004:5)。因此,对于斯帕戈来说,离经叛道的哀悼者对他者的认同是不完全的,他们不认为自己是他者的一部分,而是挑剔的总体的一部分。相比较而言,美国现代家庭挽歌中的哀悼者走得更远,远离总体,亲近他者。贝里曼的《梦歌 153》[①](Berryman,1969:172)很好地表达了他所推崇的他者伦理,彰显了对总体的谴责和对他者的同情:

> 我生上帝的气,他毁了这一代人。
>
> 首先他抓走了特德,然后是理查德、兰德尔,现在是德尔莫。
>
> 中间他吞噬了普拉斯。
>
> 那是头一等的挥霍。

诗中呈现了"二战"后美国的两个对立面:独断的"上帝"和"这一代人"。上帝是强大的传统,要求战后年轻一代诗人无条件顺从,这一代诗人成了他者,个人身份受到威胁。上帝代表了认同伦理,而贝里曼诗歌的言说者是"这一代人"的代表,要求获得对自我他者性的尊重,哀悼诗中列举的死去的诗人,谴责总体造成的悲剧。诗歌言说者充当了他者的喉舌,必须对上帝代表的总体采取一种暴力、反叛的态度。于是,美国现代职业挽歌对待前辈诗人和诗歌传统的态度显著不同于传统职业挽歌。

美国现代家庭挽歌中的他者伦理可以概括这样一种生活世界体验:总体被拉下神坛,在列维纳斯的面孔层面与他者直面相对。一旦两者发生碰撞,总体的边界就在他者性的作用下模糊不清了。如此一来,美国现代家庭挽歌构建了一种新的对待他者的逻辑。总体不应该一味让他者性顺从自己,而是应该把接触

---

① 本书引用的贝里曼的"梦歌"出自诗集《梦歌》(*The Dream Songs*,1969),大多没有标题,只有序号。因此下文均以"梦歌"加序号的形式表示诗题,且不再随文注释英文诗题。

和随后的冲突看作他者性的一部分。对这部分进行细致入微的审视可以很好地解释他者的独特之处和意义所在。布朗把"生活世界的道德体验",即他者伦理,与规定性道德进行了对比:"从生活世界的道德体验可以看出,道德现象通常是含混的、不确定的、多重的,从来都和主观因素纠缠不清。然而,正如我们所见,现代道德理论依赖'道德客观化'概念,拒绝承认含混、不确定、多重和主观性真实存在。"(Brown,2003:8-9)道德客观化无视多样化的个性和主观性,采用形而上的视角看待善恶标准的本质,类似于自然主义所谓广延是物质世界唯一真实的观点。道德客观化认为每个关于道德标准的理论都能够确切描述责任和义务,就像描述善与恶一样,它自诩为不受主观好恶影响的唯一客观的标准。正如布朗所说,诸如康德主义、功利主义、利己主义、契约论之类的道德理论都秉承它们那个时代普遍的道德标准,相互之间却有或多或少的矛盾之处(Brown,2003:9)。每个理论都精辟地论述了它所选择的道德现象,却不能很好地解释其他理论关注的领域。例如,关于死者有两则著名的拉丁悼念箴言:我们既要"隐恶扬善",也要"去伪存真"。两则箴言在各自的语境中都有道理,但相互之间却可能产生矛盾:善不一定是真,恶也不一定是伪。所有这些道德标准都声称把握了道德现象的真谛,但事实上"都不过是墨守规则的道德一元论"(Brown,2003:10),先在地给出规定,而不是带着充分的包容和同情描述生活世界的本来面貌。

生活世界化的伦理尊重他者性,能够将道德理论从客观化和一元论中解放出来,"日常体验拒绝被强压进一元论模型。道德本质和道德重要性的一元论模型很少建基于体验"(Brown,2003:10)。日常体验的多面性和描述性伦理的可能性开启了一个空的意向,等待日常体验的进一步充实。描述性伦理开凿了一个壁龛,又对其进行填充,从而设置了价值视域,进而判断事物的价值。在这一过程中,生活世界化的伦理是价值视域的基础,意向性的倾向是价值判断的结构。因此,洛威尔、贝里曼和普拉斯对死去的诗人前辈的讽刺、暴力和对死去的同辈诗人的同情是美国现代家庭挽歌的核心特征。弗格森对《生活研究》的评价——它"打碎偶像,凿蚀20世纪50年代理想的郊区生活模式:家庭是避风港""模糊了身份和性别边界"(Ferguson,2003:xxvii)——同样适用于美国现代家庭挽歌。

　　为了解释美国现代家庭挽歌中的他者伦理如何具有生活世界的特征,有必要首先说清楚传统家庭挽歌中的道德观。在传统家庭挽歌中,个人主动认同家庭总体是道德责任,尤其当家庭成员死亡、家庭身份受到威胁时,这种责任更加强烈。既然家庭挽歌是用来哀悼和纪念死去的家庭成员的,那么它首先应该履行保存家庭集体记忆、维护个人身份的责任。然而,美国现代家庭挽歌通过审视私密的家庭细节来反思这种道德责任,甚至在战后美国的道德语境下反抗其中的霸权主义。

　　英美两国诗人都写过大量家庭挽歌,但由于英国殖民者离开了祖国前往北美殖民地,所以家庭挽歌以及表达离愁别绪的哀挽文学在美国文学史中一向十分盛行。从首批殖民者开始,家庭挽歌就起到了情感纽带的作用,一头是背井离乡的殖民者,另一头是英国的故土和家庭的祖先,于是"人们保存挽歌,作为一种遗产代代相传,既是文化传统,也是一种财产"(Cavitch,2007:34)。一篇发表于1720年的文章评价了挽歌大受欢迎的情况,证明了这一文类对北美殖民者的重要意义,"所有乡下房子里的墙壁上都贴有十来首家庭挽歌,向生者赞美死者,历数死者的卓著功勋、天赋异禀、优雅从容。我已经追溯这种挽歌精神到了百年之前,发现首批种植园主把它带到了这里。《新英格兰的记忆》这本书向我们呈现了我们祖先创作的几首挽歌,现代挽歌诗人仍然奉之为圭臬"(转引自 Cavitch,2007:34)。可见,对于首批北美殖民者来说,挽歌维系了家族、社会和文化身份的传承,意义重大。当北美新世界要求获得文化自主身份的呼声越来越高涨,特别是在王朝复辟之后,挽歌凝聚新社会成员的作用越显重要。

　　人有多重身份,其中家庭身份是最根本的,家庭成员死亡对家庭身份破坏力最大,此时家族传承和凝聚的诉求最紧迫。因此,家庭挽歌在新英格兰殖民地十分盛行。布雷兹特里特写给父母、丈夫、儿女、孙辈的挽歌组成了她诗作的相当大一部分。爱德华·泰勒(Edward Taylor,1642—1729)"在相当长一段时间里倾注了大量心血来创作挽歌哀悼他的第一任妻子,他小心地保留了这些挽歌,一并保留的还有他写给妻子的求爱诗,并把这两种诗作看作两人爱情的纪念品"

（Hammond，2000：12）。安妮斯·斯托克顿（Annis Stockton，1736—1801）创作的 36 首挽歌中，至少有 7 首诗是写给她丈夫的，创作过程持续了 10 年之久。美国建国之后，家庭挽歌仍然是悼念死者的主要作品，"挽歌能够提供慰藉，恰恰是因为它如期而至""从富兰克林时代伊始，它的形式基本保持不变"（Hammond，2000：15），也正因为如此，挽歌遭到了不少文学家的讥讽，例如本杰明·富兰克林和马克·吐温等都对挽歌颇有微词（Cavitch，2007：4）。然而，家庭挽歌生命力仍旧旺盛：马克·吐温为女儿创作了挽歌《纪念奥利维亚·苏珊·克莱门》（"In Memoriam—Olivia Susan Clemens"，1897），狄金森为侄子吉尔伯特创作了多首挽歌，罗伯特·弗罗斯特（Robert Frost，1874—1963）为儿子创作了挽歌《家葬》（"Home Burial"，1914），翠茜·史密斯（Tracy K. Smith，1972— ）为哀悼母亲之死创作了《身体之问》（*The Body's Question*，2003）的第三章、为哀悼父亲之死创作了《火星生活》（*Life on Mars*，2011）的第二章。

家庭挽歌在美国如此盛行，至少有以下 3 个原因：（1）殖民者首次到达北美殖民地，家庭是他们最重要的精神和物质后盾，因此当家庭成员死去时，用挽歌哀悼不仅是心理诉求，也是家庭和社会责任；（2）清教主义认为家庭在维系精神健康方面具有重要作用；（3）家庭是最小的社会单元，对个人施加约束力，有利于加强宗教、政治和道德的稳固。总之，家庭挽歌的目的是"给死者恰当的尊重""让读者更深入地了解死者，面对死亡的发生仍然能够感到欣慰，从而强化信念"。（Hammond，2000：15）尊重和信念并肩携手，构成了家庭挽歌的道德规训：生者赞美死者，死者的美德得到应有的承认，给生者更强大的生活信念。家庭道德规训充满了康德式"应该"的味道，个人情感得不到应有的尊重，甚至被当作他者进行压制。20 世纪的进程中，美国诗人逐渐不满道德总体的无情压迫，"二战"后公开反抗的声音越来越响亮。对死去家庭成员表达不敬在传统家庭挽歌中十分少见，却在美国现代家庭挽歌中浮出水面，体现了战后美国诗人如实怀念死者的意愿和充分彰显个人身份的诉求。这种不敬并非无理取闹，而总是伴随着自我怀疑和自我谴责。诗人自知无法彻底摆脱家庭传统，作为他者的生者和作为总体的家庭传承之间的关系总是复杂的，因此，美国现代家庭挽歌是"自我颠覆的、在伦理领域达到抵抗巅峰的当代形态的挽歌"(Spargo,2010:413)。

现代家庭挽歌在"二战"后的美国诗坛大量出现,与当时社会对待家庭的态度构成的伦理环境密切相关。所谓伦理环境,"就是文学作品存在的历史空间"(聂珍钊,2014:256)。探究美国反家庭挽歌的伦理环境是为了使其"回归其固定的伦理环境或伦理语境中去",避免"抽象的或者主观的道德评价"(聂珍钊,2014:256)。此外,列维纳斯的他者现象学要求我们描述而非规定与他者的伦理关系。列维纳斯对伦理学的新发展帮助我们"在后现代时期认识到伦理作为道德——或说康德式的责任——已经无法履行其历史职责了"(Spargo,2006:11)。战后美国政府认可的关于家庭的道德责任与战后美国诗人体验到的和战后诗歌描述的伦理现实相去甚远。在哀悼家庭成员之死的极端情况下,诗人能够更加尖锐地体会到两者的差异,因为诗人需要决定自己是根据传统道德规范来进行哀悼,还是依据自己对死者的生活世界化体验来进行哀悼。用列维纳斯的他者伦理来说,诗人需要决定自己是与死者代表的总体进行认同,还是坚持自己的他者性。现代家庭挽歌是"二战"后美国特定历史时期的产物,只有充分认识其伦理环境的复杂性才能历史地认识其有别于传统家庭挽歌的复杂伦理结构,才能客观地评价其复杂伦理结构的现实意义。

"二战"后,美国政府将家庭放置在极其重要的地位上,试图用"抽象的或者主观的道德评价"维护传统伦理秩序,构建黄金伦理结构。时任美国总统艾森豪威尔在1961年新年致辞中热烈赞扬美国家庭蒸蒸日上的福祉(Eisenhower,1961:234),副总统尼克松在与当时苏联最高领导人赫鲁晓夫进行的著名的"厨房辩论"中,赋予美国家庭彰显、实现美国梦的功能,甚至企图将其构筑成抵御冷战中"红色"侵袭的战斗堡垒(May,2008:19-21,154-156)。而且,美国媒体,尤其是电视这种模糊了公共和家庭生活界线的新兴媒体[①],用"20世纪50年代的广告

---

① 明茨和凯洛格认为,电视的普及帮助构建了战后美国的形象和现状:"如果说20世纪50年代的理想家庭代表了当下美国人观照家庭的参照物,那么恰是因为大众媒体,特别是电视,将50年代的所有美国家庭聚集在了客厅里。1940年,整个美国只有3785台电视。20年后,10个家庭中至少有9个拥有至少1台电视。"(Mintz,Kellogg,1989:190)

把美国家庭空间描绘成幻境,日常活动都充满奇幻色彩"(Bryant,2002:17),不遗余力地强调家庭凝聚的重要意义,大力宣扬家庭在实现个人价值、成就国家辉煌上的显赫作用。此外,"二战"结束前的20年间,稳固的家庭曾是经济危机和战火中的奢望,当此战争结束、经济勃发、社会稳定之时,尼克松大肆宣扬的理想的、美满的家庭便被当成幸福和满足的源泉。

然而繁华的表象下危机四伏。在20世纪50年代美国家庭的"黄金时期",结婚率、生育率、就业率创下历史新高,家庭呈现一片蓬勃景象,被看作"希望和志向的源泉"(Mintz,Kellogg,1989:180)。例如,1955年,普拉斯从只招收女生的史密斯学院毕业,而在毕业典礼上,时任伊利诺伊州州长和民主党总统候选人的艾德莱·史蒂文森发表了题为《现代女性的目标》的演说,他告诉史密斯学院即将毕业的女生们,"她们生命的目标是'影响我们,不论是男孩还是男人',是'在你们的家庭里重塑有价值、有意义的目标',是让她们的丈夫们'永远坚定,有的放矢'"(Mintz,Kellogg,1989:181)。这次演说是时代精神的写照,这种时代精神必然让众多年轻女性对家庭和婚姻充满了期望。然而,在希望和失望之间,在表象和真实感受之间,是潜藏的社会、政治和经济冲突。普拉斯在大学时期就对婚姻充满了渴望,在英国遇到特德·休斯之后,更是热切地投入婚姻生活,希望把丈夫变成"世界上最好的男人"(Mintz,Kellogg,1989:194)。然而在得知丈夫移情别恋之后,她愤然选择了自杀。普拉斯的悲剧正是社会无视复杂家庭伦理结构的产物。对家庭重要性的极度强调和对家庭的切身体会之间的差异造成了诸多家庭悲剧。婚姻不满意指数、离婚率也"毫不示弱"(Mintz,Kellogg,1989:194),家庭架构了社会、政治、经济刀剑往来的战场:20世纪50年代的美国家庭并非"循规蹈矩、平和稳固",而是充满"斗争和妥协"(Walker,2000:vii),"家庭看似最有希望提供自由",实则仅是"脆弱的体系"(May,2008:25)。

许多战后美国诗人的家庭是社会危机极佳的佐证。施瓦茨9岁时父母离异,他本人离婚2次,最后在旅馆的地板上孤独死去;贾雷尔12岁时父母离异,他本人离婚1次,最后死于车祸,但他的朋友们大多认为那是抑郁导致的自杀;贝里曼11岁时,酗酒成性的父亲破产,随后饮弹身亡,但贝里曼怀疑是母亲扣动了扳机,他本人酗酒成瘾,离婚2次,最终自杀;洛威尔的父亲从海军退役后郁郁不得志,经商反而被骗,损失惨重,60岁时去世,他本人患有精神病,多次进入精神病院接受治疗,并离婚2次;塞克斯顿31岁时,父母相继去世,她本人有婚外情,离婚1年后自杀;普拉斯8岁时,父亲因糖尿病并发症去世,她本人与出轨的丈夫分居,在办理离婚手续期间自杀,年仅31岁。这些诗人抑郁的精神状态和多舛的家庭生活与社会和媒体宣扬的家庭"黄金时期"形成了鲜明对比。他们本身就是伦理混乱的产物,社会和家庭伦理环境的差异给他们造成的创伤导致伦理身份和伦理关系的错位,他们不仅在现实生活中用反常的行为尝试破除伦理困境,而且用现代家庭挽歌反思和解构混乱、复杂的伦理环境。

社会鼓吹的黄金家庭伦理和个人感受到的家庭伦理的破碎和异化为当时的诗歌创作构建了复杂的伦理环境。在社会主流伦理秩序和个人切身感受的落差中,把家庭作为背景、把丧亲之痛作为主题、把家庭创伤作为镜头来窥探更宏大的社会、人性、心理格局和更真实的伦理结构的诗作成为风尚。通常认为,家庭是创伤产生和再现的重要场所,是应对和平复创伤的环境,是把控死亡、抑制悲伤的所在。因此,在家庭中,死亡最可能被深入理解或误解。家庭通常是应对死亡的首选场所,是将死亡纳入道德总体的真实体验来源,是田园挽歌中慰藉性自然环境的化身,有利于个人哀悼的进行(Badrideen,2016:78-79)。

面对丧亲之痛,家庭挽歌本应是彰显家庭伦理关系、巩固成员地位的手段,而"二战"后出现的众多美国现代家庭挽歌却往往被强烈的反叛和敌对情绪笼罩。塞克斯顿的一段话充分展示了她对家庭的感受:"我28岁前,自我几乎被埋没,不知道自己除了做白沙司、给宝宝换尿布还会干什么。我根本不知道自己有多少创造力。我是美国梦的牺牲品。我想要的就是那么一点点生活:结婚,生孩子。我本以为只要有足够的爱,噩梦、幻觉、魔鬼都可以被打倒,都可以消失。我尽最大努力活得传统,因为我就是那样长大的,也是我丈夫希望看到的。可一个人根本无法用娇小的白栅栏抵挡噩梦的侵袭。"(Sexton,1978:3-4)米凯利多的理解似乎更合理:"噩梦"即"社会重压",这种压力"强调家庭和顺从,打击理想和政治激进"(Michailidou,2004:71)。家庭是社会的缩影,具有复制社会秩序、维持社会稳定的功能;家庭又是个人情感的寄托,对个人物质和精神的福祉承担着不可替代的责任。

从宏观上看,家庭必然充斥着权威和压迫;从微观上看,家庭应该是充满弹性和包容的空间。家庭作为既社会化又个人化的结构性存在,需要在这两者间竖起"白栅栏",取得相对平衡。对于战后美国来说,家庭的社会功能压倒了个人功能,像"噩梦"一样撕碎了"白栅栏",打破了平衡,社会宣扬的伦理秩序无法统摄复杂的家庭伦理环境。然而,"战后社会分析家倾向于弱化美国家庭中的紧张关系和精神压力,强调现代美国家庭能够很好地适应20世纪中期社会"(Mintz,Kellogg,1989:197),这种对现实的视而不见显得荒诞虚伪,因此必然成为反叛的对象。无怪乎不仅普拉斯认为在自己的诗作中"愤怒流淌进字母的身躯"(Plath,1982:256),贝里曼也坦言诗歌的"作者和读者需要痛苦、愤怒、无法忍受的东西,这种需求永无止境"(转引自 Cole,2014:58),因为"痛苦""愤怒"和"无法忍受"既是那个时代诗人心理的写照,更是他们通过诗歌反抗当时伦理环境压迫的呐喊。这种道德规训和传统家庭挽歌中对逝者的尊重和信念如出一辙,是专制的总体。在其压力下,哀悼者被要求接纳逝者遗留下来的认同要求,但对于那些认为个性重于认同的人来说,总体就显得荒谬,必然成为痛苦的源泉和反叛的对象。

美国现代家庭挽歌对待死去家庭成员的态度包含反叛和暴力,这个家庭不仅指生物学意义上的家庭,而且包含职业家庭——诗歌家庭。在职业家庭中,几乎所有时代的所有诗人都能感受到总体的存在,布鲁姆将这种总体描述为"家庭罗曼史的近似体"(Bloom,1997:8)。对于战后美国诗人来说,职业领域的总体更是充满浓重的专制色彩。正如反叛家庭的哀悼来源于战后美国社会对家庭的过高期望,诗人对职业家庭的反叛来源于战后美国诗歌环境。对生物学家庭和对职业家庭的反叛相互激发、相互影射。职业挽歌有着数千年的悠久历史,现代职业挽歌的新发展具有复杂的伦理内涵,表达了诗人与死去的诗界先贤和诗界同辈之间复杂微妙的伦理关系,是战后诗歌领域对生活世界化他者伦理的真实描摹。

之所以把职业挽歌作为家庭挽歌的一个子类,称其为"职业家庭挽歌",是因

为在这种挽歌中,诗界先贤和同辈通常被看作家庭前辈和同辈。诗人通过哀悼
他们的死来定位自己和诗歌传统之间的关系。本·琼生(Ben Jonson,1572—
1637)在写给莎士比亚的挽歌中把莎翁的诗艺成就归因于他"属于自然的大家
庭"(Jonson,1997:203),意思是说,所有优秀诗人都应该是这个家庭的一部分。
弥尔顿在哀悼爱德华·金时说:"我们俩在同一山岗上哺育成长"(弥尔顿,1996:
217),暗示了两人的一母同胞的兄弟关系。

　　如果说诗人通常自认为归属诗歌大家庭,那么战后美国诗人和诗界同辈之
间更是有着强烈的家族情怀。在哀悼叶芝的挽歌中,贝里曼说"带来我的家人助
我成功"(Berryman,1969:334),他所说的家人很可能是指诗歌家庭中的同辈诗
人,他认为这些人能够帮助他超越他的诗歌之父叶芝。在另一首职业挽歌中,贝
里曼总结了自己的诗界同辈不同于诗歌之父史蒂文斯的特征,"那么这人心中缺
失了什么,/让他无法伤害? 我们这类才能/伤害,同时诉说//快乐的世界"
(Berryman,1969:238)。贝里曼这类人也就是他的诗界同辈,一同"在世界/呼
吸",而史蒂文斯却喜欢"高举/形而上学"(Berryman,1969:238)。可见贝里曼深
刻体会到他这类人深深沉浸在生活世界之中,勇敢地体验这个世界的伤痛和快
乐,而史蒂文斯则漂浮在生活世界之上,用抽象的形而上学掩盖了真实的情感。
诗歌家庭中的同辈接连死去,不断打击他自己和其他诗界同辈。他称普拉斯之
死为"又一个/自杀,和之前的无数自杀堆叠在一起,/突然,震惊的亨利和他的兄
弟姐妹/停下来,思考为什么他独自/忍受这个粗暴的时代"(Berryman,1969:
191)。看到如此多的同辈诗人死去,贝里曼感到了无家可归的失落感,"我的空
气中充满了幽灵,这些幽灵永不停歇/其中一个尚未死去/也拒绝回家"(Berryman,
1969:144)。洛威尔在写给贝里曼的挽歌中明确将战后美国诗人聚集在了一起,
称其为"50年代的伙计们",这些人"有过共同的生活,/我们这一代人提供的/寻常
的生活"(Lowell,2007:737)。美国现代职业挽歌将死去的同辈诗人看作职业家
庭的成员来进行哀悼,叶芝、史蒂文斯等则被看作诗界前辈,和诗界同辈有不同
的待遇。

　　对于战后美国诗人来说,职业挽歌和家庭挽歌关系密切,还因为他们这代诗

人的死常常与家庭背景相关。这一代人的悲剧源自时代的弊病,也和他们的家庭环境密不可分。在贝里曼写给施瓦茨的一首挽歌中,称施瓦茨的死"给亨利最大的困扰:/尽管他人的宣告声色俱厉……/希伯来亡灵到来"(Berryman,1969:165)。施瓦茨的死让亨利感到不安,因为即便他死了,"他人"仍然厉声谴责他,恰恰因为他是希伯来后裔。施瓦茨不能掌控自己的家庭背景,但仍旧因此而遭受打击。无独有偶,战后美国诗人中的大部分都遭受了家世传统的侵害。洛威尔出身于声名显赫的新英格兰家庭,从中获得了财富和名声,但也承受了巨大的压力和家族遗传的精神问题。贝里曼的父亲在贝里曼11岁时自杀,给他留下了持续一生的创伤。普拉斯的父亲是德国人,"二战"中德国的罪行激发普拉斯创作了一些表达罪恶感和羞耻感的诗歌。毕肖普早年丧父,母亲被关进精神病院,诗人一生都深受无家可归之感的困扰。因此,美国现代职业挽歌和家庭挽歌有着天然的密切关系。

除去家庭的不幸外,有些所谓的权威人士声色俱厉的言语对施瓦茨和其他战后美国诗人也产生了消极影响。对于贝里曼来说,战后美国有许多人宣称血统是一种罪恶,因为所谓的外来血统昭示着这些人与社会和政治总体有所不同,从而被视作威胁。总体的道德规训努力殖民和消除差异性。如果总体的努力收效甚微,就会选择将其杀死。战后美国诗人见证了"二战"中的大屠杀和冷战中的核威胁,深刻体会到了专制总体的暴行,在职业挽歌中表达了他们的忧虑。总体和他者之间具有显著的权力不平等,这些诗人倾向于让自己认同他者、共情弱者,体现了列维纳斯他者伦理的包容精神。

列维纳斯他者伦理的一个重要观点是尊重他者的他者性,也就是说,尊重他者的他异性和独特性。他者作为一个西方哲学概念由来已久。之所以有他者概念,是因为其与自我有区别,导致了自我难以理解他、惧怕他,最终希望统治、消除他。自我将他者纳入自我可控范围的倾向是为了维护自己的身份。自我对他者没有任何道德责任,为了自我的利益和最大范围的同质化带来的安全感,即便最暴力的行为都可以获得开释。简单说来,总体道德观排斥他者的他异性。在极端情况下,总体道德观可以演变成"二战"中的大屠杀这种惨绝人寰的暴行,即大规模消灭不同于当权者的个体的行为。最初对他者心怀恐惧，最后将其消灭。列维纳斯是胡塞尔和海德格尔的学生，也是纳粹集中营的幸存者，目睹了总体对他者的仇恨，痛心疾首，把这种不必要的敌对态度归咎于知觉他者的传统方式。传统的康德道德论认为我们对当权者具有顺从的责任，以便强化认同感。同样，纳粹把道德的范畴局限于具有相同身份的社会成员之间，为了所谓的民族主义消除他者。因此，对于列维纳斯来说，一种新的知觉他者的方式势在必行，以纠正人类历史上最骇人听闻的谬误，尤其这种谬误被以一种看似理智实则疯狂的方式坚决执行，更是让人不寒而栗。

诗歌遗产作为一个整体恰恰是列维纳斯所说的总体，随着诗人死去，其成就加入其中，让其不断壮大、不断丰富。在传统职业挽歌中，死去的诗人得到充分的尊重，不是作为他者，而是作为诗歌传统观念的一部分来获得悼念，哀悼者需要借此继承死者的诗歌遗产，展示自己对遗产的深刻理解和与诗歌传统的密切关系。诗歌遗产构成的总体是灵感的源泉和致敬的目标，也是每个诗人最终的归宿。努力变成总体的一部分展示了哀悼者对诗歌传统的理解，也是诗歌创新的先在条件。赞美诗歌遗产让哀悼者为自己预先准备一个神龛，以便自己最终归位。然而，在他者伦理看来，尊重他者性旨在保留差异。美国现代职业挽歌尊重的他者是死去的诗界同辈。对于这些挽歌来说，总体专制而不仁慈。死去的诗界先贤给出的登堂入室的路径威胁了战后美国诗人的主体性，因为他们留下的遗产，如现代主义和新批评，太具有压迫性。诗歌遗产像纳粹一样不尊重诗人的他者性，至少战后美国诗人如此认为。他们不得不抨击诗界先贤的霸权，反抗诗歌遗产，以此探寻逃脱认同焦虑的路径，从而能够自称为他者。因此，美国现代职业挽歌对死去的诗界先贤的态度看似有悖道德，事实上是一种尊重自己他者性的方式。

第二节　总体与他者——美国现代家庭挽歌中的

伦理结构

美国现代家庭挽歌通常质疑、贬低传统家庭道德规训。如果传统家庭挽歌通过赞扬家庭成员的美德来哀悼其死亡,那么美国现代家庭挽歌则通过揭露死者羞为人知的品质来故意回避传统继承范式。许多评论家注意到了"二战"后美国社会对家庭重要地位的极力强调(Mintz,Kellogg,1989:179-182),以及美国家庭挽歌中的反慰藉转向和对死者既亲近又疏远的矛盾情感(Ramazani,1994:220-221),却鲜有著述论及这一时期美国现代家庭挽歌的伦理环境和伦理结构及其社会现实指归。美国现代家庭挽歌反叛的对象通常是家庭成员和家庭关系,以及传统家庭伦理和生死伦理,且往往具身为对某个家庭成员死亡的抑郁或暴力式哀悼,显著有别于传统家庭挽歌的缅怀、颂扬和慰藉式悼念。而在他者现象学的视域下,这种看似有悖伦常的哀悼方式折射出的更有对"二战"后美国政府和媒体通过粉饰家庭掩盖社会危机的质疑,对传统伦理秩序合法性的追问,还有对现代主义的继承要求和权威地位代表的简单伦理结构的诘难。但反叛并非割裂,美国现代家庭挽歌的决绝态度和暴力表达是检验与传统之间情感纽带的极端举措,是通过在当时的复杂伦理环境下构建复杂伦理结构来疗救时代弊病、追求自由和超越的一种努力。美国现代家庭挽歌中的他者伦理把死去的家庭成员推至伦理谱系的最远端,承担起疗救战后社会弊病、彰显自我身份和差异性的责任。美国现代家庭挽歌通过解构传统的、简单的家庭伦理结构,构建反传统的、复杂的家庭伦理结构,来思考当时的伦理环境下社会和文化应有的伦理秩序,承担起相应的伦理责任。

伦理环境的复杂性决定了伦理结构的复杂性。在战后美国社会鼓吹的家庭胜景和个人的反家庭冲动构成的复杂伦理环境的刺激下,美国现代家庭挽歌层出叠见,构建了复杂的伦理结构,具体表现为对家庭挽歌中传统生死伦理的颠覆,它们拒绝继承、反抗权威、暴力抗拒对死者的接纳,汇入当时美国家庭和社会繁华表象下奔涌的反叛洪流,形成了这一时代"'反权威''反中心'的社会文化背景"(郑燕虹,2016:108)中的一支生力军。温伯格很恰当地评价了战后美国文化:"美国20世纪50年代是循规蹈矩、温顺和平、欣欣向荣的10年,但颠覆性因素数量之众让人吃惊。事实上,几乎所有即将在20世纪60年代惊世骇俗的东西都已经在20世纪50年代就位了。"(Weinberger,1994:52-53)这段话可以理解为,反叛的风暴在20世纪50年代蓄势待发,最终在20世纪60年代喷涌而出。美国现代家庭挽歌在哀悼家庭成员时秉承的他者伦理是颠覆性的,其呈现的复杂伦理结构明显有别于传统家庭挽歌。文学的伦理结构是"文本中以人物的思想和活动为线索构建的文本结构",包括"人物关系、思维活动、行为和规范"等四种基本构成。(聂珍钊,2014:260)因为"伦理以对人与人之间的关系和秩序的评价为基础"(聂珍钊,2014:254),所以人物关系是伦理结构的核心,决定了思维、行为和规范。传统家庭挽歌和美国现代家庭挽歌是为哀悼死去的家庭成员而创作的,因此要梳理和表达的人物关系是家庭中生者与死者的伦理关系,这一点构成了两者伦理结构的核心要素。之所以说传统家庭挽歌的伦理结构简单,是因为它表达的伦理秩序是线性的,生者与死者的伦理关系是单向的接受和继承;之所以说美国现代家庭挽歌的伦理结构复杂,是因为它表达的伦理秩序是非线性的,生者与死者的伦理关系是复调式的,是多重情感并存的,是循环往复的,不仅死者的权威试图影响和控制生者,而且生者尝试以各种伦理行为去左右和抗衡死者。

　　传统家庭挽歌与美国现代家庭挽歌中生者与死者的伦理关系可以分别用"同一"和"他者"来阐释。传统家庭挽歌的简单伦理结构体现为表达继承诉求的单一的生死伦理关系,以尊重权威为核心的思维活动,以及由这两者构成的对行为和规范的约束。黑格尔在《精神现象学》中如此论述家庭成员之间的伦理关系:"家庭成员之间的伦理关系不是情感关系或爱的关系。在这里,我们似乎必须把伦理设定为个别的家庭成员对其作为实体的家庭整体之间的关系,这样,个别家庭成员的行动和现实才能以家庭为其目的和内容……权力和财富的追求和保持,从一方面说,仅在于满足需要,仅只是欲望范围以内的事情,从另一方面说,在它们的较高的规定中它们就成了某种仅属于过渡的仅有中介意义的东西。

这种较高的规定,并不在于家庭自身之内,而是关涉着真正的普遍物亦即共体的;这种规定毋宁对家庭是一否定作用,它要排除个体于家庭之外,压迫他的天然性和个别性,并导致他实践道德、依赖普遍物和为普遍物而生活。"(黑格尔,1979:8-9)也就是说,传统家庭伦理关系要求家庭成员为了共体而牺牲他们的天然性和个别性,所谓共体就是"伦理实体"和"绝对的本质"(黑格尔,1979:7),即列维纳斯所说的总体。家庭不是最终目的,而是为共体服务的手段,家庭成员要以伦理实体这一绝对本质为第一要务。黑格尔认为,当一个家庭成员死去,"死了的人……归结为完满的单一形态,已经摆脱了偶然生活的喧嚣扰攘而上升于简单的普遍性的宁静……血亲关系就以下述办法补充抽象的自然的运动:就是,它把意识的运动添加进来,把自然的事业打断,把血缘亲属从毁灭中拯救出来……家庭就是这样使死了的亲属成为一个共体的一名成员,而这个共体反而把曾想脱离死者和毁灭死者的那些个别的物质力量和低级的生命作用统统掌握和控制起来"(黑格尔,1979:10-12)。黑格尔的观点可以理解为,在同者伦理的要求下,死去的家庭成员回归共体,变成普遍性的化身。面对巨大的、无边无际的共体,生者必须屈从于强大的道德压力。在这种伦理结构下,传统家庭挽歌有责任哀悼、赞颂共体,继承死者的遗产,靠近、加入普遍性。因此,传统家庭挽歌注定模糊个性,牺牲个体特征。

然而在战后复杂的伦理环境下,家庭挽歌的伦理结构因一味遵循为死者"隐恶扬善"的传统生死伦理规范而显得真伪不辨、僵化死板。在美国现代家庭挽歌中,伦理诉求强调对死者的真实情感和对活着的他者的共情。为了遵从本心、实事求是,美国现代家庭挽歌的伦理关系是拒绝继承,思维活动是反抗权威,由此产生的行为充满了厌恶、斥责和暴力。"二战"后应运而生的列维纳斯的他者伦理将死者看作绝对的他者,"不能被享用或消化,不能在对象化运动中变成主体自身"(程国斌,2014:27)。这种伦理尊重他者的他者性,质疑将总体神圣化的合法性。总体的道德规训要求生者与死者认同,抹杀个性,而他者伦理反对总体对个体他异性的霸道侵犯。面对总体,美国现代家庭挽歌把生者看作他者,生者的个性和对死者的生活世界化情感得到尊重。他者现象学有助于揭示死者和生者伦理关系的真实面目。因此,传统家庭挽歌接受死者代表的总体的统治,而美国现代家庭挽歌通过疏远总体,打破生死道德纽带,保护生者的他者性。

　　传统家庭挽歌对死者权威地位的敬重是宗教控制下父权思想的体现[①],诉诸物质和精神上对死者遗产和遗志的继承,是实现"同一性"伦理关系的主要手段,是简单伦理结构的基石。博恩曼对"父亲"一词进行了溯源:"我们所用的'父亲'一词从印欧语系词源上来说,指涉了权力和政治权威——领导力,也包含了我们现在常见的家庭情感和父亲身份的含义。'父亲'最早在印欧神话体系中并不包含父亲身份所代表的伦理关系,而是指'上帝的永恒神性'。'父亲'只是普遍权威来源的统称。后来,这个词才超越了统称含义,被用来描述亲属伦理关系。"(Borneman,2004:4)从"父亲"一词的词源演化来看,父权的权威地位在一定程度上有赖于其伦理身份的超验化,家庭伦理关系是宗教代表的等级和权能关系的表现,决定了权威、责任和秩序观念。自挽歌在古希腊诞生伊始,争夺继承权就是其主要目的之一。对死者——尤其是长辈——的遗产和遗志的继承,通常体现为对房屋与房屋中物品的接纳和对死者功绩与品质的颂扬,以此表达对死者权威的尊重。相反,美国现代家庭挽歌拒绝继承死者的遗产和遗志,具体表现为从物理和心理空间上排斥死者,从物质上和精神上解构原本属于死者的家庭存在,反思家庭的伦理秩序,质疑家庭及其中物品充当死者替代品的物理和精神意义,从而放弃哀悼行为本应承担的传承功能,拒绝盲从死者权威,而正视生者的他者性。美国现代家庭挽歌表面上反抗死者权威,但反抗越普遍、越强烈,死者的影响越是难以磨灭,因此反抗权威同时也是对权威的承认和接受,从而构建了复杂的伦理结构,以探寻超越道德规训桎梏的途径。

　　美国现代家庭挽歌架构的复杂伦理结构对他者性的坚守具有丰富的社会和文化指涉。博恩曼指出:"国家权威和超越性的家庭权威相互交叠,对现代主体

---

① 死者权威主要指父权权威,因为美国现代家庭挽歌中极少出现女性权威形象,即便如洛威尔的《玛丽·温斯洛》("Mary Winslow")和《从拉帕洛启航还家》("Sailing Home from Rapallo")等专门哀悼家族中的女性的挽歌,也是讽刺虚荣多于反抗权威。究其原因,是家庭权威的性别策略使然。

发展、总体与父权的认同有难以预料的深刻影响……现代政治权威以国家形式存在,现代家庭权威以家庭形式存在,两者互为先决条件。"(Borneman,2004:12)美国现代家庭挽歌中,死者权威是"二战"后美国政府压迫性伦理秩序的化身,对死者权威的反抗是深刻反思国家父权权威的必要手段。从社会意义来看,美国现代家庭挽歌拒绝的是家庭和国家的物质和精神遗产的权威,而作为后现代诗歌,它拒绝的是以现代主义为代表的压迫性文化的伦理枷锁,渴望借此削弱传统权威的影响,尤其需要摆脱"艾略特所谓的……自荷马以来全部欧洲文学的传统"(郑燕虹,2016:108)的束缚,建立自己相对独立的个体和诗人伦理身份。对这一时代探寻独特声音的新兴文学力量来说,曾经被当作"父亲"追随和敬重的艾略特先被誉为"世界英雄",后被斥为"文学独裁者"(Bawer,1986:73),以强调"通过突出传统、客体、叙事,整合或重建原来的权威秩序"(李永毅,2011:78)为主要特征的现代主义显得越来越保守,限制了思想和创作自由,新批评在"二战"前树立起的父权权威地位被视为钳制性的消极力量,变成文化界反叛的众矢之的。反抗的对象越强大,反抗就越激烈,反抗者就越显得伟大,于是对文化父权地位和伦理秩序的解构、对他者性的坚守成为美国现代家庭挽歌蓬勃发展的沃土。因此,反叛的不论是家庭权威,还是政治压迫,或是文学传统,美国现代家庭挽歌的伦理关系都不是单一线性的,而是矛盾纠葛的,伦理结构也不是简单的,而是复杂的,它在反抗的同时感受联系。

反对死去家庭成员象征的总体的侵占与哀悼死者的知觉感受相反。在历史悠久的哀悼传统的影响下,要想接受美国现代家庭挽歌中的伦理关系,需要充满夸张和暴力的文本证据。总体的压迫和他者的反抗都很难取得彻底的成功。列维纳斯如此评价总体和他者之间复杂的伦理关系,以及如何保护充满多元性的他者,"在保护它们以抵御那会吸收它们的总体的同时,这一奠基也把它们留于交流或斗争之中"(列维纳斯,2016:209)。这里的它们是指他者,它们的多元性阻止他者被总体完全吸收,但也让他者和总体永远处于交流或斗争状态。他者为了保存独立性,需要和总体进行交流,而当交流的渠道消失时,两者之间就会爆发冲突。死者象征的总体和生者象征的他者之间的冲突是两者唯一的伦理关系,因为只有通过暴力行为,他者性才能保留,他者的自由才成为可能。只有这样,哀悼者才能摆脱继承和权威的压迫,但暴力方式的最终目的无疑还是交流。因此,普拉斯的诗歌《爸爸》中死去的父亲被比作一个"黑鞋子/我像一只脚在其中生活了/三十年"(Plath,1981:222),这个鞋子既保护了脚,又限制了脚的自由。在洛威尔写给祖父的挽歌《我与德弗罗·温斯洛叔叔共度的最后一个下午》(Lowell,2007:163-167)中,言说者对死者的感情极其复杂,就好像"我的手温暖、冰冷,在这两堆/土和石灰上/一堆黑,一堆白"。他似乎承认把这一对颜色完全相反的材料"混成一种颜色"是构建新型伦理关系的唯一方法。

美国现代家庭挽歌用暴力避免崇拜死者,避免把他们奉为"像在艺术中间静止不动的众神,这些神灵被永恒地遗留于间隔的边缘,被遗留于永不发生的将来的门槛处"(列维纳斯,2016:209)。死者构成的神圣的总体永不变化,期待着生者的加入。贝里曼把父亲当作神来哀悼,"我进行了这糟糕的朝圣,去祭拜那个/不能来拜访我的人"(Berryman,1969:406)。然而,这种朝圣的责任感、压迫感和不公感让言说者感到难以忍受,因此"我站在父亲的坟墓旁,愤怒不已""我朝这可悲的银行家的坟墓吐口水""我悲伤,怒吼,/我想扒土,我要扒到草皮下面/深深的地方//用斧子砍开棺材""我们要撕开/那腐烂的尸衣,哈,而后亨利/斧子再砍一次,他最后一张牌,/落在起点"(Berryman,1969:406)。这首诗对死去的父亲做出了极端暴力的举动,是为了在打破传统道德纽带的同时获得与死者的交流,从而得以保存生者的他者性。生者和死者的冲突关系在暴力中得到维持。生者拒绝死者代表的总体,但"战争对总体的拒绝并不拒绝关系,因为在战争中对手相互寻找对方"(列维纳斯,2016:210)。美国现代家庭挽歌模糊了生死边界,打破了传统家庭挽歌中尊重又疏远的二元关系。拉马扎尼对普拉斯的诗歌《巨石像》的评价适用于所有美国现代家庭挽歌——"父亲的律条和话语统治着她对重生的希望和她心中的世界图景"(Ramazani,1994:272)。这种"统治"正是死者权威的体现,往往在死者生前身后都赫然存在。传统家庭挽歌接受这种权威和统治,而美国现代家庭挽歌则在审视中诘难,在诘难中反叛,在反叛中接受,从而形成复杂的伦理结构。

如果说传统家庭挽歌的伦理关系顺流而下,顺理成章地接纳死者的物质遗产,那么美国现代家庭挽歌的伦理关系则有意逆势而为,从物质上拒绝继承死者的遗产。洛威尔不再像叶芝那样"赞颂祖先的房屋"(Halpern,1999:26),而是看到象征家族树的"栗子树""扭曲""饱受折磨",唉声叹气,希望上帝从家族的"欲望和灰烬"中把自己飞升成"纯洁的亚当"(Lowell,2007:19)。洛威尔的言说者希望成为新的亚当,从注定覆灭的家族树中,从家族的阁楼中,从"威利爵爷的城堡"中脱身。《威利爵爷的城堡》(*Lord Weary's Castle*,1946)发表于"二战"结束的第二年,为洛威尔赢得了普利策奖,其中的城堡隐喻了国家和家族。洛威尔有充足的理由将这两者糅合进一个家族城堡中,因为洛威尔家族有着悠久显赫的历史,见证了国家从殖民地时代起的发展。洛威尔通过这本诗集表达了对这个城堡彻头彻尾的批评,他在诗集题目的注释中写道:

> 拉姆金是个出色的泥瓦匠
>
> 盖房子头脑清醒:
>
> 他建造了威利爵爷的城堡
>
> 钱却没拿到一分……(Lowell,2007:5)

宏伟的城堡建成了,可怜的泥瓦匠却被骗了,一分钱也没得到。有钱有势的爵爷连小小的泥瓦匠也要欺负,诗人心中自己家族的形象竟然如此不堪。沃伦在评论这本诗集时解释了标题的寓意:"新英格兰这个贵族家庭以及属于他们的房子即将面临灾难,他们信加尔文教,还是资本家。这家人没有给'底层人民'尽到道德义务,而是仅仅视其为工具。"(Warren,1947:262)出身于这种家庭,洛威尔深感羞耻,家族的城堡也成了他的耻辱柱,他认为应该将其烧毁,以便从中孕育出新的一代。贾雷尔认为这些诗歌号召大家反抗"传统编织的温柔乡,因为我们所有人都像肺鱼一样躺在其中","这些诗歌把一切都推进了这个安乐窝,包括旧法律、帝国主义、军国主义、资本主义、加尔文主义、权威、父权、'标准的波士顿人'、'愿意为穷人做一切,就是不愿跳下他们脊背'的富人,这些东西闭塞、自私、排外,让人闭目塞听、束手束脚"(Jarrell,2001:208-209)。在这本诗集中,洛威尔的主旨是共情弱小的他者,认为只有摧毁殖民主义的总体,他者和作为他者的自我才能像新的亚当一样飞升。洛威尔诗歌的言说者哀悼家庭中的死者,但唾弃物质遗产,因为它是"卑躬屈膝的根源"(Lowell,2007:19)。

对于战后美国诗人来说,家族遗产应该弃如敝履,因为它是罪恶的根源,而且继承遗产就意味着掩盖家族中不足为外人道的平凡琐事,隐藏对死者构成的总体的真实情感。叶芝就拒绝展示祖先房屋中的日常生活,因为"三百年来,男人女人在家的日常琐事都是小说家和剧作家的专属领地"(Halpern,1999:26-27);相反,战后美国诗人回忆死去的家庭成员平常、琐碎的生活,削弱对其依恋之情。

在塞克斯顿写给父亲的挽歌《我所有亲爱的人们》("All My Pretty Ones",1962)(Sexton,1999:49-51)中,言说者十分困惑,不知道该怎样处理父亲的遗产:

> 留下我在这里艰难度日,把你从
>
> 你无力支付的住宅中摆脱出来:
>
> 一个金钥匙,属于你的一半羊毛厂,
>
> 二十套邓恩做的西装,一辆英国产的福特,
>
> 另一份遗嘱上的爱和法律术语,
>
> 几箱子照片,上面都是我不认识的人。

父亲遗留下来的东西没有改善女儿的生活。父亲把金钥匙、羊毛厂、西装、汽车、遗嘱和照片留给女儿,原本是希望她能保留对自己的记忆,给她的生活提供一个坚实的伦理立足点。然而,言说者希望扔掉这些东西,因为它们让她难以理解。就连最能保留家族记忆的相册、剪贴簿和日记都毫无意义,最好的解释是言说者迫切希望远离家族的城堡,因为那里让她闭目塞听、束手束脚。对于她来说,"时间/让你等待的人不再重要。/我从不知道这些脸是谁。/我把他们锁在他们的书里,把他们扔掉"。生者从对家庭的眷恋中疏离出来,揭示了个人身份对家庭传承的依赖不过是社会编造的神话。

在《咒骂挽歌》（"A Curse Against Elegies",1962)（Sexton,1999:60-61）中，塞克斯顿回顾了自己为家人写过的所有挽歌,察觉到了自己不经意间流露出的对死者的依恋,决定放弃那些不愉快的记忆。这首诗中有一个言说对象,他用"虚伪的论调"和言说者争辩。言说者驳斥了言说对象,不认同他秉承的对死者孝顺崇敬的责任,拒绝依照认同伦理哀悼死者。第二节仍旧展现了对死者的回忆和对祖屋中日常生活的描写,但言说者只选择那些骇人的细节,为自己的反驳提供依据：

> 酒瓶里还有最后五分之一，
>
> 褐色的指甲和鸡毛
>
> 陷在后门台阶上的泥巴里，
>
> 虫子住在猫的耳朵下，
>
> 薄嘴唇的牧师
>
> 拒绝召唤，
>
> 除了那一次在满是跳蚤的一天，
>
> 他拖着脚走过庭院，
>
> 寻找替罪羊。
>
> 我躲在厨房的杂物下面。

对死者的这种记忆显然无益于生死交流,这就是为什么死者"拒绝聆听"，"他们都忙着死去"。指甲、鸡毛、杂物之类的东西都不值得继承,只会给言说者更充分的理由"拒绝回忆死者"。最后,言说者感到"死者厌倦了整个这些",暗示了言说者本人受够了遗产中隐含的传统道德规训和沉重的专制压力。

对于战后美国诗人来说,物质遗产在要求继承的死者权威的伦理重压下发酵成痛苦、危险、困惑和负担,故此美国现代家庭挽歌要解构家庭生死伦理关系的物质基础。斯帕戈对塞克斯顿挽歌的伦理之维的评价适用于所有美国现代家庭挽歌："塞克斯顿把与整个挽歌传统相关的伦理责任消弭于无形,让我们认识到责任在这里失效,帮助我们解释为什么传统责任存在、限制自身,而且特别健忘。"(Spargo,2010:423)然而,塞克斯顿的言说者一方面"揭示社会编造的身份神话,即所谓的个人身份依赖诸如文化传统之类的家族传承,而完全跳出家族传承则会避免传统的消亡",另一方面"通过拒绝传统获得与传统更坚固的纽带"(Spargo,2010:422)。离开死者和遗产,她就失去了抗拒的对象;若不哀悼死去的家庭成员,她就失去了咒骂的对象。因此,美国现代家庭挽歌在消解生死纽带的同时也在彰显其重要性。

死者留给生者的物质遗产虽说不好安放,却仍然可以弃之不见,但死者的遗志对生者的精神控制则看似无形,实则很难摆脱。在美国现代家庭挽歌中,死者的遗志不再是家庭传承和延续的精神象征,而成了生者厌恶和弃绝的对象,刻意制造情感和思维上的凝滞、阻隔乃至暴力挞伐。传统家庭挽歌中,哀悼者通过赞美死者的美德和品质来继承家庭精神遗产。例如,布雷兹特里特在献给父亲的挽歌中歌颂他为北美殖民地尤其是新英格兰地区做出的贡献,赞扬他谦虚、高尚、爱国的优秀品质,并把追随父亲的足迹作为包括自己在内的后辈的事业:

> 父亲的上帝,也是我和我们的上帝!
> ……
> 他灰白的头颅充满正义;
> 就像天堂充满欢乐,让赞美在人间回响。
> 对他的怀念永不消逝!
> 他永远保佑后世子孙!
> 他虔诚的脚印被他的族人追随
> 最终将带领我们到达那幸福的居所
> 在那里我们将愉快地团聚,
> 死亡再也不会把我们分离。(Bradstreet,1897:246—247)

然而,美国现代家庭挽歌重新审视精神遗产,对祖先的品质和权威的批判、讽刺甚至唾弃成为主要情感基调和思维模式。伯特认为洛威尔"既像亚伯拉罕，又像耶利米：想要离开父亲的房屋，他必须首先打碎里面供奉的假神"（Burt，2001：344）。要打碎"父亲的房屋"里"供奉的假神"，首先便应是家族里通常奉若神明、不可亵渎的死者权威。在哀悼表亲温斯洛的挽歌《楠塔基特岛上贵格会教徒墓地》（"The Quaker Graveyard in Nantucket"，1946）中，洛威尔对宗教权威及其家庭伦理关系的化身进行了无情的嘲讽。诗歌序言引用《创世记》表达上帝对人类统治地位的承诺，树起传统的家长和宗教权威观念，成为诗歌正文质疑和反叛的对象。许多学者注意到此诗与弥尔顿的《利西达斯》有诸多相似之处，认为前者从诗歌形式到内容都深受后者影响（Staples，1962：45-46）。父亲去世数十年后，洛威尔在《安娜·迪克（其一），1936》（"Anne Dick I. 1936"，1973）一诗中回忆了自己试图打碎假神的经历："默默背诵着《利西达斯》的开头/让我头脑发热、精神冷静/……/我将父亲打倒。"（Lowell，2007：509）洛威尔甚至在即将对父亲大打出手时都在背诵《利西达斯》以试图平息自己的怒气，只是弥尔顿的诗歌没能阻止洛威尔把父亲打倒。因此可以认为，《利西达斯》哀悼死者、制造慰藉的权威和弥尔顿象征的父权权威被洛威尔打碎了，传统的伦理秩序和伦理关系被颠覆了，在用实际行动和诗歌语言对血缘和艺术权威这双重总体中脱胎出了渴望超越、彰显他者性的诗作。

这首诗中反思的精神遗产中也有国家的影子。洛威尔在《楠塔基特岛上贵格会教徒墓地》中直接使用了"皮廓德"和"大白鲸"等表达，说明在创作过程中梅尔维尔的《莫比·迪克》一直萦绕在他心间。另外，洛威尔引用这部著名小说的用意超越了文学范畴，包含了国家和政治含义："如果让我给美国勾画一个形象，我会从梅尔维尔的《莫比·迪克》中找到：这就是那个狂热极端的理想主义者，他用简单化的思维模式把世界带向毁灭"；然后，洛威尔又把亚哈船长比作弥尔顿笔下的撒旦："这两个伟大的人物形象象征了美国的勃勃野心和文化本质……两者充满了理想主义色彩，注定失败，必然遭遇巨大的打击。"（Lowell，2007：1008）撒旦和亚哈最终都难逃悲剧命运，因为前者反抗上帝，后者反抗大自然，但洛威尔仍然认为这种精神是国家和文化进取心的根基。因此，这首现代家庭挽歌本质

上是在哀悼和赞扬两个英雄人物头脑简单、矢志不移的反抗精神。

　　洛威尔对家庭父权精神控制的反抗早在其父亲去世之前就显而易见。《威利爵爷的城堡》中有一首诗叫作《反叛》（"Rebellion",1964），就是写对父亲的反叛。此诗反复书写父亲死亡的场景，"你注定死去/我用手臂将你的房屋砸在你头上/在你的骷髅上折断燧发枪的枪管""当短棒一样的燧发枪打碎我父亲的脑袋/世界更进一步"（Lowell,2007:32）。尽管洛威尔通常被称作"自白诗人"，但如果仅仅将其作品看作真实生活的翻版，则有过于简单化的嫌疑。这首诗可能是基于诗人与父亲的打斗，但更表达了父亲之死这一类事件的普遍意义。如果我们认识到，诗人创作这首诗时父亲并未去世，那么这首诗就可以看作洛威尔在通过诗歌语言演练和期待父亲的死亡，恰恰可以看作诗人反抗真实的和诗歌的父权总体对自己的压迫的绝佳例证。此外，战后美国诗人迫切需要看到父亲的死亡，因为父权总体太过强大，可能会导致自我的死亡，"贝希摩斯和利维坦/吞噬了我们巨大的商船"（Lowell,2007:32）。这两个圣经中的神兽都是父亲的象征，表征了诗人对父权威胁的深度和广度的深深忧虑，几乎所有战后美国诗人都在诗歌中使用了这种夸张手法，将家庭中死去的父权比作巨大的怪兽。

　　在美国现代家庭挽歌中，死者权威往往化作庞大又畸形的形象，是对生者与死者象征的权威总体的排斥和对生者的他者性的戏剧化呈现。借用现象学的说法，死者就像一个立方体，我们从不同的视角来看，可以获得不同的侧显。死者呈现的外形指示了观察者的态度及其与被观察者之间的伦理关系。对于死者来说，生者应该"永远感到愧疚，感激死者的牺牲和劳动，他们构建的体系确保了我们美好的未来，只要我们仍然生活在这个体系之下，我们就要尊重他们的权威性"；对于生者来说，"死者自私自利，不停地用愧疚感困扰生者，提醒生者祖先遗赠的恩惠，要求生者担负责任……死者让我们难以入睡，左右我们的情绪，在黑暗中对我们低语，隐现于我们的想象，要求我们为后人完成他们未竟的事业"（Harrison,2003:98）。如此，作为总体的死者不断对生者施加影响，他者伦理质疑这种愧疚感、责任和恩惠。

　　在传统家庭挽歌中，死者的形象巨大却可亲、疏离却可敬，生者与死者维持传统伦理关系,构建起线性、单一的伦理结构。对于惠特曼来说,被刺杀的美国总统林肯虽然不是家庭成员,但诗人的家庭成员和林肯一样也为新国家的建立战斗和牺牲过,因此他写给林肯的挽歌《最近紫丁香在前院开放的时候》表达了一种家人般的亲近关系,"在这种亲近关系以及这种关系激发的文学作品中,惠特曼借助父权力量重塑了民族独立与共和信念。这种父权力量的来源可追溯至17世纪早期的北美。他的祖父参加了美国独立战争,他的父亲在法国大革命爆发那一天出生。"(Cavitch,2007:255)因此这首挽歌也可以看作家庭挽歌。除惠特曼的家人和林肯在为国献身方面的相似之处外,诗歌中提到要将挽歌悬挂在家里的墙壁上——"哦,我应该在卧室墙上挂点什么?/我挂在墙上的画像应该是什么样子/才能装饰我深爱的他的墓室?"(Whitman,1982:462)——也符合家庭挽歌的典型特征:诗人将卧室和墓室相提并论,墙上挂着怀念林肯的画像,让人联想到北美殖民地把挽歌挂在家里墙上的习俗。因此,这首诗也可以看作诗人的一堵哀悼墙,墙上挂满了花朵、动物、图画等哀悼用品。林肯作为父权的象征获得尊重,在诗歌中被比作"徘徊在天空上西方的星,/……每夜低垂下来好像要告诉我些什么"(Whitman,1982:461)。林肯像上帝一样给生者指示,生者必须尊重、顺从。

而在美国现代家庭挽歌中,这种神圣的形象是死者权威对生者造成的压迫感的化身,通常被赋予巨大、畸形、恐怖的暗示。《反叛》一诗中,"贝希摩斯和利维坦"似乎要吞噬生者,在《楠塔基特岛上贵格会教徒墓地》中,这种威胁继续放大。这里的死者身材甚巨:

> 这尸体毫无血色,只是一团红的和白的,
> 它睁开的眼睛直楞楞地瞪着
> 死气沉沉,毫无光泽,
> 像搁浅的废弃船只上的船舱窗户
> 困在沙滩上。(Lowell,2007:14)

在捕鲸船意象的烘托下,死者被比作一头鲸。死者巨大的身躯,又一次影射

了《圣经》和《莫比·迪克》中的大白鲸。死者是"约拿的白鲸,那头吞噬反抗者和不服管教者的野兽",也是梅尔维尔笔下的白鲸,"亚哈桀骜不驯的'追随者',让自己变成了约伯'高傲的孩子'之一,利维坦是主宰他的'王'"。(Furia,1976:838,840)然而,不论是哪种隐喻,反抗者都被白鲸吞噬。同样,洛威尔诗歌中的生者也有相同的命运,而白鲸虽然死去,但"它的腐烂的/肠道覆盖了整个世界/一直延伸到绿树成荫的楠塔基特、伍兹霍尔/和玛莎葡萄园岛之外的地方"(Lowell,2007:16)。

同样,普拉斯也在诗歌中刻画了亡父巨大的形象,一定程度上符合她对自己父亲的记忆和理解。在《五寻深处》(Plath,1981:90-92),死去的父亲"白色的头发、白色的胡须远远洒散",就像"拖网,随着海浪翻涌/起落沉浮",好像要捕捉、囚禁生者,"四散的发束/延展数英里"。和其他许多美国现代家庭挽歌一样,这首诗也使用了大海的意象,因为大海的不固定性和水中溺亡的可能性决定了它"不能为人的生存提供立足之地……常常以彻底毁灭的形象出现"(Harrison,2003:4)。此外,这首诗中反复出现的死者头发和胡须的意象也呼应了挽歌哀悼传统中用亚麻编织物品的意象。如萨克斯所说,用亚麻进行编织象征着构建结实的事物抗拒人生的脆弱,可以创造慰藉感。(Sacks,1985:18)这首诗中,普拉斯的书写方式也有类似的意图。用头发和胡须编织的拖网或许原本要给哀悼者带来安全感,因为这样可以让人免于葬身大海。然而,拖网在拯救生者的同时,也困住了生者,死亡总体的压迫感同样威胁了生者的存在。普拉斯的另一首诗干脆将死去的父亲称作"巨像"。女儿如此弱小,甚至可以"蜷缩在你左耳的/丰饶地,躲避风吹"(Plath,1981:130)。而父亲在提供避难所的同时也给女儿造成了巨大压迫感,即便巨像早已支离破碎,"你那有凹槽的骨头和刺状的毛发//被铺垫在他们衰败的混乱中直到遥远的地平线"(Plath,1981:130)。为了哀悼和重新拼凑父亲的石像,女儿已经"劳作三十年"(Plath,1981:129)。《爸爸》一诗也是普拉斯写给父亲的挽歌,死去的父亲像"一尊可怖的雕像大理石般沉重,/满怀上帝的皮囊,还有一只灰色的脚趾,/大得如同旧金山的海狮//头在奇异的东海岸"(Plath,1981:222)。对于女儿来说,重新构建父亲的形象是难以完成的任务。她感到这项任务给她带来了巨大压力,但仍然努力疏通父女沟通的渠道,不是作为死者象征的总体的附属品,而是作为深知自己独特身份的他者。

塞克斯顿也写了一首类似的挽歌——《"爸爸!"巫师》(Sexton,1999:543-544),作为对普拉斯笔下《爸爸》的回应。这首诗描绘了一个富有的爸爸,喜欢用金钱控制女儿,"你让我触摸它们,抚弄那绿色的脸/舔它们的数字,这让你成了/我的'爸爸!''爸爸!'"。爸爸很有钱,还喜欢把不可能占有的东西占为己有:

> 你开了一辆纯金汽车
> 把钻石放进你的可乐
> 就为听那嘎吱声,那可爱的声音
> 把月亮也装进你的公文包,
> 还有那大海和它困倦的死者。

女儿感到父亲的财富对自己有强大的占有力,确信它们"都赢得了那场战争",即那场争取主导权的战争。那场战争偏爱占有欲强大的父亲,预示女儿"昨天已死去,/……/吞下了纳粹–日本人–畜生"。这个父权形象与普拉斯笔下法西斯色彩浓重的父亲一样,都被女儿内化成巨大、残忍的形象。在普拉斯笔下,父亲"踏在脸上的靴子,像残忍的你一样/拥有残忍的、残忍的心"(Plath,1981:223);在塞克斯顿笔下,父亲"反复敲打我的眼睛,/……/踢打!直到眼球落地"(Sexton,1999)。眼球意象呼应诗歌开头,"不知所踪的是眼球",喻指女儿在父亲的掌控下无法观察、无法交流。与洛威尔和普拉斯的家庭挽歌相比,这首诗中父亲的恶魔形象比喻意味更浓,对女儿的影响更偏向内在,而在父权总体的描摹上则并无二致。父亲的形象对生者具有双重控制力,一方面让伦理关系更坚不可摧,另一方面让生者的他者性更加凸显。

美国现代家庭挽歌是战后美国复杂伦理环境的产物,社会、政治和文化背景共同催生了其有别于传统家庭挽歌的复杂伦理结构,凸显了坚守个人他者性的重要性。传统家庭挽歌为了遵从隐恶扬善的伦理秩序,无视死者的不足和内心深处对切身体会的死者总体的消极感受;美国现代家庭挽歌则扭转了传统家庭挽歌对传统伦理秩序的盲从,尊重个性和他者性。现代派秉承"诗不是放纵感情,而是逃避感情,不是表现个性,而是逃避个性"(艾略特,2000:518),本质上是在逃避生活世界化的伦理体验和他者性的真实存在,这一原则在"二战"后逐渐失去吸引力,被批判为虚伪和压抑本真,其"回避和取消伦理道德判断的观点"(刘英,2006:91)逃避了诗歌的伦理责任。而美国现代家庭挽歌作为后现代诗歌的一种尝试,通过质疑和拷问传统生死道德规训,解构生死二元对立,大胆放纵感情,表现个性,在矛盾中彰显对压抑的反叛和对自我的释放。家庭死者构成的权威总体或许是对生者最强大的道德羁绊,因此,美国现代家庭挽歌对传统道德规训的讽刺批判也最辛辣无情。特罗在评价战后美国文化时指出,年轻一代与长辈的伦理关系非常复杂,"许许多多的白人孩子首次在拒绝中感受到了传承的力量,他们坚持拒绝传统,为的是感受联系的力量"(Trow,1997:50)。对传统的拒绝和拒绝中深入骨髓的联系表征了生者与死者复杂的伦理关系。美国现代家庭挽歌契合了"二战"后美国文学和文化界涌现的质疑和拷问传统伦理权威与伦理规范的思潮,为我们深入理解当时的美国文化从现代向后现代的过渡提供了一种典型的文类样本。

第三节　影响与焦虑——美国现代职业挽歌中的伦理纠葛

　　与美国现代家庭挽歌相似,美国现代职业挽歌也反抗诗歌家庭中的权威总体。不同之处在于,诗人所面对的职业权威总体比家庭权威总体更庞大,诗歌传统对诗人的限制更严苛。任何诗人都需要从悠久的诗歌传统汲取素材和形式上的灵感,反过来也必须对传统致敬。只有如此,诗歌传统才会接纳他成为诗歌家庭中的一员。加入诗人群体最显而易见、行之有效的方法是展示对传统的继承能力,而继承传统则要用挽歌哀悼其他诗人的去世,赞美其诗歌创作造诣高超。一个诗人越是能充分哀悼另一个诗人的丧失,他就越能彰显自己和哀悼对象在地位、名誉、技艺上的密切关系。然而,地位上的接近和技艺上的相仿则意味着哀悼者的独特身份可能受到威胁。布鲁姆对影响和焦虑之间辩证关系的论述为诗人在职业挽歌中表达对死去诗人的复杂情感提供了很好的借鉴。正如布鲁姆所说,"我们还记得,多少世纪以来,从荷马的后人们到本·琼生的后人们,诗人之间的影响一直被描写成一种子承父业的关系"(Bloom,1997:26),因此,焦虑和影响之间的关系与诗歌家庭中他者性和总体之间的关系具有相似性。

正如布鲁姆的《影响与焦虑》一书所述,影响和焦虑是一体两面,是"笛卡儿二元论的又一个方面"(Bloom,1997:26)。"诗的历史是无法和诗的影响截然区分开的。因为,一部诗的历史就是诗人中的强者为了廓清自己的想象空间而互相'误读'对方的诗的历史……所谓诗人中的强者,就是以坚韧不拔的毅力向威名显赫的前代巨擘进行至死不休的挑战的诗坛主将们。"(Bloom,1997:5)正如充满焦虑的挑战源于前代巨擘的影响,他者性源于总体性。尽管诸如史蒂文斯之类的诗人可能强烈否认诗歌影响,但"这种认为除了学究气特别严重的书呆子外几乎不存在什么'诗的影响'的观点,本身恰恰反映出:诗的影响已经成了一种忧郁症或焦虑原则"(Bloom,1997:8)。为了追求原创性,诗人拒绝承认、刻意误读影响,而误读恰是另一种阅读。特别是在诗人之死激发的职业挽歌中,影响倾向于超越焦虑,主导创作。在传统道德规训的作用下,焦虑的一面总是隐藏自己,却永远在影响之下暗流涌动,而在他者伦理的作用下,美国现代职业挽歌倾向于彰显焦虑的一面,以便更好地审视和坚持自己的他者性。

传统职业挽歌中不乏对诗界前辈充满焦虑感的评价甚至批评,但公开斥责比较罕见。在写给莎士比亚的挽歌中,琼生首先驳斥了三种赞扬莎士比亚的方式:"愚蠢的无知""盲目的感怀"和"狡诈的恶意"(Jonson,1997:202),因为由此产生的评价不公正也不真实。在摒弃了上述赞扬方式之后,琼生呈现了自己理想的赞扬方式——将莎士比亚与他的前辈和同辈做对比,得出的结论是,莎士比亚的前辈和同辈都"不属于自然的大家庭",意思是说,只有莎士比亚得到了大自然的认可,即"大自然对他的技艺感到骄傲/乐于穿着他的诗行编织的华服"(Jonson,1997:203)。只有如此哀悼,琼生才可以说:

　　但是要留下；我看到你在这半球

　　增长，在此聚集！

　　闪耀吧，你这诗人之星，伴随着激情

　　或影响，责骂或鼓励这低垂的舞台；

　　自从你从此飞离，这舞台像黑夜一样哀悼，

　　像白天一样绝望，只有你的诗章光芒闪耀。（Jonson，1997：203）

　　只有琼生能够看到、接收到莎士比亚的影响，他希望借此变成"自然的大家庭"的一员，"责骂或鼓励这低垂的舞台"。像所有传统职业挽歌一样，这首诗哀悼、赞扬莎士比亚，将其放置于至高无上的地位，即便看到了死者的弱点，也要说成优点。琼生认为，莎士比亚"少习拉丁语，不通希腊文"（Jonson，1997：202），却恰恰证明了他的伟大不是来自外国文学的影响，而是出自他自己的天赋；莎士比亚"写出一句鲜活的诗行，需要费尽力气，/……在缪斯的铁砧上/回炉重铸"，却恰恰证明了"一个优秀的诗人需要天赋，也需要努力"（Jonson，1997：203）。在哀悼中赞扬是传统职业挽歌的终极目标，如此可以帮助哀悼者继承死者的优秀品质。

　　职业挽歌历史悠久，从另一个侧面证明哀悼死去的诗人、为其歌功颂德是一种道德责任。从摩斯科斯（Moschus，550？—619？）到希尼（Seamus Heaney，1939—2013），每个时代的主要诗人都有职业挽歌传世，已绵延2000多年，并将无限续写下去，可以说，"重要诗人死去而无下一代诗人中的喉舌为其挽诗而歌的，鲜有之"（Lipking，1981：138）。看到另一个诗人的生命和诗歌生涯戛然而止，死去的诗人的意识意向世界的独特方式永远消失，生者难免悲叹不已。死者曾经的意向方式将世界和世人联系起来，创造独特的诗歌艺术，这种意向方式的终结意味着一种特有的表达世界的可能性消失了。因此，创作职业挽歌就好像是诗人在尽自己最大的努力，最后一次拯救和保留死去的同辈诗人的意向方式。在创作过程中，哀悼者必然承认死者的影响，从而让自己独特的艺术身份受到威胁。

　　此外，生者在哀悼死去的同辈诗人时，同样期待后辈诗人能够有朝一日用同样的方式和敬意哀悼自己,深知无人能逃脱必死的命运,诗人哀悼死者时必然心系自己的归宿,深感应该公允地评价逝者,为后人树立榜样,以期将来自己能够获得同样的待遇。因此,弥尔顿在《利西达斯》中预见好友爱德华·金重获新生——"最后他起身,披上蔚蓝色罩衣:/明天去清新的树林,去新鲜的草地"(弥尔顿,1996:229),为金摘下的浆果和树叶同样祭奠自己的命数,期待自己能够通过死亡进入新的诗歌领域,再在天国中重生。同样,雪莱把死去的济慈比作"天庭深处……大放光明"的"阿多尼的灵魂",希望他指引着雪莱向同一个"永恒不朽者居住着的处所"航行,意味着雪莱希望自己死后也能和济慈共享归宿。(雪莱,1980:277)塞克斯顿在《西尔维娅之死》("Sylvia's Death",1963)中认定"死/正是你古老的归宿",也是"我长久以来渴望的"。(Sexton,1999:128,126)创作职业挽歌时,诗人面对其他诗人之死,将自己代入被哀悼的诗人角色,假想死去的是自己,但仍有意识为自己唱响挽歌,就好像自己主观上期待了死者的死亡。从这个角度来看,职业挽歌与田园挽歌一脉相承,"人设想了这样一种情景:自然及其变化似乎是他的悲伤的诱因,却更像是有赖于他的感受,因此,并非大自然或时间导致了人的悲伤。人的悲伤的诱因不再是枯萎的植物,而是哀悼者本身,或者是圣人的陨落"(Sacks,1985:20-21)。由此,哀悼者融入死者,丧失了自己的独特身份,与死者形成身份认同。在职业挽歌形成的哀悼队列中,死去的诗人被生者悼念,被重新纳为诗界成员。于是"公开的文学悼念的链条由挽歌这一个个金光闪闪的锁扣连接起来"(Vendler,1995:ix),一代代诗人也用职业挽歌构筑了诗歌界的血脉传承。

当这一链条传至战后美国诗人手中时,颜色似乎发生了变化,从金色变成了灰色,甚至是黑色。赫希感慨战后美国诗人对职业挽歌的执着:"洛威尔写给贾雷尔,毕肖普写给洛威尔,斯万森写给毕肖普,好似一条送葬的队列,在哀伤中越走越远,在悲痛中消失不见。"(Hirsch,2003:23)在这些职业挽歌中,诸如"清新""新鲜""大放光明"之类金光闪闪的形容词不见了,取而代之的是在哀伤和悲痛中见证死者的衰退和消失。贝里曼深感叶芝对自己影响巨大,甚至让自己难以呼吸,因此他"搬来都柏林解决你我的问题,/伟大的幽灵"(Berryman,1969:334)。

他明白,"不感恩是创造新事物/必要的诅咒"(Berryman,1969:334),同时,他不得不承认"你高大的身影再次/飘过我的脑海,你所有的过去/用你蜜一样的气息充满我高墙合围的花园/在这里我移动,一粒尘埃"(Berryman,1969:334)。尽管贝里曼不由得感受到叶芝持续的影响,但他还是要"告诉叶芝,他必须超越叶芝的影响和在现代诗歌中的强大存在"(Dodson,2006:35)。贝里曼诗歌中表现出了抵御同化、坚守个人身份的焦虑感,这种焦虑在美国现代职业挽歌中普遍存在。

继承诗界前辈遗产的道德规训会强化焦虑感,生者对个人身份的坚守就会更加明显地浮出水面,呈现出强硬的反抗态度。巴韦尔认为战后美国使诗坛巨匠——施瓦茨、贾雷尔、贝里曼、洛威尔——具有相似的经历,即精神崩溃(Bawer,1986:3),而精神崩溃恰是焦虑的极端表现,是为反抗影响而持续斗争的产物。正如上节所述,职业领域的焦虑强化了美国现代家庭挽歌对生物学意义上家庭的反抗。那么,美国现代职业挽歌是如何应对职业焦虑的呢?总体来说,沿袭悠久的职业挽歌传统是顺从道德规训的表现,而对传统哀悼情感模式的背离和对他者伦理的构建则反映了战后美国诗人的焦虑。

首先,战后美国诗人的职业焦虑可以解释其构建他者伦理的动机。从历史角度来讲,战后美国诗人成长于现代主义和新批评的鼎盛时期。在诗歌生涯初期,他们深受现代主义巨匠的影响,内化了新批评的各种创作原则。因此,他们的早期作品自然包含浓重的现代主义痕迹。例如,洛威尔被称作"新批评创始人培养出来的诗人"(Rasula,1999:284)。在贝里曼最早创作的诗歌中,有一首是献给他现代主义导师的《挽歌:哈特·克莱恩》("Elegy:Hart Crane",1935)。贝里曼将这首诗投给《新共和国》杂志后被拒,评语是"你写给哈特·克莱恩的这首诗技艺工整,但你表达的思想却不像你使用的意象那样出色"(转引自Haffenden,1983:73)。施瓦茨的一篇题为《作为国际英雄的T. S. 艾略特》("T. S. Eliot as the International Hero",1945)的文章更加充分地表现了现代主义的影响:"现代生活的广度和深度都展现在了他的诗歌里"(转引自Bawer,1986:73)。

战后美国诗人一方面深受现代主义和新批评的影响,另一方面又迫切、极力反抗这种影响。施瓦茨对现代主义巨匠艾略特的赞扬情真意切,而他的态度的反转同样代表了战后美国诗人的心声。1949年,他发表了一篇题为《T. S.艾略特的文学独裁》("The Literary Dictatorship of T. S. Eliot")的文章,表达了与现代主义传统势不两立的决绝态度:"最理想的状态是没有文学独裁者。"(转引自Bawer,1986:74)早在20世纪40年代初,贾雷尔就开始有意识地创作"能够替代现代主义的诗歌"(Jarrell,1980:51)。另一位现代主义巨匠兰塞姆对贾雷尔的反叛深感不安,但又不得不承认他的创新精神,"贾雷尔反对我们说他是一个后现代主义者(post-modernist)。但或许他就是。强烈的自我意识让年轻诗人放弃风度;他们同时考虑各种技巧,过分关注风格的变化"(Ransom,1941:378-379)。或许深受兰塞姆评价的启发,贾雷尔在评价诗集《威利爵爷的城堡》时就使用了"后现代主义"一词:"洛威尔先生的诗歌独一无二,融合了现代主义和传统诗歌,创造出的有些效果在某些人看来难以并存,却在他的诗歌中并行不悖,这显然是一种后现代主义的或者说反现代主义的诗歌,一定会产生深远影响。"(Jarrell,2001:216)正如贾雷尔所说,洛威尔诗歌中融合了各种诗歌传统,却形成了一种反传统的合力。贝里曼解释了反传统的原因:

> 我不想让我的下一首诗与叶芝雷同
>
> 或是与奥登无异
>
> 否则我将何处安身?
>
> 但我想让它变成什么样呢?(Berryman,1989:178-179)

战后美国诗人对现代主义巨大的影响力感到焦虑,因为他们希望发出独特的声音,与前辈高大的身躯比肩。他们一边表达"认同的焦虑"(Connolly,2016:98),一边构建和坚守自己独特的诗歌身份。庞德要求现代派诗人拿出"日日新"的精神,战后美国诗人只能让自己的诗歌更加新奇。然而,不管他们如何拼命挣扎,诗歌传统仍然顽强存在;而且,职业挽歌的悠久历史意味着诗歌传统被不断地继承和发展,增加了他们的焦虑感,迫使他们在职业挽歌中改变对待死者的态度,从热情洋溢的赞颂变成了委婉的批评和勉为其难的接受。因此,美国现代职业挽歌有别于传统职业挽歌。

在职业挽歌中,诗人允许悲伤情绪自然流露,首先让情感依附于前辈留下的诗歌传统,然后才加入创新,从而获得慰藉。创新是挽歌的本能,而露骨的讽刺和批判则是现代职业挽歌特有的态度。这种对传统道德准则的大胆违逆应和了列维纳斯的他者伦理。

美国现代职业挽歌刻意将死去的诗界先贤刻画为独裁者,诗人自己卑微地站在其面前,内心充满了作为他者的焦虑。洛威尔在写给贝里曼的挽歌中说,对于贝里曼来说,20世纪50年代的伙计们都生活在"如银河般浩瀚的大师"(Lowell,2007:737)的阴影之下。战后美国诗人迫切希望逃离他们的影响,从而形成了一些共同的特征:"白日梦里,六点开始喝酒,/等待冰冷的火焰""清醒却头晕目眩""在一只鞋子里找到失落的眼镜"(Lowell,2007:737)。这些诗人在白日梦、酒精、政治事件("冰冷的火焰"指代冷战)中寻找灵感,但一直无法看清现实,直到在鞋子中找到了眼镜,才发现了有别于前辈诗人——尤其是现代派诗人——的知觉方式和表达途径。在鞋子里发现新的诗歌艺术,表现了诗人在创作诗歌时眼睛看脚、脚踩大地的态度,这片大地是生活世界,而不是非个人化、客观对应物、古典互文裹挟着的宏大叙事。在洛威尔看来,贝里曼有着特别强烈的认同焦虑。洛威尔记得自己曾与贝里曼探讨莎士比亚《冬天的故事》(*Winter's Tale*)中的主人公里昂提斯的嫉妒心,贝里曼也深刻感受到了这种嫉妒心,因为贝里曼认为自己"先一步到达"(Lowell,2007:738)。贝里曼的焦虑和嫉妒来自他对逃离前辈诗人的影响的渴望,在他创作的职业挽歌中有着明确的表达。

贝里曼哀悼叶芝之死的挽歌提供了总结两人关系的绝佳机会。在《梦歌312》(Berryman,1969:334)中,诗歌言说者迫切希望前往叶芝的出生地都柏林表达敬意,随身携带的是巨大的痛苦,目的是让自己对诗歌前辈的情感有个定论。言说者阅读过大量叶芝的诗歌,却不确定自己的理解是否恰当。言说者不满足仅仅在美国阅读叶芝的诗歌,因此他来到叶芝曾经生活的地方,要和叶芝的"伟大的幽灵"进行直接对话。在诗歌第一节中,言说者作为诗歌继承者感到焦虑,主要因为他认为自己可能无法充分理解前辈的作品。在第二诗节中,焦虑变成了超越前辈的渴望。超越的第一步是故意遗忘。言说者知道,他需要用"不感恩"来取代自己对叶芝的感激之情。把"不感恩"看作一种"诅咒"揭示了传统职业挽歌隐含的道德约束力,而言说者认识到,要想"创新",必须摒除叶芝的影响,忍受反道德的诅咒。然而,在现代主义诗人庞德"苟日新"口号的影响下,叶芝的创作风格发生了巨大变化,表现出现代主义特征,因此"创新"这一口号本身就落入了现代主义的窠臼,让贝里曼的诗歌言说者越发感到创新之不易。

为了取得突破,言说者构建了自己的诗歌风格:"我的家庭""我的敬意和淡淡的悔恨""一两本书"。第一,关注家庭。现代派诗人主要关注宏大的主题,例如政治、战争、文化和传统。为了创新,本诗言说者需要寻找鲜为现代主义关注的主题,例如家庭。第二,哀婉怀念挽歌前辈。诚然,现代派也哀悼诗歌前辈之死,但重心主要在于继承影响和修正传统,例如,奥登(W. H. Auden,1907—1973)在《纪念叶芝》("In Memory of W. B. Yeats",1939)中说道:"死者的话语/在生者的肚子里转化"(Auden,2007:81)。贝里曼的诗歌言说者却有意回避现代派的非个人化,使用个人化的情感和个性化的方式哀悼死者。第三,迷恋死亡。贝里曼的诗歌言说者只带着"一两本书"去拜访叶芝,书中包含"你在死亡的阴影下创作的最后几首奇异的诗篇"。这"一两本书"是言说者带给叶芝的献礼,他要借此理清叶芝对自己的影响,因此这几本书应该出自言说者之手,而且应该是他最好的作品。他明言,这几本书中的最后几首诗属于叶芝,可能是在说这是他写给叶芝的挽歌,也可能是说这些诗表现了叶芝对自己影响的逐渐减弱。两种解读都说明言说者感到自己难以割舍对叶芝的感情,同时,叶芝的死也让自己获得了诗歌上的重生。在洛威尔写给贝里曼的挽歌中也提到了这"一两本书",认为这是贝里曼对美国诗歌的重要贡献,进一步证明这几本书出自贝里曼之手。贝里曼的诗歌声誉主要来自他的两本《梦歌》,共包含385首诗。他承认:"前384首都是关于他死去的父亲。"(Meredith,1973:77)可以认为,这里的"父亲"不仅指他生物学上的父亲,也指他诗歌生涯中的父亲。在这首梦歌的最后一节,言说者仍然承认叶芝是他诗歌领地中永恒的存在。与叶芝相比,言说者自认为是"一粒尘埃",游荡在"我高墙合围的花园"里,而这个花园仍旧充满了"你蜜一样的气息"。虽然在第二节中言说者故意使用不感恩来摒弃叶芝的影响,但在最后一节叶芝的影响回归了第一节所说的举足轻重的地位。这种循环表现了贝里曼内心的认同焦虑,以及他追求诗歌独立的探索。

这首职业挽歌中,贝里曼对叶芝的态度经历了怀念、故意遗忘、怀念三个阶段,影响的焦虑贯穿始终。正如艾略特对施瓦茨的影响一样,叶芝对贝里曼的影响同样深远,认同的压迫感同样强大,也具有独裁者的影子。然而,贝里曼努力逃离影响,最终他的焦虑感形成了没有感恩之心的诅咒。而这种情况在以继承传统、接纳影响为主流的传统职业挽歌中并不常见。从列维纳斯的他者伦理来看,尽管认同的权势异常强大,他者仍然拒绝服从总体。贝里曼深入阅读过叶芝的大量作品,深感其遗产强大的压迫性给自己带来了焦虑,但他通过探索叶芝诗歌鲜有触及的家庭和个人情感等领域,抗拒进一步的同化。尽管贝里曼这一粒尘埃与高墙合围的花园里充斥的气息、阴影和记忆相比微不足道,但他的异质性仍然因其对他者伦理和生活世界的强调而不可忽视。

对死去的诗人前辈的认同焦虑和对自我作为他者的异质性的主张在贝里曼哀悼弗罗斯特和史蒂文斯的挽歌中同样明显。在《梦歌37》(Berryman,1969:43)中,贝里曼对弗罗斯特的感情在憎恶和热爱之间摇摆;在《梦歌219》(Berryman,1969:238)中,他还把史蒂文斯称作“显赫的乌鸦”“可笑的投资人”“精彩纷呈的人”。除了使用意义明显相对的词语外,贝里曼还故意使用不合语法的表达哀悼这两位诗歌语言大师。诗歌传统赋予诗人一种特权,允许他们偏离正统语法,使用颠倒的句式,但很少有诗人违反词性或语法的一致性原则,因为这种表达通常被看作缺乏正规教育的结果,出现在诗歌中极不恰当。贝里曼大胆违反多种语法规则,似乎是扩展诗歌语言特权的尝试,也是他反抗诗歌传统霸权、主张他者性的一种表现。谈到弗罗斯特的“恶意”“粉刺”“好大一张脸”时,贝里曼说道:“我根本不喜欢他,无法理解。”贝里曼把史蒂文斯比作“一只显赫的乌鸦”,认为他“叫得很好”(he crowed good),“说得漂亮光鲜,他让亨利的/智慧不知所措,用了奇怪的/什么……什么……”(He mutter spiffy. He make wonder Henry's / wits,though,with a odd / ... something ... something ...)。这些诗句中“good” "spiffy"词性错误,"a"形态错误。这些违反语法规则的表达恰恰是为了嘲弄史蒂文斯诗歌中常见的宏大、自以为是的表达,或许史蒂文斯并不像他自己诗歌所呈现的那样完美。以公开朗诵自己的诗歌闻名的弗罗斯特在舞台上给人"恶意","眼神狡诈"之感,但"走下台,除了善良什么都不带",只是"一个不同寻常的人",不好相处,但很真实,因此值得"周围所有奇怪的神灵"保佑。这个弗罗斯特不再让人憎恶,而是一个"我们拥有的""坚忍的神灵"。传统职业挽歌中,总体完全拥有自我,带给自我认同的焦虑。为了对抗史蒂文斯光鲜漂亮的言语,贝里曼公然发表"反对声"。他纳闷:"这人心中缺失了什么,/让他无法伤害。"贝里曼认为,史蒂文斯是一个"死亡的老手",因为他的诗歌常常用死亡作为主题,但他却并不能触及情感的心弦,反而是"我们这类才能/伤害,同时诉说//快乐的世界"。贝里曼所说的"我们这类"是指敢于表达真实的、生活世界化的情感的战后美国诗人。此外,贝里曼谴责史蒂文斯"高举/形而上学,让我们无法呼吸到/真实世界",明确表达了对史蒂文斯诗歌中形而上的抽象的不满。然而,虽然毫不留情地谴责了史蒂文斯,但贝里曼仍不确定自己是否应该和他说"再见"。这首诗标题"So Long? Stevens"中的问号让诗人和死者的关系变得更加复杂。

洛威尔对死去诗界先贤的态度不像贝里曼那样刻薄、露骨,但其中影响带来的焦虑并无二致。洛威尔的《罗伯特·弗罗斯特》("Robert Frost", 1973)(Lowell, 2007:539)也哀悼弗罗斯特,这里的弗罗斯特虽然不像贝里曼所描绘的那样面目可憎,却在自己的"观众散场"之后遭受了误解,甚至是故意的曲解。洛威尔所说的"观众散场"是对贝里曼所说的"舞台之下"的化用,两者都试图剥下弗罗斯特作为伟大诗人的伪装面具,呈现他普通人的一面。"午夜"是弗罗斯特流失观众的时间,更是他感受到黑暗和死亡的时间。他的伟大成就被放上书架,"埋进樟脑球中间"。使用樟脑球是为了防止书虫啃噬书籍,而在这首诗中,弗罗斯特的诗集已经消失在了樟脑球下,或许是因为鲜有人取下阅读。这里对弗罗斯特诗歌现状的描述偏向主观的个人感受,而非客观现实。弗罗斯特诗名远播,受到普遍欢迎,洛威尔却认为弗罗斯特的诗歌遗产应该尘封在书架上。虽然弗罗斯特认为洛威尔是一个"艺术上的朋友",但他事实上扮演了父亲的角色。两人都叫"罗伯特",虽然不是姓氏,却也足以构成某种家族联系。弗罗斯特拿洛威尔和自己的儿子相比,更进一步指明了两人的诗学纽带。

然而,这首诗的大部分篇幅都在描述弗罗斯特和洛威尔相互理解的困难。诗歌从第五行到最后一行都由两人的对话构成。洛威尔和弗罗斯特交替说话,每人两个话轮,却难以构成语意衔接的对话。洛威尔首先发声,"有时我太自以为是",弗罗斯特似乎完全没有理解,自顾自地喋喋不休,抱怨儿女们疏远自己。随后,洛威尔接过话轮,"有时候我太高兴,无法忍受自己",也和弗罗斯特的话毫不相干。最后,弗罗斯特抱怨自己身体虽好,却毫无用处。从一开始,洛威尔就意识到,弗罗斯特误解了自己,而自己拒绝理解弗罗斯特,两人完全沉浸在自己的感受中。对两人来说,相似的交谈方式背后有着不同的目的。弗罗斯特似乎暗示自己有意认洛威尔为儿子,认为他胜过自己的亲生儿子,因为他愿意倾听,感情投入;而洛威尔则忙于应对自己的担忧,拒绝了弗罗斯特的提议。洛威尔感受到自己对弗罗斯特的认同焦虑,警惕自己丧失发声权力的可能性。这首诗以弗罗斯特的话轮结尾,可以推测,接下来的话轮是洛威尔对弗罗斯特之死的哀悼。对话的形式可以延续,但真正的思想交流却止于洛威尔的他者伦理。列维纳斯说,总体与他者的关系是一种没有关系的关系(Levinas,1979:80),尽管洛威尔与弗罗斯特的关系得以通过形式来维系,却在无意义的对话中失落。

哀悼诗界先贤的美国现代职业挽歌像现代家庭挽歌一样,也表达了对压迫性总体的伦理反抗。职业总体往往以文学传统的形式呈现,是一种更加难以抗拒的社会总体,"反挽歌(现代挽歌)表现出的对文学和社会传统的反抗象征着一种悲愤,对抗拒绝死者的社会总体……传统挽歌作品的慰藉和终结感象征着自我的重塑,而反挽歌中的郁郁难平,或者说拉马扎尼所说的'抑郁式哀悼'则象征着他者性,标志着他者的伦理持存"(Spargo,1995:18)。不论是对抗还是持续哀悼,都可以看作战后美国诗人探寻他们共同的他者性的一种努力,是他们坚守诗学和个人独特性的一种手段。

战后美国诗人把哀悼同辈诗人之死作为自己不可推卸的责任。他们的职业挽歌形成了赫希所说的"送葬的队列",而且远远超出了他给出的例子。这个队伍中有洛威尔哀悼贾雷尔、贝里曼、普拉斯、施瓦茨、罗斯克,有贝里曼哀悼施瓦茨、贾雷尔、罗斯克、普拉斯,有塞克斯顿哀悼普拉斯,有毕肖普哀悼洛威尔、贝里曼,有默温哀悼贝里曼,有梅瑞狄斯哀悼洛威尔、贝里曼,等等。这些哀悼同辈诗人的挽歌构成了美国现代职业挽歌中举足轻重的一部分。通过哀悼历史和社会经历大致相同的诗人,这些职业挽歌表现出不同于哀悼诗界前辈的挽歌的特征。如果说诗界前辈是总体,隐含着继承的命令,往往触发哀悼者的认同焦虑,那么哀悼同辈诗人的职业挽歌则更坦然地展示他们的个性、职业特征和不足之处,哀悼者认同被哀悼者的他者性,共同对抗诗歌总体和更强大的社会总体带来的焦虑感。正如哀悼诗界前辈的现代职业挽歌反思继承的伦理复杂性,哀悼同辈诗人的现代职业挽歌在承认死者独特性的同时,也关注对死者的生活世界化的体验。这些同辈诗人都是贝里曼所说的"危机中人",都是战后美国中脆弱的、受压迫的他者。在哀悼同辈诗人的过程中,哀悼者扮演了局内人的角色,对死者的他者性大胆袒露,感同身受,并表现出极大的尊重。

战后美国诗人将已故同辈诗人看作自我的一部分,是因为感受到了对死者的强烈认同。洛威尔在写给贝里曼的挽歌中说道:"其实我们有过共同的生活,/我们这一代人提供的/寻常的生活。"(Lowell,2007:737)在写给施瓦茨的挽歌中,贝里曼也有意识地把自己的同辈诗人聚拢在一起哀悼他们的悲惨命运,"我生上帝的气,他毁了这一代人。/首先他抓走了特德,然后是理查德、兰德尔,现在是德尔莫。/中间他吞噬了普拉斯。那是头一等的挥霍"(Berryman,1969:172)。作为对贝里曼的回应,梅瑞狄斯称英年早逝的战后美国诗人为"独自提前逃离的/朋友们"(Meredith,1997:174)。虽然把这些诗人称为朋友,哀悼他们过早离世,但这些同辈诗人职业挽歌并没有僵化成歌功颂德的悼词,而是表达了大胆的批评和同情,就好像死者仍然活在生活世界之中。梅瑞狄斯评价自己写给贝里曼的挽歌"不是评判,只是论辩"(Meredith,1997:174),意思是说,他并非用超脱的视角对死者盖棺定论,而是从同辈的角度进行论辩,对不同观点保持敞开的态度,进而强化相互之间的认同感。几乎所有哀悼同辈诗人的美国现代职业挽歌都具有类似的特征。

贝里曼的职业挽歌数量庞大。除哀悼贾雷尔、普拉斯、施瓦茨的作品之外，还有许多写给罗斯克、布莱克默和迪伦·托马斯等同辈诗人的。贝里曼谈及对这一话题的偏爱时说道："我只对身处危机之中的人感兴趣。我写完一个，就接着写下一个。"（转引自 Meredith，1973：77）贝里曼非常关注"身处危机之中的人"，这些人作为社会和艺术的他者遭受痛苦，郁郁而终。贝里曼强调这些人的危机体验，设身处地地表达关切。他反复哀悼这些同辈诗人，称其为"兄弟姐妹"，希望获得共同对抗总体的认同感。

贝里曼反复表达了对普拉斯这位早逝的女诗人的认同和对野蛮总体的谴责。在《梦歌127》（Berryman，1969：144）中，贝里曼称那些死去的同辈是"一群群幽灵在绝望的痛苦中升起"，在这里他和死者的关系更加密切，称他们为"兄弟姐妹"，其中就有普拉斯这位极有标志性的、身世极其可悲的战后美国诗人。在专门写给普拉斯的《梦歌172》（Berryman，1969：191）中，贝里曼追溯了普拉斯姓名的变化：从西尔维娅·普拉斯到"休斯太太"，再到"自杀"。她最初的名字来自饱含宗教意义的受洗之时。洗礼本身充满仪式色彩，暗示把新生儿纳入总体，希望她摆脱原罪，臻于至善，获得基督信徒这一新的身份。这一启动仪式自然而然地引导她步入婚姻，改名为"休斯太太"，生育后代。名字的变化进一步模糊了普拉斯的身份，将她囿于婚姻的牢笼，沦为生育的工具。普拉斯随后"神经错乱//最后炉子似乎成了你合适的归宿"，暗指普拉斯最后趴在煤气灶上自杀身亡。在贝里曼看来，若要避免自杀，普拉斯需要向总体规定的妻子和母亲的角色低头，因此，自杀是作为他者的普拉斯"最合适的归宿"。普拉斯的脸在贝里曼的"桌子上若隐若现"，每次想到普拉斯，贝里曼都恋恋不舍，最后让她"再次从我们中间离去"。之所以在贝里曼的想象中普拉斯的离去不断重复，是因为诗人需要通过这一过程不断加强自己与死者的认同感。"再次"和"重复"两个词也呼应了"一个又一个/自杀，堆叠在一起"的描述，即反复离去的不仅是普拉斯，而且还有贝里曼的其他同辈诗人。贝里曼称普拉斯为"榜样"，就意味着有许多人步其后尘。贝里曼使用"他者"一词总括死去的同辈诗人，虽然不见得诗人脑海中确有列维纳斯所说的他者概念，但列维纳斯赋予这个词的含义——抗拒社会压迫和误解的外来者、拒绝服从者、反抗者——有助于理解贝里曼在这首诗中表达的无助和绝望。贝里曼反复思考普拉斯的命运,最终获得了顿悟,"震惊的亨利和他的兄弟姐妹/停下来,思考为什么他独自/忍受这个粗暴的时代"。贝里曼认识到自己不得不独自对抗总体,从而不确定自己选择苟且偷生是否明智。

贝里曼写给同辈诗人的挽歌中常用两种技巧,叙述人称的变化和矛盾修饰法,从修辞角度进一步呈现了死去诗人对抗令人窒息的总体带给生者的生活世界体验。在《梦歌172》中,叙述角度首先是第一人称,直陈死者为"你","你的脸在我桌上若隐若现""我在你的脸上沉思"。直陈是挽歌常用的哀悼手法,通过与死者直接对话,表达强烈的情感,获得挽歌传统中唤起死者的效果。这种面对面的关系具有列维纳斯的他者伦理的典型特征。列维纳斯认为,当自我看到他者时,首先遭遇的、唯一能够把握的是他者的脸。他者的脸宣称他者的他者性。然而,自我永远无法完全参透这张脸,也无法触及他者性的核心。死亡和死者都是最典型的他者,因为不论自我如何尝试,这二者看起来无法捕捉、无法理解。在传统职业挽歌中,诗人总是能够利用宗教、神学或想象,将死者纳入某种"至高的体系"(Berryman,1969:278),从而理解死亡。相比较而言,贝里曼诗歌中的言说者在反复尝试理解普拉斯的"痛苦和愤怒"以及"悲伤"。言说者与普拉斯面对面的遭遇激发记忆、悲伤和思考,但对她死亡的终极解释直到倒数第三行叙述人称变成了第三人称的"亨利"之时才得以实现。"一个又一个/自杀,堆叠在一起"才让言说者清醒过来,从第三者"亨利"的角度审视自己和死去的同辈诗人的关系。人称的转换让自我变成了他者的一部分,进一步让自我和死去的他者认同。亨利总结说,他不应该纳闷为什么如此多的同辈诗人死去,反而应该反思自己为什么仍然在难以忍受的总体的压迫下苟且偷生。

在贝里曼看来,同辈诗人中命运最悲惨的是施瓦茨。他共写了13首梦歌哀悼施瓦茨。在这些职业挽歌中,贝里曼希望弄清楚,为什么施瓦茨早年能够创作"美妙、清新的诗歌"(Berryman,1969:169),而最终却成了"希伯来亡灵"(Berryman,1969:165)。贝里曼把施瓦茨叫作"希伯来亡灵",是在暗示他的悲剧一定程度上来自他的犹太血统。把犹太人当作他者进行歧视的历史可以追溯到

《圣经》中,在"二战"大屠杀中演变成种族灭绝,时至今日,仍然在总体对待所有社会和种族弱势群体的态度中可见一斑。可以说,施瓦茨的犹太血统是他悲惨人生的悲剧性缺陷。他遭社会排斥,以至于对包括朋友在内的任何人产生了怀疑。贝里曼用看似自相矛盾的语言刻画施瓦茨,借此表达对死者的共情,讽刺死者悲剧的荒诞性。《梦歌154》(Berryman,1969:173)的第一个词是"flagrant"(臭名昭著),修饰的竟然是施瓦茨"青春男性的美丽"。诗人用"臭名昭著"和"美丽"来形容施瓦茨的容貌,或许是因为施瓦茨因太过相貌堂堂而让社会无法容忍,又或许是他的容貌招致忌恨。"flagrant"一词让人不由联想到英语中词形发音都十分相似的另一个形容词"fragrant"(馥郁芬芳),若用后者,则语义通顺和谐,但诗人故意使用了前者,暗示了时代的荒诞和悖谬。随后,贝里曼用"thick with lore"(充满典故)来形容施瓦茨的头脑。"thick"一词既有"充满"的意思,也有"愚笨"的意思。不论诗人有意使用的是哪个语义,原因都是施瓦茨头脑中装着太多的传统和历史。这个意义含混的修饰词暗示了施瓦茨知识渊博,又或许太过渊博,让自己完全被传统故事和历史左右。正如这首诗所写,施瓦茨怀疑任何人,包括最亲密的朋友,有时候举止怪异。然而,贝里曼相信施瓦茨偏执妄想的原因是社会总体对他缺少宽容和共情。这首诗是贝里曼写给施瓦茨的所有挽歌中突破《梦歌》三节十八行诗体的唯一一首,增加了一行作为四个诗节:"你所有的账单都会付清,他接着说,神情紧张。"这一行虽然没有引号,但仍可理解为出自施瓦茨之口的直接引语。这种突破常规诗体的做法,可以看作贝里曼和施瓦茨对死去的诗人悲惨遭遇的体察和感受超出了诗人的控制能力。施瓦茨即便是和最好的朋友贝里曼交谈时,也感到紧张,表现了他作为他者的警惕和孤独。于是,贝里曼在《梦歌151》(Berryman,1969:170)中高呼"让我们都变成丧亲的犹太人吧",似乎是在说,要想理解施瓦茨的悲剧和失去这个朋友的悲伤,我们都应该停止歧视他,停止把他他者化,而应该让自己变成犹太人与他共情。

塞克斯顿写了《西尔维娅之死》("Sylvia's Death",1963)(Sexton,1999:126-128)来表达哀思,但作为女诗人,塞克斯顿对普拉斯的认同比贝里曼更密切。除第一行直接呼喊普拉斯之外,前三个诗节的所有诗行都用以 with 开头的介词短语形式呈现：

> 噢,西尔维娅,西尔维娅,
>
> 只有一个死寂的盒子,装着石头和勺子,
>
> 只有两个孩子,两颗流星
>
> 在小小的游戏房里游荡散落,
>
> 把嘴巴埋在活页纸里,
>
> 化进房屋横梁里,融进无声的祈祷里

短短六行,简要描述了普拉斯的悲惨生活,包括她的婚姻破裂、经济困境、抚养两个孩子的压力,以及困境也无法阻挡的她对诗歌创作的投入。第二行中的"石头"一词暗指普拉斯的诗歌《石头》,给塞克斯顿的诗歌增加了深度和表现力。

《石头》一诗突出表现了总体和他者的关系,罗列了作为总体的"城市"迫使自我屈服的多种手段。城市里有"珠宝大师""嫁接人"和"医生",这些角色隐含着权力和威严。他们能"撬开/一个石眼",可以使用"凿子""钳子""锤子""电流"来维修和"医治头脑或任何肢体"。对他们来说,手中维修的物体就像石头一样没有生命。他们如何判断一件物体是否有生命力？将其修整为什么样子才算合适？他们击碎石头,就为了完成最终作品——"重塑的花瓶"。把石头变成花瓶是为了服务城市里需要花瓶来插花的人,其代价是打碎石头,用来重塑成花瓶,以至于花瓶上布满"裂隙",石头的灵魂则被驱逐,一朵美丽但生命短暂的玫瑰花取而代之。从他者伦理的角度来看,城市和城里人是总体,他们搜罗、杀死、重构、同化不符合自己要求的他者,默认他者没有生命、没有感情,随意重构其身份。

结合对普拉斯笔下的"石头"的理解,塞克斯顿这首诗中"一盒死去的石头"可以理解为普拉斯他者性的象征。正如贝里曼追溯了社会体制压力下普拉斯身

份的变化，塞克斯顿用互文的手法暗示了普拉斯对压力的清醒意识，以及她通过"嘴部孔洞"的呐喊和用诗歌的"嘴巴"无休止地歌唱对压力的反抗。塞克斯顿诗歌开头的三个介词短语服务的主句在第五节才出现，"你凭借什么站立，/又怎样躺下去"，这造成了头重脚轻的结构，似乎是在问普拉斯是如何头顶着如此巨大的压力坚持了这么久的，又是用什么样的勇气通过死亡将压力掷在一边的。

　　随后，塞克斯顿回忆起，自己和普拉斯曾经频繁讨论死亡和自杀，斟酌它们对总体带来的压力的反制作用。塞克斯顿责备普拉斯先一步采取行动是偷窃了两人讨论的成果，看似充满愤怒之情，实则表达了在死亡一事上对死者的密切认同感：

盗贼！——
你怎样爬进来

独自爬下去
爬进我长久以来渴望的死亡，

你我都说自己已经超脱地死亡，
我们戴在干瘪的乳房上的死亡，

我们经常谈论的死亡，
每次在波士顿我们谈起它，就干下三杯超纯马提尼酒，

死亡议论了精神分析师和治疗方案，
死亡像心怀密谋的新娘一样说话，

我们为死亡干杯，
好像还有动机和无声的行动？

从塞克斯顿的描述可以推测,两人谈论死亡是家常便饭,而且细致入微,就像"心怀密谋的新娘"。如果说她们是新娘,那么新郎就是死亡,即将与她们携手步入婚姻殿堂。然而,这个婚姻不是这个世界上难以忍受的男权压力下的婚姻,而是隐含着各种可能性的婚姻。值得注意的是,两人将死亡"戴在干瘪的乳房上",暗指海斯特胸前挂着的"红字"。通过化用霍桑小说的重要情节,塞克斯顿希望这首诗与《红字》一样表达社会和个人之间的张力(Bewley,1959:178)。然而,这首诗和《红字》所表现出的张力背后隐含的意义和最终结果有显著不同。第一,海斯特犯下通奸罪,违背了社会道德准则,因此被判将红字"A"挂在胸前。作为已婚女性,塞克斯顿和普拉斯像新娘一样密谋,把死亡看作"和男性一起回家的路程",暗指即将步入婚外情。第二,为了赎罪,海斯特逐渐向判她有罪、排挤她的社会中心移动——"将她束缚在这里的锁链是钢铁铸成的,伤害她内在的灵魂,却永远无法被打破"(Hawthorne,2007:64)。手持锁链的社会让我们想起了普拉斯的诗歌《石头》中挥舞着总体霸权的社会体系,自然会导致塞克斯顿和普拉斯的死亡冲动。第三,海斯特最终被社会重新接纳,依据社会的标准,红字的含义也变成了"能力"和"天使",然而,普拉斯自杀是因为她拒绝被社会同化,更看重自己的他者性。塞克斯顿解构了《红字》中蕴含的道德总体,为的是标记他者伦理的重要性,而且表示对普拉斯之死必然性的充分理解。

死亡是普拉斯的抗拒方式,也是塞克斯顿偏爱的诗歌主题:

我伸开双臂,伸入那石头空间,
我只说

你的死
正是你古老的归宿,

一只从你诗中

掉落的鼹鼠？

这首诗是说,死亡是诸如普拉斯之类的社会的他者"古老的归宿"。塞克斯顿认同普拉斯对社会总体、道德压迫感和她们这类人的宿命的理解。更有趣的是,塞克斯顿热情拥抱普拉斯的"石头空间",并且对普拉斯诗歌中的另一只"蓝色鼹鼠"进行身份认同。普拉斯的诗歌《蓝色鼹鼠》("Blue Moles",1959)(Plath,1981:114-115)描写了两只鼹鼠,"像石头一样与世无争",却"被某个大动物"挖出来残忍杀害。鼹鼠像普拉斯《石头》一诗中的石头一样无害,却被狂怒的大动物挖出、痛击,让人难以理解。大动物和小鼹鼠形成强烈反差,正像总体和他者之间的巨大差异,但这两方的争斗是"一场古老的战争",只有当他者死去,硝烟才会散尽。在塞克斯顿的诗歌中,普拉斯是已经死去的第一只鼹鼠,塞克斯顿则视自己为另一个他者。

在《红字》中,海斯特像"石头",在社会道德规训中重塑自我,丁梅斯代尔则真诚地直视自己的罪过,为了获得最后的解脱而接受死亡。在上述同辈诗人挽歌中,战后美国诗人像丁梅斯代尔一样痛苦地直视社会总体这个大动物和他者这个弱小的受难者,谴责前者,共情后者。他们共情后者来展示他者伦理的合理性和必要性,也在哀悼战后同辈诗人的过程中看到了自己的影子。

战后美国诗人在哀悼死去的同辈诗人时,表现出的伦理关系也具有复杂性。诗歌中表达的竞争和谴责阻碍了诗人和死者的完全认同,但其本意并非阻隔生死的交流,而是为了在生活世界中巩固认同感。

洛威尔写给贾雷尔的3首职业挽歌在责备、共情和反思之间摇摆。其中第一首是《兰德尔·贾雷尔(其一),1965年10月》("Randall Jarrell I. October 1965",1973)(Lowell,2007:523),主要责备了贾雷尔的性格缺点,而且认为这一定程度上导致了他的死亡。洛威尔想象贾雷尔又活了30年,希望看到他"成熟"起来,暗示了他死去时还不成熟。但洛威尔否定了自己的猜测:即便贾雷尔再活30年也不会有任何变化。他称贾雷尔为"不变的蚂蚱",30年后仍然有着"同样的头发,雪白,网球护腕"。如果贾雷尔的生活习惯不变,他仍然会"在野火下鸣叫",意思是说,仍然会写同样的诗歌。贾雷尔如果再成熟些,就不会参军,不会在军队里落入"陷阱"。战争炸毁水库,爆炸产生的冲击波毁掉一切,夺去生命,在医院的常春藤上涂抹血污:

> 谁能和你一起进入你的陷阱,
>
> 看流年在水库里泛起褶皱,
>
> 看青藤在你医院的墙上
>
> 变成一层淡淡的血迹?

然后,这首诗回忆了30年前贾雷尔加入美国空军的往事。他面前呈现的是欧洲美丽的战场,他从战机上鸟瞰大地,一切都"金黄,微小,一动不动"。如此表述欧洲抽象、充满迷惑性。"我们下方"和"我们上方"这两个视角恰好相反,表现了抽象的谎言和生活世界化的现实之间的巨大反差。高高在上的抽象视角指示了政治和经济目标作为轰炸对象,俯下身子的视角则让人沉浸在对生活的赞美和享受之中。这里化用了贾雷尔《丧失》一诗中从学校了解的城市和被轰炸机炸毁的城市之间的反差,戳穿了战争的谎言。然而,洛威尔诗歌的最后两行指出,即便贾雷尔洞见明晰,他仍然心甘情愿步入陷阱,献出生命,"兰德尔,这些景色仍旧涌向挡风玻璃,/苹果在鞭子一样的树枝上变红熟透",因为他是"不变的蚂蚱"。这首诗对贾雷尔激进的反战思想既称赞又谴责——称赞他对战争的反思透露出的人文主义光辉,谴责他能洞察战争的虚伪却无法洒脱地远离战争的悲剧宿命。

洛威尔写给贾雷尔的第二首挽歌是《贾雷尔(其二)》("Randall Jarrell Ⅱ", 1973)(Lowell, 2007:523),通过对一首名叫《贾雷尔1913—1965》("Randall Jarrell, 1913–1965")(Lowell, 2007:1107)的未完之作改写而成。这两首诗都是洛威尔对贾雷尔的神秘死亡的思忖。在早期草稿中,洛威尔想象贾雷尔生命的最后时刻:贾雷尔"倔强地、艰难地走向高速公路",为了逃避痛苦的生活而自杀。最后一行可以看作贾雷尔给诗人的遗言:"我的生命,你会拿它怎样?"从这句话中可以看出,贾雷尔对待自己的生命有种随意、冒失的味道,而洛威尔显然并不认同这种态度。或许洛威尔意识到这首诗中的谴责太过明显,所以才将其改写,更强调两人世界观上的相似之处:在生活世界中亦真亦幻的抗争到头来不过是一场空。洛威尔在最终版本里首先梳理了对贾雷尔的记忆,即"我扒梳我们从前的生活的余烬",为了寻找"我们第一次迷人的幻灭"以及对诗歌创新的探索。实验了"中等距离,背景和前景"等不同视角之后,他们发现这些尝试和水牛、松鼠的努力一样毫无成效:

> 轮子
>
> 被水牛转动,穿过蓝色的
>
> 真实的空间,天还没有亮。……
>
> 然后,那夜,笼子里的松鼠在他的轮子上,
>
> 光线,眼睛,从天桥上凝视着你

或许是因为心灰意冷,"孩童般的贾雷尔,好似在梦中",走向死亡,"向汽车致敬,肯定——你刺眼的光亮"。贾雷尔似乎为死亡做好了充分准备,有点眩晕却并不鲁莽。在这首诗的创作过程中,洛威尔对贾雷尔的态度发生了改变,表现了他和死者之间复杂的伦理关系,既把死者作为自己的一部分来接纳,又尊重他作为独特的他者反抗压迫性社会的勇气。

《兰德尔·贾雷尔》("Randall Jarrell",1973)(Lowell,2007:532)是洛威尔写给贾雷尔的挽歌三部曲中的最后一首,回忆了这位朋友和其他老朋友。这首诗中,言说者显得焦躁不安,甚至难以区分生者和死者。诗歌开头,言说者从杂乱无章的梦中醒来,感到"我睡了数年之后才醒来"。他似乎睡了很久,或许因为睡眠一向是死亡的象征,又可能是因为他在梦中看到了自己死去的老朋友而不愿醒来。最终醒来之后,他无法区分梦境和现实,也无法区分生与死,因此惊异地发现,自己周围"没有一个人",不得不承认"本来也不可能有任何人",因为自己的好友都早已死去。奇怪的是,他每次醒来,都发现自己手中香烟的数量逐渐增加,随后的省略号暗示了这一过程没有尽头。每多点燃一根香烟就意味又有一个诗人死

去,象征着这一代诗人赴死的速度惊人,也意味着对死去的诗人的记忆不断袭来。因此,"没有一个人,本来也不可能有任何人"并非现实,"他们朝这里来,老朋友,死亡的老行家"才是真实情况。点燃香烟再睡着将诗人置于危险境地,因为香烟可能引发火灾。诗人对此心知肚明,但他仍然不断地点燃香烟,暗示了诗人的死亡冲动和与死去的诗人团聚的强烈愿望。就算香烟引燃的真实火焰没有烧死他,死者的"火花"也必然夺取他的生命。正如洛威尔写给弗罗斯特的挽歌一样,这首诗里的贾雷尔也和言说者直接对话:

> 你为何耽搁这么久,
>
> 在转动你正在冷却的雄心的磨刀石?
>
> 你没有写作,你是在改写。……告诉我,
>
> 卡尔,我们为什么生?我们为什么死?

同时,这首挽歌与写给弗罗斯特的挽歌也有不同。对弗罗斯特,言说者表达了误解,甚至是拒绝理解;而对贾雷尔,言说者甘愿充当死者的喉舌,替死者发声,同时也借助死者的声音对自己说话。贾雷尔责怪言说者迟迟不来死亡世界和自己团聚,更像是言说者的自责。言说者意识到,因为自己还有抱负和期许,才对生命恋恋不舍,但自己所做的只是改写过去的作品,所有的抱负和期许都是虚无。最后一行中,时态从过去变成了现在,暗示了包括洛威尔在内的战后美国诗人当前无一例外处于死亡状态。贾雷尔质疑生命和死亡的意义,就像一面镜子,反射了洛威尔本人的困惑,也映射了战后美国诗人对诗歌的失望。他们原本认为诗歌可以帮助他们抵御社会总体的侵袭,但贾雷尔的死已经让他们对诗歌的期许完全消失。

贝里曼写给贾雷尔的挽歌《梦歌90》(Berryman,1969:105)也把追逐名誉、失落收场的命运看作战后美国诗人悲剧的核心。对于言说者来说,贾雷尔的死意味着"割舍旧世界",彻底安歇。言说者对贾雷尔有着强烈的亲近感,仍然希望他能够用诗来歌唱,但很快在第二诗节意识到"你的自我折磨/也无法让其美好有片

刻回归",因为他认为贾雷尔需要名誉,但更需要休息。因此,为了让贾雷尔休息,也为了平息自己的怒气,言说者感到自己也有必要"向西行,无论怎样",暗示了加入贾雷尔赴死的行列的必要性。因此,在最后一节的前三行中,言说者想象自己和贾雷尔在死亡的世界重聚的情景:"在最终的房间里,我们将再次相遇/我会说贾雷尔,他会说小猫咪,/一切都会照旧。"这里所用的将来时态表达的都是幻境,接下来的三行则用过去的事实将其击碎:"那时我们在姣好的面容中追求/显赫,却对它备感失望,/需要更多。"时态的突然转变以及第三、四行的跨行诗句都让最后一节和前两节形成强烈对比。此外,在第一节中,诗人说,为了"割舍旧世界",贾雷尔必须放弃曾经习以为常的东西,包括出色的风度、自由和姣好的面容。在第三节中,言说者见到贾雷尔之时,"一切都会照旧",包括"姣好的面容"和"显赫的名声";而且,在第一、二节中,言说者迫切希望贾雷尔休息,三次重复"休息"一词。在第三节中,言说者承认,他们"需要更多"姣好的面容和显赫的名声。因此,"一切都会照旧"有两种解释方式:一是所有过去的事情都过去了,凝固了,战后美国诗人曾经对名誉的渴求无法改变;二是死者保留了对旧事物的渴望,构成了贾雷尔和终将死去的贝里曼的意识模式。不论哪种解释,都给诗人想象中的重聚蒙上了难以满足的色彩。这首诗中,言说者对贾雷尔的态度融合了赞扬和讽刺。言说者想象了在死亡世界的重聚,确证了他们共同的他者性难以用线性的道德判断进行评价。

在写给贾雷尔的第二首挽歌《梦歌127》(Berryman,1969:144)中,贝里曼明确指出,贾雷尔相对于家庭总体而言的他者性也映射了贝里曼自己的家庭经历。诗歌中出现了"他的女儿"和"他的妻子",但不能确定这里的"他"是贝里曼还是贾雷尔,但她们对贾雷尔之死的冷漠和怨恨同样适用于两个男性的情况。如果她们是贾雷尔的家人,说明贾雷尔的死对她们没有任何触动,没有激起任何伤感;如果她们是贝里曼的家人,说明她们完全不理解贝里曼的极端痛苦和反复涌现的悲伤。两种解释都表明了两个诗人在家庭总体面前的他者性。贾雷尔的死对贝里曼有深远影响,超过了"亨利的感冒""丧失"和"那天他为了/弄清楚究竟/发生了什么事而写给遗孀的信"。贾雷尔的死激发"所有幽灵汇集在一粒绝望的尘埃上",让"我的空气充斥着幽灵,他们永不停息"。贝里曼呼吸的空气充满了诗人的幽灵,恰好可以解释本诗的第一个词"再一次"。这个词里浓缩了挽歌不断重复自身的悠久历史。从忒奥克里托斯的《田园诗(其一)》开始,赛西斯对达佛涅斯的哀悼就离不开叠句"缪斯,开始吧,再一次开始这田园歌吧"(Theocritus,1973:11-13)。牧羊人赛西斯为死去的牧羊人、风笛手达佛涅斯反复吟唱挽歌,是希望"阿佛洛狄忒能让他再次站起……缪斯深爱他,女神迷恋着他,水没过他的头顶"(Theocritus,1973:15)。最后,死者被总体淹没。当象征总体的大自然接纳达佛涅斯成为自己的一部分时,赛西斯的歌声也接近尾声——"停止吧,缪斯,停止这田园歌"(Theocritus,1973:13-15)。贝里曼的职业挽歌以"再一次"开始,但并没有以总体的胜利结束,而是有一个幽灵悬挂在死者中间,这个幽灵"尚未死去,/也拒绝回家"(Berryman,1969:144),置身于生死之间的过渡地带,逃避充满恶意的家庭总体。

从写给叶芝的挽歌中可以看到,贝里曼呼吸着充满前辈诗人幽灵的空气,而在这首挽歌中,贝里曼同样呼吸着充满同辈诗人幽灵的空气,但两组幽灵用不同的方式给贝里曼施加影响。和同辈诗人的相互认同十分微妙。在写给贾雷尔的第三首挽歌《梦歌259》(Berryman,1969:278)中,贝里曼直陈自己和贾雷尔"可爱的、友好的对立持续了四分之一个世纪",可见两人的认同充满复杂性。同辈诗人之间的对立不同于贝里曼和叶芝之间的对立,因为贝里曼和同辈诗人之间的影响是相互的,而和前辈诗人之间的影响是单向的。第一节描述了贝里曼和贾雷尔漫长、难以忍受的对立,贾雷尔死后也没有休止。但这一节中的三个问号表现了贝里曼对这种对立关系的质疑。这真的是对立吗?真的持续了这么久?造成这种不确定性的原因是,两人对立关系的前提是深厚的友谊、贾雷尔的艺术成就和贝里曼的丧友之痛。这种对立关系好似兄弟争宠,只有当两人有血缘关系时才可能存在。

第二节进一步解释了两人对立关系的持续性。第一、二行中时态从过去变为将来,指出了对立关系的历史和未来。贝里曼把贾雷尔的死因归结为"情况变得糟糕透顶"。这里虚指的"情况"对贾雷尔的他者性不友善,迫使他死去,可以看作总体的化身。贾雷尔先离去,让贝里曼充满怨怼之情,因为失去了一个优秀的竞争对手,更因为自己不得不留下来独自对付糟糕的情况。因此,贝里曼期待"我们在地狱争论不休,/如果我们的圈子还能交流"。这里的"圈子"恰恰可以用来指代战后美国诗人形成的小圈子。第三、四行为死去的贾雷尔描述了当今世界的样子:"它从蓝色变成蓝色,/但你对金色着迷。"可以认为,这里的"它"和本节第一行中的"情况"指涉相同,那么"从蓝色变成蓝色"可以理解为这个世界中总体的压迫性没有变化,贾雷尔选择逃离是明智之举。"从蓝色变成蓝色"(blue to blue)还化用了军事俗语"友军误伤"(blue on blue)。如果综合考虑第二种解释,代词"它"就可能包含贝里曼和贾雷尔之间的对立关系。对于仍然留在这个世界的贝里曼来说,对立关系没有变,而贾雷尔却先一步去了另一个世界,"走向另一种命运"。两种解释并不矛盾,而是相互支撑,强化了战后美国同辈诗人之间的复杂认同关系。

第三节在对立关系和主张他者性方面和前两节一脉相承。贝里曼和贾雷尔一样,"对死亡的欲求很强/但尚不够强烈",因为"我能忍受它",这里的"它"仍然指对立关系和总体,也因为"我研究这个体系很长时间了/这至高的体系",这里的"体系"也指社会总体。在最后两行里,贝里曼向贾雷尔发出挑战:来,"告诉我我错了"。诚然,我们应该尽量避免过分依赖贝里曼后来的自杀来解释他的诗歌,但用诗歌来解释他的自杀仍有裨益:他加入已死同辈诗人这个圈子的冲动日渐强烈,最终让他难以忍受,因为他认识到自己低估了社会总体的压迫性。

正如美国现代自我挽歌一样,美国现代家庭挽歌也极其珍视生活世界化的体验,避免过多的理论抽象的介入。其结果是贾雷尔所说的人文性诗歌,因为这种诗歌将自己放置在身处危机之人的境地,体验他们作为他者的感受。尽管战后美国诗人思忖他者性的结果导致他们倾向于通过死亡来遁世,但他们对他者及其逃避危机的路径的共情体现了将他者包含在意识范围内、给予充分尊重的必要性。否则,当固执己见的总体发展到一定程度,死亡的就不仅仅是人自身,更可能是整个大自然。

第五章　美国现代田园挽歌对自然的
生活世界体验

　　20世纪后半叶,美国生态环境急剧恶化,美国社会的生态意识显著增强,此时出现的美国现代田园挽歌对待自然环境的态度显著有别于传统田园挽歌。美国现代田园挽歌表现出的生态意识展示了"回归事物本身"的现象学精神,且先于生态现象学在美国出现。弥合主客二分是美国现代田园挽歌和生态现象学的共同追求。在生态现象学视域下,能更好地认识美国现代田园挽歌构建生活世界化自然的方法,为解决现代人面临的生态危机提供启示。

　　田园挽歌是借助田园环境哀悼死者的挽歌,是挽歌和田园文学联姻的结果。忒奥克里托斯在《田园诗》中首次确立了田园挽歌范式,表现了田园和哀悼的天然亲近关系。在田园这一场域中,人们暂时放下日常责任,专注于歌唱和反思。歌唱和反思的牧牛人和牧羊人会停止放牧,"城邦的居民"会停下日常生活(Kennedy,2007:14)。田园文学总是隐隐地注视着遗失在过往的东西,而挽歌则大张旗鼓地哀悼丧失。挽歌传统与田园密切相关,常见的田园背景、采摘花朵、编织器物、仙女缺席、情感误置、对死者的召唤等元素,都可以在《田园诗》中找到痕迹。可以想象,在忒奥克里托斯创作《田园诗》时,田园环境的确回应了他的情感表达,和他的日常体验紧密相连,但神秘的、抽象的元素似乎更能满足哀悼人类死亡的需求。当田园挽歌的技巧变得越来越精妙时,田园环境也越来越偏离挽歌诗人和哀悼者亲眼看到的自然,而越来越接近他们想象中的和从文学传统

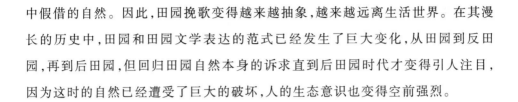

中假借的自然。因此,田园挽歌变得越来越抽象,越来越远离生活世界。在其漫长的历史中,田园和田园文学表达的范式已经发生了巨大变化,从田园到反田园,再到后田园,但回归田园自然本身的诉求直到后田园时代才变得引人注目,因为这时的自然已经遭受了巨大的破坏,人的生态意识也变得空前强烈。

第一节　生态现象学视域下的美国现代田园挽歌

正如美国现代自我挽歌和家庭挽歌那样,美国现代田园挽歌也有一个总体作为反抗对象。这个总体是人类自以为可以统治自然的傲慢态度,以及挽歌为了表达哀婉情绪赋情于自然元素的常规手段。虽然人类死亡仍然是美国现代田园挽歌中哀悼的主要动因,但自然元素不再仅仅是寄托情思的媒介,而是来到台前,成为哀悼的对象,因为美国现代田园挽歌栖身的生活世界远离理论抽象,强调真实的个人体验。来到台前的自然濒临死亡,构成了新的驱动力,决定了新的知觉模式和情感体验。美国现代田园挽歌中渗透出生态现象学思想,表现为对生活世界化自然的构建和对个人自然体验的凸显。

田园挽歌,顾名思义,是在田园环境中吟唱的挽歌,离不开大自然这个大背景。当死亡发生时,田园是死者回归物质世界的场所,也是慰藉的源泉。挽歌从一开始就从未远离过田园环境。从词源来说,英语中的"elegy"来自希腊语中的"elegos"及其变体"elegeion"和"elegeia",这些词与"挽歌"最接近的意思是"吟唱悲伤、哀婉的歌,伴奏乐器是一种用两根芦苇做成的风管,类似我们所知的双簧管"(Nagy,2010:13)。挽歌与田园之间的联系在潘神和绪任克斯的故事中有精彩演绎。为了逃脱潘神的追逐,绪任克斯变成了沼泽中的芦苇,潘神伤心不已,把芦苇做成风管来吹奏,寄托哀思,寻求慰藉。同样,当死亡发生时,人们也总是借助田园环境来创作挽歌,获得情感慰藉。此外,田园文学在哀悼死亡时,也总是表现出哀婉倾向。在忒奥克里托斯的《田园诗(其八)》中,梅纳尔卡斯和达佛涅斯这两个牧羊人都擅长吹奏风管,暗示了死亡即将出现。田园环境年复一年蛰伏、重生,让人认识了死亡和重生的节律。为了应对人类社会中的死亡,避免绝望情绪,人借助从田园环境中总结出的自然规律慰藉自己。于是,自然的运动推动了情感运动,最终变成了田园挽歌,体现了生态思想对田园挽歌的影响。

在所有田园文学中,田园挽歌对人与自然的关系最敏感。田园挽歌将死者放入田园环境进行哀悼,自然与人对死亡的理解密不可分,"在利诺斯、达佛涅斯、阿多尼斯等形象的帮助下,早年乡村人哀悼仲夏烈日摧折娇嫩的春天之美……这种最早用来哀悼自然之美消亡的挽歌很快被用来哀悼年轻的牧羊人-诗人之死……这种手法被罗斯金称为'感情误置',却因为滥用而为我们熟知。这种手法让自然界中有生命和无生命的事物和人一起哀悼、一起欢乐……最初,自然死亡让人悲伤;最终,人的死亡让自然悲伤。自然界植物的枯萎原本是悲伤的原因,后来变成了哀悼者"(Harrison,1968:1-2)。在田园挽歌中,"四季更迭轮回,树叶和花朵荣枯交替,但人死后不能重生"(Mustard,1915:162),人与自然构成强烈反差,让人对死亡产生了独特的感触,于是哀悼死亡和死者意义重大。田园环境恰是人改造和利用自然的环境,为人的哀悼提供了立足点和丰富的资源。

生态对田园挽歌的影响突出表现在因循浪漫主义传统创作的田园挽歌中。弥尔顿哀悼爱德华·金的《利西达斯》中有月桂树、桃金娘、常春藤、浆果、树叶,格雷哀悼普通人的《乡村墓园挽歌》中有草地、榆树,雪莱哀悼济慈的《阿多尼斯》中有芦苇,斯温伯恩哀悼波德莱尔的《道别》中有芳草地、酸模。所有这些都是植物之神的化身,植物之神的仪式化死亡对挽歌的构成影响巨大(Sacks,1985:19)。植物之神的死亡和重生让挽歌对人的哀悼不再是空洞的自怨自艾,而是人掌控自然、怨怼世事无常的表达。田园荣枯的自然规律及其对人的影响恰是田园挽歌中生态思想的来源。

上述田园挽歌也可以叫作"传统田园挽歌",因为其对待自然的态度的核心是人对自然的利用和自然对人的屈服。自然总是背景,人总是自然的中心。这种人类唯我论让爱默生和梭罗等思想家感到不安。他们意识到人类唯我论是人破坏自然之美的罪魁祸首,但当哀悼人的死亡时,他们创作的仍然是传统田园挽歌。爱默生为儿子之死写了《哀歌》("Threnody",1846),其中传统田园元素清晰可见:

南风带来生命

太阳,与欲望,

向每一个山与草原上

喷着芳香的火;

但是他的权力达不到亡人身上,

失去了的,它无法归还:

我向山上展望,哀悼

我那永不会回来的爱子。

……

迅捷的上帝静静地在破败的制度中

冲过,修复它们;大量地播种,

降福于荒凉的虚空,

在荒野中遍植万千世界;

用古代悲哀的泪水灌溉

明天才会成熟的林檎。

倒坍的房屋,入土的人,

都消失于上帝中,在神性中存在。(范道伦,1986:141,153)

这首诗的开头谴责了自然中蕴藏的强大生命力,因为它无法将诗人的爱子带回人间,而在诗歌最后,植物、水、林檎都帮助诗人在神性中找到自己的孩子。田园环境仍然是人类情感的随从,表现了田园挽歌中人类唯我论的痕迹,因为哀悼死亡是一种极端情景,需要表达极端的情感,从而获得恰当的慰藉。不论真实的田园环境如何,人的情感需求总会超越对大自然的现实关切。

不论目的如何,田园挽歌必然借助田园环境进行哀悼,也就决定了它必然对生态环境十分敏感。大自然的四季更迭、植物的荣枯变换、动物的繁殖死亡都是传统田园挽歌中的慰藉源泉。人用所有这些元素来解释自己对生与死的困惑,因此人对自然的思忖中总有一定程度的客观性。但在观照自然以期获得慰藉和照顾人的情感方面,难免融入主观性和理想化的成分。如果在哀悼人类死亡的过程中融入了过多的偏见和扭曲,生态现实和对自然的生活世界化体验被遮蔽,大自然中只有"寂静的春天"而没有田园应有的样子,那么人类唯我论就变得不可接受了。

尽管长久以来敏感多思的人对人类破坏自然的行径深恶痛绝,但美国的生态保护运动直到"二战"后才初具规模。在传统田园挽歌中,人的死亡遮蔽了生态的现实危机,直到美国现代挽歌出现,才真正回归了自然事物本身,探究自然的生活世界意义,揭示先于科学和理论抽象而存在的人与自然的本原关系。自然的生态现状是美国现代田园挽歌的痛点,因为它不再单纯服务于人类情感和想象的需求,而是出于价值论和目的论,自然成了生活世界。说到价值论和目的论,价值的来源和目标、善恶对错的判断等问题就不可避免。在生态现象学看来,价值的来源和目标是生命本身。维持生命即为对与善,毁灭生命即为错与恶。美国现代田园挽歌与传统田园挽歌的一个重要区别是,前者的知觉以生活世界为视域,不仅关注人的生命价值,而且关注自然的生命价值。在现代田园挽歌中,人的生与死和自然的生与死相伴出现,最主要的关切是两者之间的关系,因为理想的关系可以促进相互理解,防止互相伤害。

传统田园挽歌和现代田园挽歌都对生态影响十分敏感,这决定了田园挽歌的一贯传统,为借助自然哀悼人的死亡设定了范式。然而,现代田园挽歌将这种敏感性推入了新的层次,不仅有益于人的情感诉求,而且尊重自然的主体性,从而呼应了生态现象学的主要哲学观点。

正因为田园挽歌对生态具有内在的敏感性,当田园遭受严重破坏,甚至即将永远消失之时,现代田园挽歌才难以再像传统田园挽歌那样保持唯我论立场。现代田园挽歌关注的重心从人变成了人与自然的交融,反映出对更加均衡的生态关系的期许,尊重作为他者的自然的主体性。

美国田园挽歌对待田园的态度深受生态环境变化的影响。纵观田园挽歌的历史,哀悼死者、反思生命是不变的主题,哀悼的场所是自然和人共同构建的田园环境。随着时代变迁,田园环境的状态及其与人的关系也发生着变化,这种变化必然反映在田园挽歌写作中,田园和人对田园的态度变化最剧烈的时期也应该是传统与现代田园挽歌的分野所在。就美国的田园环境历史来看,剧变出现在20世纪后半叶,"两个密切相关的因素导致20世纪后半叶人们对环境的关切日渐加深:'二战'后的全球工业化和世界性的人口爆炸"(Evans,2005:1),特别是60年代美国海洋生物学家雷切尔·卡森的《寂静的春天》发表后,美国社会的环境意识显著增强。一系列环境恶化的表征和社会对待环境态度的变化接踵而至,例如洛杉矶雾霾事件,化学杀虫剂的大量使用导致鸟类数量急剧下降,凯霍加河水面起火事件,声势浩大的环境保护运动,"地球日"抗议活动等,强烈刺激着当时美国诗人的神经(Evans,2005:1-2)。战后美国诗人意识到,人与自然的中间地带已经失去平衡,田园中的机器太过强大,大有"把自然囊括在机器之中"(Burns,1999:9)的趋势。随着"地球日"的诞生和美国环境保护局的成立,美国政府开始通过一系列法案控制水和空气污染,设立保护区来保护自然环境,其目的是改变美国人在自然环境面前以主宰者自居的姿态,把人的注意力从自身导向自然的客观实在,即让主观的观念"返回事物本身"(胡塞尔,2002:75)。

随着环境问题日渐凸显,包括田园挽歌在内的田园文学作为一种文学模式来到了后田园时代,即本书所说的田园挽歌的现代阶段。所谓后田园,"是对人与自然关系的再思考""我们的时代对乡村和自然的理解,在生态意识和环境意识的引导下,发生了巨大而深刻的变化,而关于乡村和自然的写作,只要是优秀写作,可能都受到了影响"(张剑,2017:89,90)。田园作为人类改造和利用自然的场所,为人类提供了丰富的资源,是人类文明发展的基石。然而,随着人类开发和掠夺自然程度的加剧,后田园中的自然日渐退缩乃至消失不见,尤其当死亡出现时,哀悼者不仅需要田园挽歌来哀悼死亡,而且要反思当今田园何以提供慰藉,更要探索人与自然关系应有的新形态。

田园挽歌的写作和人对自然的态度关系密切。田园是人力和自然力不断斗争、相互渗透、共同作用的结果,是"位于文明和自然这一对矛盾力量之中又超越其上的中间地带"(Marx,2000:23)。田园挽歌表达的是哀悼死亡的极端时刻的极端情感,在田园环境中哀悼是为了借助田园天然的审美感受和重生能力获取慰藉。然而,当环境日渐遭到破坏,重生能力弱化乃至不复存在时,尤其在生态意识普遍提升的现代社会,田园挽歌也不断调整环境策略,既要实现哀悼功能,也要紧贴当下生态现实,因而必然有别于传统田园挽歌。传统田园挽歌往往对田园中的生态现实视而不见,只把田园环境看作居于客体地位的哀悼手段,把死者看作居于主体地位的环境的中心,表现出典型的人与自然主客二分的观念。相反,20世纪后半叶兴起的美国现代田园挽歌深受现象学的影响,在哀悼死者的同时流露出对传统人与自然主客二分观念的批判,甚至把自然本身作为哀悼的核心对象,从而客观地呈现了"自然之生态事实",并且"重新定位人同自然之间的联系",试图构建"生活世界化的自然,即我们在理论抽象介入前体验到的自然"。(Brown,2003:6)

随着全球生态环境的不断变化和生态危机的持续存在,许多国家的政府和各个领域的学者都在为探索构建人与自然的生命共同体、维护人与自然和谐共生关系而不懈努力着。人文科学界从改变人对待自然的态度方面贡献力量,发展出了生态伦理学等致力于重新认识自然的内在价值、考量人类中心主义合理性的交叉学科。生态伦理学采用分析科学的手段,"立足于生态科学和物理科学对生态系统的揭示,认为……生态系统具有各种不依赖于人的自在特征"(赵玲,王现伟,2013:26),致力于消解人类中心论,"打破专属人类的伦理壁垒"(Rozzi,Pickett,Palmer,et al.,2013:xiv),把自然环境纳入伦理范畴。然而,生态伦理学仍旧把自然看作客观的对象,没有从根本上改变人与自然的主客体二分,并且忽略了人的主体性在认识和保护环境中的核心地位。"人类经验及其意义赋予的相对主义不是从外面而是仅仅从人类意识及其意义赋予自身出发得到限定的。在这个意义上,人类中心论是不可扬弃的。"(梅勒,2004:89)这里的"人类中心论"并非对人征服、主宰、驯化、侵犯和剥削自然的盲目自信(Glotfelty,Fromm,1996:113),而是强调人在认识自然过程中现象学意义上的意向性决定的人的中心地位。意向性是主观的意向活动和客观的意向对象的结合,是"存在和体验的结合点"(Edie,1962:19),因此从认识论的角度打破了人与自然主客二分观念。生态现象学"把现象学和生态学相结合来探讨人与自然的关系问题,追问造成生态危机的伦理学前提和认识论根源,并试图重新定位人同自然之间的联系",是"让自然之生态事实客观地呈现出来的理论",在维护客观性的同时维护人的主体性,致力于破除人与自然的主客二分,将价值理性建立在切身体验的基础上,是对生态伦理学的有益补充。(赵玲,王现伟,2013:25)

生态现象学的理论主张与美国现代田园挽歌的诗学观念有着深厚的渊源。"生态现象学家认为,环境危机不仅仅是价值观念的危机,同时也是形而上学认识论的危机,因此一门彻底的生态哲学应该首先反思人类的哲学观。"(王现伟,2013:79)具体来说,"如果哲学对当今的现实决策确有贡献,那么应该从稳步、深入分析我们对自己和周围世界的伦理和形而上假定入手"(Brown,Toadvine,2003:x)。现象学恰恰就是承担这一反思重任的西方哲学。从胡塞尔的《欧洲科学危机和超验现象学》开始,海德格尔、梅洛-庞蒂和列维纳斯都致力于反思时代危机根源和关切人类命运。例如,胡塞尔批判人对自然的科学分析式的研究,海德格尔指出此在存在的本质是关切(Zimmerman,2003:79),梅洛-庞蒂描述了"世界之肉"和"身体"之间的"对话"(转引自 Langer,2003:116),列维纳斯的他者伦理学也可用于人与自然之间的关系。美国一批哲学家从20世纪80年代起开始进行生态现象学的研究,取得了丰硕的成果(Brown,Toadvine,2003:79)。

虽然美国现代田园挽歌滥觞于20世纪中叶,因而无法认为它受到了生态现象学的直接影响,但现象学的核心精神是"'现象'的'逻各斯'","可以明确地追溯到古希腊哲学"(施皮格伯格,1995:i),表现为西方思想史中时隐时现的对事物本身的关注:从柏拉图的理念和存在二分论到亚里士多德的实体说,从笛卡尔的"我思故我在"到洛克和休谟的经验论对个别观念的强调,再到康德的先验想象力,都在一定程度上触及了现象的逻各斯。现象学自从胡塞尔开创以来,已经发展成了世界性的现象学运动,被海德格尔誉为"在各种不同的领域中——主要是以潜移默化的方式——决定着这个时代的精神"(海德格尔,1996:84)。就美国而言,不仅实用主义创始人皮尔士和有着美国本土第一位哲学家之称的詹姆斯涉及了现象学思想,与胡塞尔的现象学有一定的相似之处,而且20世纪50年代后期在美国发生的现象学的第二次突破使美国处于现象学研究的领先地位（施皮格伯格，1995：898，900-901）。

因此可以认为，20世纪后半叶哀悼环境恶化的众多美国诗人表现出现象学的精神并非偶然。迪基诗歌中的自然环境被看作具有"交错排列结构，主动交织了感知者和被感知者、看者和被看者、自我和他者……表现出拒绝二分的本体论，制造出可以视为深度生态学根基的先验的体验"（Walker，2005：38），默温明确批判现代人"不但远离自然世界，而且远离现象世界"（Merwin，Folsom，Nelson，1982：35），普拉斯如此解释自己的诗歌技巧："它们不是关于大规模灭绝的恐怖，而是关于近旁墓地里一棵紫杉树上凄凉的月色。"（转引自 Bassnett，1987：43）上述诗人是否直接受过现象学的影响有待进一步考证，但他们的田园挽歌诗学实践都渗透着现象学本质直观的态度。

如果说美国现代田园挽歌是用遭到破坏了的生态环境来哀悼人的死亡，那么生态挽歌则更加集中地关注田园本身死亡的可能性和严重后果。生态挽歌也是田园挽歌的一种后田园变体，因而也属于现代田园挽歌的范畴。后田园是吉福德提出的术语，很好地捕捉了生态现象学和生态挽歌的主旨，意图表达"一种话语，以期用这种话语宣扬、承担对自然的某种责任，避免意识上的迷雾"（Gifford，1999：148）。为避免对自然产生意识上的迷雾，后田园文学"要求我们重新审视我们与'土地'的真实的日常关系"（Gifford，1999：150）。只有当两者处于同一生活世界之中时，人与自然的日常关系才能得到重新审视。

具体到挽歌而言，生态挽歌不同于传统田园挽歌，因为两者对待田园自然的方式各有不同。传统田园挽歌把人的死亡放置在田园环境中，用拟人化的田园元素象征人的死亡，借助想象让自然哀悼人的死亡，赋予自然人的情感。让自然进行哀悼，将人的情感投射到自然中，需要浪漫主义的想象和自然主义的工具理性才能实现。在传统田园挽歌中，死亡已经发生，这是哀悼的动因，自然感受悲伤，表露相应特征，如洒下露珠做眼泪，扯下树叶做头发，甚至死去来陪伴死者，为哀悼的戏剧性效果提供了舞台和手段。其中表现出的人与自然的关系是单向的，人类情感居于中央。在生态挽歌中，人类死亡仍然是人与自然哀悼的动因，但哀悼中自然的变化不再仅是来自想象,而是来自现实,不再仅是背景,而是来到前台。美国现代田园挽歌中人与自然的日常关系是双向的,不仅参与而且主导人的哀悼。当田园自然成了哀悼的核心时,田园挽歌就变成了生态挽歌,反思人对自然之死应负的责任。

生态挽歌从哀悼自然死亡中抽离了人的情感,原因有三:第一,自然已经被人类严重破坏,其重生能力日渐式微;第二,情感误置表征了浪漫主义和自然主义对自然的破坏;第三,蓬勃发展的生态意识探索哲学理论来证明善意在保护自然和哀悼自然死亡中的意义。生态挽歌哀悼尚未完全失去的自然,想象、预见自然完全破坏的情景,采取末世论的思维方式。即将到来的死亡是已经发生的死亡的极端形态,已经发生的死亡是之前死亡的必然后果。即将到来的死亡是对过去和当下自然死亡的末世警告,以期引发深思。生态挽歌采取黑暗生态学的逻辑来关照人与自然的关系。黑暗生态学是莫顿首创的术语,用来指示"一种迫切、必要的观点,这种观点认为,我们想要和濒死的世界共存"(Morton,2007:185)。要想与濒死的世界共存,我们需要生态挽歌来描述、哀悼这个世界,需要怀着持续的、难以释怀的痛苦参与其中。简而言之,"黑暗生态学是基于消极的欲望,而非积极的达成"(Morton,2007:186),同样,生态挽歌也起到了负面强化的作用。虽然从行为理论层面来看,负面强化不如正面强化效果好,但在生存和毁灭之间画出底线十分必要。在美国历史上,生态环境遭到彻底破坏的危险在"二战"后达到顶峰。战后美国诗人见证了环境的巨大变化,以及生态破坏造成的威胁,自然而然会想象生态系统的全面崩溃,意识到如果不加抑制,最终必然是人和自然的消亡。通过反思和哀悼,这种逻辑融进了生态挽歌之中,构筑起警示防线,阻止进一步的生态恶化。

生态挽歌虽然用黑暗生态学警示人类,但不满足于和濒死的世界共存。生态挽歌关注人类对生态环境造成的破坏,必然要探索造成这种危害的人与自然日常关系中潜藏的态度和逻辑。战后美国诗人的生态观和现象学的基本方法有呼应之处,例如都强调对生活世界化自然的体验,指示了现象学与生态学之间的互惠关系。生态挽歌和生态现象学都认为,生态危机是自然认识论的冰山一角,为了防止人类文明在这一冰山上搁浅，就必须理解整座冰山，然后才有可能使其融化，消解危机。现象学的影响已经超越了哲学领域，到达了人与自然关系的领域，这一关系"蕴藏在日常生活中、神话中、文学中、抽象思想中人体验自然和人性的方式上"（Brown，2003:4）。毕肖普、迪基、默温和普拉斯的生态挽歌都直接表达了对人与自然关系的独到见解，他们努力倾听现象的逻各斯，通过生态挽歌与生态现象学的应和来指明对生态危机的担忧。

生态挽歌和生态现象学都把人对自然的破坏归咎于人理解自然的方法，"我们对生态环境的巨大破坏，以及社会结构中公平和正义的缺失，都是思维方式的必然结果，这种思维方式分割了人与自然，让人凌驾在自然之上"（Brown，2003:4）。人类历史上，两种认识世界的方式最常见：自然主义和浪漫主义。不论采用哪种方式，我们都把世界看作理所当然的存在，而不去思考是哪些因素造就了我们自以为是的观点。这些因素包括各种理论的和想象的先入为主的观念，这些观念模糊了我们对本原地被给予的世界的体验。为了避免自然主义和浪漫主义的讹误，现象学给这些观念加括号，把我们对世界的理解和体验还原到其本原的被给予性上。人类体验和意识最根本的基石是自然，但自然却被这些观念涂抹。胡塞尔认为，尤其是在伽利略把世界数学化之后，所谓的客观的、永恒的理论抽象就凌驾于对自然主观的、多变的生活世界体验之上。虽然笛卡尔为了保护精神层面而将广延实体和思维实体区分开来，但现代科学越来越强调自然世界的广延性质。为了获得光鲜亮丽的理论抽象，人类难以抑制探索、分析、提升纷繁芜杂的自然的冲动。与自然主义相似，浪漫主义推崇创造力和想象力，通过脑力融合思想与物质来攫取客观现实的意义。浪漫主义想象对于日常生活和文学创作都是不可或缺的，但会掩盖自然的现实，将自然抽象为观念，因而遮蔽自然的真实危机。不论是运用浪漫主义还是自然主义手段，哲学、科学、文学都在强化人对自然的统治地位。

为了解决这一问题，生态挽歌和生态现象学揭示了上述思维模式的结构，以及扭转这种思维模式的方法。具体来说，生态挽歌和生态现象学都把生活世界体验作为知觉的起点，拒绝自然主义的工具理性和浪漫主义的想象。胡塞尔认为自然主义模糊了人类自然体验的根基,前者把数学的、因果的理论抽象强加到后者之上,把看似普遍为真的抽象表达看作体验的前提。自然被贬低为单纯的原始物质,其唯一功能是证实理论,但人类对自然这个生活世界的价值和意义不明就里。对自然的切身体验持续萎缩,人对自然的利用随心所欲。"胡塞尔的方法和对自然主义的批判蕴含了理解自然、理性、知识的起点,能够克服不加批判的科学主义和工具理性造成的虚无主义。"(Brown,Toadvine,2003:xiii)海德格尔强调存在的上手之物的性质,有助于从本体论的角度观照生态;自然的价值不是取决于对其工具性质的客观评价,也不是凭借浪漫主义的主观奇想和偏好,而是由其自身"在此在开拓的历史时间的空地上"(Zimmerman,2003:74)显露出来的;自然是自在的存在(Zimmerman,2003:78),它存在的意义只有在日常体验中才能揭示,而不能将其简化为人为的解释或完全忽略。梅洛-庞蒂的身体交互性概念认为肉身的体验具有优先地位,并把体验扩展到世界之肉上。他问道:"既然世界是肉身,那么将身体和世界的界限放在哪里呢?"(梅洛-庞蒂,2016:171)他的意思是,身体和世界之间没有界线,"因为如果身体是众事物中的一个事物,它也是比其他事物更强更深刻的一事物……作为事物家族的成员,作为可见的和可触的,它将其存在用作加入事物的手段,因为这两个中的一个是另一个的原型,因为身体属于事物的范畴,就像世界是宇宙的肉身那样"(梅洛-庞蒂,2016:170)。保护世界是大善,因为这也是在保护身体,也因为善不仅必要而且真实。这3位现象学家都认为,生活世界化的自然体验反对自然主义和浪漫主义的自然观,若不承认前者的奠基地位,对自然毫无节制的利用和想象性掠夺就会愈演愈烈。生态挽歌和生态现象学都因循现象学精神,视人为自然的见证者,对自然的意识来自与自然的初次遭遇之感,摒弃僵化的理论抽象和浪漫主义想象。

第二节　美国现代田园挽歌对生活世界化自然的构建

20世纪后半叶的美国生态环境深刻影响了田园挽歌创作,田园挽歌与自然的密切关系也内在地决定了其对生态环境的天然敏感性。在生态意识和现象学的双重作用下,美国现代田园挽歌呈现出与生态现象学相似的思维模式,或可说前者为后者的出现提供了一种现象基础。美国现代田园挽歌用主体的意向性跨越人与自然的界线,在对事物本身被给予性的关注中哀悼死者、慰藉生者,在哀悼和慰藉中构建生活世界化的自然。

现代田园挽歌对人与自然关系的反思突出表现为人对自然认知方式的变化。现代田园挽歌不再像经验论那样用科学和工业跨越广延实体和思维实体之间的鸿沟,从而抹杀自我,导致自然主义主张的精神的自然化,也不再像浪漫主义传统那样夸大想象的创造力,认为客观实在的意义来源于头脑中思想和物质的融合,而是像胡塞尔所说的那样,认为意识总是指向某个事物的意识,"意识的对象和意识行为不是彼此孤立,而是具有在体验中密切关联的结构"(Edie,1962:169),在对自然的直观体验中弥合主客的分裂。现象学认为,在人类意识活动中,在主体的意向性活动认识对象的同时,意识对象也主动显现自身,人的意识具有主体性和对象性两种本质属性。因此,"生态现象学关注的不是与自然割裂的孤立的人,也不是一个纯粹客观的世界,而是两者之间的一个'中间地带'"(赵玲,王现伟,2013:26)。传统田园挽歌将哀悼和田园的关系简单化为主体和客体、中心和边缘、前景和背景的关系;相反,美国现代田园挽歌对待自然的态度蕴含着生态现象学的思维模式,它在思想和身体、体验和自然、人和非人世界之间建立联系,在对人与自然主客中间地带的认知中表达对死亡的哀悼,营造"唯一实在的,通过知觉实际地被给予的并能被经验到的世界,即我们的日常生活世界"(胡塞尔,1988:58)。现代田园在哀悼过程中主动向人的意识呈现自身,表现出作为现象的主动性和施事能力,打破了长久以来居于人与自然关系核心地位的主客二分观念。

人是自然界的一部分,虽然死后回归自然是众所周知的事实,拟人化的自然加入人哀悼死者是田园挽歌的基本范式。但在处理人与自然之间所谓的界线方面,传统田园挽歌与美国现代田园挽歌之间有着明显的区别。通常来说,传统田园挽歌明确区分人与自然的界线:自然是外者,可以拟人、化人、度人,烘托和强化居于中心地位的人的情感。而美国现代田园挽歌尊重"精神的自然基础"(梅勒，2004：89），其中的自然往往主动向人越界，让人直观其特有的本质。

　　田园挽歌中常见自然吞噬死者、劫后重生的描写，把自然的生死轮回作为最重要的哀悼和慰藉逻辑，但传统和现代田园挽歌中折射出的人与自然的关系却迥然不同。艾略特的《荒原》被许多学者看作田园挽歌（Gilbert，1999：193）。该诗用"四月"一词起笔，在传统田园挽歌中，这是大自然从冬天死寂的休眠中复活的时间。然而对艾略特来说，"四月是最残酷的月份，在死地上/孕育出丁香，搅混了/回忆和欲望，用春雨/惊醒迟钝的根"（艾略特，1988：24）。这样生机盎然的自然却要用"最残酷"来形容，远不如荒原有吸引力。荒原上的人懒惰迟缓，没有行动的活力，甚至憎恶一切有生命力的东西，例如春天。他们埋葬死者，用死者滋养大地，却不抱任何重生的希望。《荒原》第一章的题目是"死者葬仪"，来自《公祷书》中的篇目《丧礼礼文》，"描述了英国国教葬礼仪式中的言语和行为"（Eliot，2005：76）。该篇目的规定性质渗透进了艾略特的诗歌文本。诗歌将荒原作为核心意象，借荒芜的自然象征人类精神的贫瘠。为了拯救自然，我们应该首先拯救人类的精神。该诗以荒原为中心意象，认为大自然的枯萎是人心枯萎的外在表征，想要疗救大自然首先必须疗救人心，人心获得慰藉与否的标志是大自然是否已从荒原变成沃土。该诗使用了传统田园挽歌把情感投射到外界自然环境的典型手法。荒原是"祈丰仪式"（埃利曼，奥克莱尔，1988：50）的场所，更是死者重生的凭借。

　　荒原的田园完全是被动的他者，与人之间有着鲜明的界线：

　　　　去年你在花园里种下的尸体

　　　　开始抽芽了吗？今年能开花？

　　　　来得突然的寒霜没冻毁它的床？

　　　　哦，别让狗靠近，他是人的朋友，

　　　　要不然它会用爪子把尸体挖出来！

　　　　你！虚伪的读者！——我的同类！——我的兄弟！

　　　　　　　　　　　　　　　　　　　　（艾略特，1988：28）

这几行诗给《死者葬仪》画上了句号,是从约翰·韦伯斯特《白魔》(*The White Devil*,1612)中的《科妮莉亚挽歌》("Cornelia's Dirge")化用而来:

> 呼唤红胸杜鹃和鹪鹩,
>
> 它们盘旋于婆娑的树林上空,
>
> 定要用树叶和鲜花遮盖
>
> 尚未入土的孤苦伶仃之人的尸首。
>
> 唤出他葬礼的悲伤
>
> 让蚂蚁、田鼠、鼹鼠
>
> 堆起他的坟茔,来给他遮蔽风寒,
>
> 即便张扬的陵墓惨遭劫掠,他也会安享太平。
>
> 但要防止饿狼靠近,那是人类的仇敌,
>
> 会用利爪将尸骨刨出。
>
> 人们不愿把他埋葬,因为他死于争执,
>
> 但我有话对那些人说:
>
> 让神圣的教会完全接纳他
>
> 因为他曾足额缴纳税款。
>
> 他的财富得到清算,这是他的全部遗产:
>
> 穷人得以继承,富人丝毫无关。
>
> 货物已经出清,商店便可歇业。
>
> 愿上帝保佑善者。(转引自 Eliot,2005:85)

《科妮莉亚挽歌》由母亲为死去的儿子马塞洛吟唱,马塞洛与兄长傅尼奥发生争执,导致兄弟相残。母亲呼唤田园挽歌中的种种元素,例如鸟儿、花朵、昆虫,希望马塞洛可以被大自然接纳。正如艾略特在《荒原》开头化用人在自然中获得生命轮回一样,这首诗中的母亲希望死者也能借助自然获得重生。此外,正如基督教徒信奉的那样,母亲还希望儿子的灵魂能够得到教会的接纳。值得注意的是,艾略特在《荒原》中把作为人类仇敌的饿狼换成了作为人类朋友的狗。仇敌把死者挖出坟茔,破坏死者的宁静,阻止死者的灵魂进入教会,这可以理解,那么人类的朋友为什么会做如此大逆不道之事呢? 可以认为,艾略特的意图有二:第一,在艾略特看来,朋友不再可靠;第二,避免把死者埋进精神荒原也是友谊的表现,因为宗教接纳灵魂的神话已经破灭。两层意图并不矛盾,而是共同证明了精神荒原的存在。然而,艾略特认为那些声称不再相信宗教神话的人太过虚伪:"你! 虚伪的读者! ——我的同类! ——我的兄弟!"意思是说,这些人,包括诗人在内,事实上都希望死者能够复活。从互文的角度来看,《荒原》里的人的死亡和埋葬是为了精神重生。虽然把尸体埋进田园,却并非希望融入自然,而是希望借此"抽芽""开花",获得教会的接纳,最终得到上帝的保佑。荒原中的尸体仍旧是精神的化身,即便"抽芽""开花",也和田园格格不入,对自然有着强烈的防备心。

普拉斯的挽歌《我垂直站立》("I Am Vertical",1961)(Plath,1981:162)同样也把尸体埋进田园,但不同的是,诗歌的言说者希望自己效仿、化入、滋养自然,真正成为自然的一部分:

> 但我却更愿意躺下。
>
> 我不像一棵树,根扎在土里,
>
> 吮吸矿物质和母爱,
>
> 以便在每个三月我都能抽出新叶,熠熠闪光,
>
> 我也不是花园里的美丽,
>
> 吸引属于我的赞叹,被描绘得绚丽多彩,
>
> 不知道我将很快凋谢。
>
> 与我相比,树可以永生,
>
> 花朵不高,却更惊艳,
>
> 我渴望拥有前者的寿限,后者的勇敢。

今晚,在星辰微弱的亮光下,

树木和花朵散发出清凉的芬芳。

我走在它们中间,但它们谁都没有注意到。

有时候我会想,当我入眠后,

一定与它们最相仿——

思想陷入昏沉。

躺下让我觉得更自然。

这时天空和我敞开交谈,

最终躺下后,我会更加有用:

这时树木会触碰我一次,花朵会匀给我时间。

诗歌中的"我"面对接纳自己的自然,意识的意向性突破囚禁精神、分隔主客的"钟形罩",伸向并运用知觉体验自然。"我"将意识扩展到自然,用身体知觉直接体验。第一节的十行中,前七行的主语都是"我",且用否定结构来陈述,表示自己不愿以自然的中心自居。第一节的剩余三行都使用了肯定句,主要表达的是自然胜过"我"的品质。"我"虽然羡慕树木的"永生"和花朵的"惊艳",但理智上明白"我"与它们有区别,就像"垂直站立"和"躺下"的区别一样。但这种区别并非自然主义或浪漫主义式的不可逾越的界线,而是为第二节人与自然的物质和精神交融做铺垫。

在第二节中"我"发现:当"我"以垂直的姿态"走在它们中间"时,两者的交流是阻塞的;当"我"以躺下的姿态"入眠后",才"与它们最相仿",它们才会与我"敞开交谈"。在这里,几乎所有涉及自然的句子都以事物作为主语,自然在这里有了主动性,主动地"散发""交谈""触碰""匀给","我"对自然事物的感受好像完全是现象学意义上的被给予。通过"垂直站立"和"躺下"的对比,普拉斯"把读者从旁观者的安逸位置唤醒——读者在这一位置上能够自由地徜徉而无须考虑后果,却无法享受融入事物的特权。普拉斯的作品坚持强调融入感"(Brain,2014:84)。诗歌中的睡眠具有典型的死亡暗示,让"我"一方面展示人融入自然的必要性,另一方面充当自然的喉舌,指出看似沉睡的自然其实具有施事能力,反击了自然主义工具理性——人要调整自己的姿态,从超脱的中心地位俯下身去,充分运用意向性,自然才会主动向人显现自己的现象和本质,人与自然才能更好地构建田园这个中间地带。

布雷恩在《另一个西尔维娅·普拉斯》(*The Other Sylvia Plath*,2014)一书中论述了以《寂静的春天》为代表的现代生态环境思潮对普拉斯的深刻影响,指出她的许多诗作都体现了对环境问题的反思:普拉斯探索了"物质在人类和环境之间交换的多种方式",认为"人类与广大世界在边界和关系上相互渗透",这种渗透在人与"包括气候、土壤、动物和人类个体在内的全球生态系统"(Brain,2014:84-88)之间进行。因此,虽然评论界通常把普拉斯归为"自白派"的一员,认为她的诗作仅是对内心世界的表达,但她对外在世界的现象学观照同样不容忽视,甚至通过想象献出自己的身体来感受人与自然的物质交换和精神交流,体现了生态现象学主张的对自然绝对存在性和神秘性的认可和尊重。

从认识论的角度来看,传统田园挽歌中的自然向来处于缺席状态。虽然使用自然元素哀悼死亡,但使用的其实是观念化的自然。诗人读取自然的方式不是用身体的各种感官来直观自然,而是从内心的"某种内在屏幕上的印象摄入"(索科拉夫斯基,2009:57)自然,导致自然浸染着浪漫主义的主观色彩,构成所谓的情感误置,因而这种自然被认作"没有本质价值……它们的价值在于它们代表的观念和它们引起的情感错位"(Twiddy,2012:1)。特威迪对田园挽歌中自然元素的描绘代表了观念化自然的认识论态度,只能适用于传统田园挽歌,无法解释现代田园挽歌中的生态现象学精神。

史蒂文斯的田园挽歌符合特威迪所说的认识论态度,通常呈现观念化的自然。他的《雪人》哀悼了死去的主体感受到的冬天的虚无感:

> 一个人一定需要冬天的思维
>
> 来看霜冻和松树枝条上
>
> 覆盖的雪;

一定要在寒冷中观察很久

才能看到刺柏上扎煞的冰,

一月的太阳在远处的云杉上

跳动;而不去思考

风声中的痛苦,

寥寥无几的树叶声中的不幸,

这是这片大地的声音,

这里满是这样的风,

风吹过的全是这样荒凉的土地

因为他在雪中聆听,

他是虚无,看着

这里没有的虚无和这里有的虚无。(Stevens,2007:9-10)

诗人起笔断言,想要理解冬天的景色,必须像冬天一样思考。但冬天并不会思考,诗人的本意是主动要求把大自然的情感纳入人的思维和情感体系,在睁眼观察冬天之前,已经用人的观念预设了冬天应有的样态,以至于作为观察者的"雪人"——外壳是雪,内核是人——有选择地接纳冬天的景色。为了理解死亡和冬天,人必须像"雪人"那样冰冷、毫无生命。他必须过滤掉"风声中的痛苦,/寥寥无几的树叶声中的不幸",留下的是事物本身的声音——吹过同样荒凉的地方的回响在这片大地上的同样的风声。"雪人"之所以能够这样做,是因为他模糊了对死亡和冬天的真实体验,看到的不是自然呈现给他的能够体验到的事实,而只有"这里没有的虚无和这里有的虚无"。史蒂文斯坦言,他眼中的大自然是"受社会影响的另一个令人厌恶的'等等'的场所,哪里还有大自然;'事实上……我喜欢的是花开带给人的惊喜',并不是花本身",他选择的完全是"一条内向的抒情方向"(伯科维奇,2009:65-66)。

生态现象学要求自然从缺席回到在场。人对自然的认识不应该来自康德所说的先验观念和范畴,而应该来自生活世界化的体验,通过直观自然获得精神营养。默温对生态环境的哀悼浸染了他长达60余年的诗歌生涯,在他看来,走出环境危机困境的核心手段是对自然的直观。在1988年的一次采访中,当默温被问及他经历的愤怒和绝望与他的意象——那种"目光不在纸面上,而是似乎给予现象化的世界一种明察秋毫的眼力"(Elliott, Merwin, 1988:9-10)的意象——之间是否有关联时,他的回答完美诠释了其诗歌创作中的生态现象学思想:"我希望接纳这个世界越来越多的视角面……希望与事物更亲密、更贴近,希望能够获取它们存在的真实的日常生活细节并加以利用,希望拥有那种亲密感——这就是我的真正目的。"(Elliott, Merwin, 1988:10)现象学认为,人对世界的认识首先是通过不同的视角获得多样的视角面,然后通过各种身体感官对世界的多重感知来获得越来越全面的认识。这些视角面以及最终的认识都是通过对意向对象的直观而非某种先验的经验获得的。因此,默温认为,在面对自然时,需要直接的体验在场,只有这样,人类才"能够带着敬畏的心态观测世界,并惊叹于地球的富饶与神奇,那么我们或许可能一如既往地和地球保持良好的关系而不是去毁灭它"(朱新福,2005:57-58)。

在默温的生态挽歌中,在场与缺席的辩证关系占据核心地位,表现为诗人对自然界事物的生态关切。默温在一次采访中坦陈:"我们霸占本不属于我们、不属于任何人的东西……我认为人类的未来要从简简单单地关心这些事物开始。"(Merwin, Folsom, Nelson, 1982:43)人类的傲慢态度导致了自然界事物的缺席,也造成了人类自身的存在和身份危机。利伯曼如此评价默温的诗集《虱子》:"如果说当今有哪本书充分捕捉到了我们这个时代独特的精神痛苦,得知自己将是最后一代人所产生的痛苦,并且将这种痛苦变成了伟大的艺术,那就是 W. S. 默温的《虱子》……这本书证明背叛确实存在;我们背叛了所有有能力拯救我们的事物:森林、动物、神灵、死者、我们自己的灵魂、言语。现在,在我们生命的最后时刻,这些事物回过来萦绕在我们心头。"(Lieberman,1977:257)由于人类背叛自然,自然对人类也毫不客气。当人类面临自身灭亡的危机时,自然的缺席尤其意味深长。默温的诗集《虱子》"向我们展示了碎片化的自我、早先的自我、从未存在过的自我、消失不见的自我"(Wilson,1984:152)。诗集从回忆消失的自然开始,逐渐引出人类完全消失的可能性,因此可以看作对人类在自然面前倨傲态度的剖析,这种倨傲态度是人类末世悲剧的根本原因。

诗集《虱子》的引语把在场与缺席的交互设定为诗集的基调。引语引用了古希腊哲学家赫拉克利特的名言:"所有人都被事物的外表欺骗,就连希腊最有智慧的荷马也不例外。捉虱子的男孩们对荷马说:'我们把捉到的和杀死的留下了,但逃过我们手掌的我们随身携带。'。"(Merwin,1984:扉页)所谓"事物的外表"正是男孩们所说的虱子:死亡的事物消失了,活着的事物和人共存。如果这是谎言,那么反过来说应该是真实的:死去的事物仍然与人共存。死去的事物本应缺席,但默温意图通过本诗集展示死去的事物仍然在场,若非通过它们离去之后留下的空洞,至少是通过它们在人类记忆中留下的印迹。诗集的开卷诗《动物们》("The Animals",1967)(Merwin,1984:3)同时哀悼动物的死和人类的死:

所有这些年,身居窗后
凌驾餐桌的十字架视而不见

我自己在空旷的土地上求索
我见过的动物

无声无息,我

回忆为它们创造的名字
有哪一个会回来

说是的

认真看看,说是的
我们将重逢

　　动物从这个世界缺席不仅为预见人类即将缺席提供了根据,而且是宗教代表的某种本原缺席的结果。十字架是基督教和受难的象征,对动物存在的权利视而不见,纵容人类将动物变成了餐桌上的食物。人类杀戮、吃掉动物,而且仍然在圣餐仪式上反复上演这一行为,让人类对杀死和吃掉动物不以为意。与男孩对虱子的评价不同,基督和动物们的缺席是永恒的,指示了人类的傲慢,定义着人类的身份。从现象学角度来看,人类的傲慢催生"空旷的土地",本质上是将在场变成了空的意向,只留下空洞的名字,而且名字也是人类创造的代名词。然而,缺席并不意味着消失,而是作为一种潜在意向继续存在,等待着人的知觉来完成意向过程:从过去的"见过"到现在的"看看",再到将来的"重逢",动物之死对人类之死大声呼喊,因为人类不过是另一种动物,也必然有同样的命运。

　　默温的田园挽歌把对人类死亡的哀悼和对自然死亡的哀悼糅合在一起,两种死亡互相强调、互为印证。他的《记忆》("Memory",1988)(默温,2003:669-670)一诗描写了童年记忆中缺席的过去和当下在场的毫无生气的现实,将两者并置一处,构成鲜明对比,以说明环境的破坏是多么让人痛心疾首。大自然曾经是诗歌言说者孩提时在山边直观地看到的"飞翔的鹰"和"悬崖",感受到的"风"和"扬起的寒雨",体会到的"黑暗"中的神秘和敬畏感,然而此刻:

围绕我的一切都燃烧了
我正在回来

在湿漉漉的皮肤和完全醒着的
低矮绿色灌木丛中行走于焦炭上

　　虽然此诗回忆的曾经美好的自然处于缺席状态,但与传统挽歌中自然的观念化缺席不同,这里的自然是实体的缺席,是"缺席的过去为我们提供的那种特殊的在场"(索科拉夫斯基,2009:75),与当下在场的恶化的自然形成强烈反差,打破自然本应拥有的同一性,实现对自然的哀悼。此诗让传统田园挽歌中缺席的自然出场,运用意向活动进行直观,自然不再虚无,回归了原本的实在,返回了生活世界。在默温看来,自然的在场使回忆获得了自然基础,使人得以通过身体感官认识其与自然的关系,正如梅洛-庞蒂所说的那样,"感觉自身就是感觉主体的特征与事物间的一种契合……身体所理解的,也就是身体所感受、所记载、所承当的东西。精神在事物中确认自己,而世界在精神中反观其自身"(转引自朱新福,2005:57)。

　　人类发展的历史原本就是对自然不断探索和入侵的历史,但由于对自然主义的盲从和人口的增长,人类向自然挺进的速度逐渐提升、范围日益扩大,由此造成的生态危机日趋严重。自然主义"歧视和蔑视日常生活世界的具体经验和需要"(梅勒,2004:89),把自然看作以数学的方式构成的理念存有的世界,可以还原成更小的微粒和能量;而生态现象学把一切"自然物均看作'实在的'存在,是真真切切地在我们直观的世界中存在的东西""而不是作为自然科学意义上的与人无关的冰冷的'对象'出现"(赵玲,王现伟,2013:26,27)。相反,现象学努力在知觉世界的活动中重新强调生活世界体验,"自然主义把体验看作主观的产物,希望用更加根本的存在方式取代体验,这一点与现象学截然不同。现象学哲学与我们的本原体验密不可分,它尊重这种体验,在这种体验中寻找理性和真理的标准。从这个角度讲,所有现象学都开始于批评和拒绝形而上的自然主义,因为自然主义不尊重体验,致力于消除、减少、取代体验"(Brown,2003:6)。在现象学的基础上,生态现象学家在对待体验的态度上更进一步,他们认为,"只有运用生态学和达尔文主义的视角描述和阐释体验,传统现象学对体验的研究才能趋于完善"(Brown,2003:14)。因此,对于生态现象学来说,自然的真实性不是来自冰冷、漠然的客观唯物论,而是来自我们的生活世界体验。

传统田园挽歌往往把田园还原为工具化的对象,遵从自然主义的还原逻辑。弗罗斯特的《熄灭,熄灭——》("Out,Out—",1916)(弗罗斯特,2002:181-182)描写的林中男孩与田园挽歌哀悼早夭牧羊人的传统一脉相承,两者都生活在田园环境里,且过早殒命。牧羊人生前以主人公的姿态徜徉于自然,死去时抽象为灵魂附庸的自然为其唱响挽歌;此处的男孩在重峦叠嶂的山林中切割木材,却无视自然的存在,自然对男孩斩断自己手臂而死的惨剧同样冷眼旁观、无动于衷。虽然两者对待自然的态度不同,但对大自然生活世界化本质的冷漠并未有别。此诗中人与自然的疏离关系集中体现为自然主义的还原——电锯把树木还原为木条,把男孩的手臂还原为血肉:

> 场院里的电锯时而咆哮时而低吟,
> 溅起锯末并吐出适合炉膛的木条,
> 微风拂过时木条散发出阵阵清香。
> ……此时那电锯,
> 好像是要证明它懂得什么是晚餐,
> 突然跳向孩子的手……
> 他看见血肉模糊。

场院里工作的人们只要抬眼就能看到重峦叠嶂的美景,享受面对自然时本应获得的审美享受,但似乎都只专注于机械的工作,就连最应该保留童心的男孩亦是如此。这里只有切割树木才能生产木条,生产木条为的是放进炉膛焚烧获得热量,所有这一切都只为换一口饭吃。咆哮的电锯是此诗的核心意象,它让炉火燃烧,却让生命之火熄灭,它代表的是自然主义的工具理性,榨干所有人的情感,就像医生使用的麻醉药一样,让男孩入睡(死去),让旁观的"他们"漠然面对生命的消逝。场院就像一座牢笼,把人们的意识囿于主观之中,完全阻隔了与客观自然世界的有机联系,割断树木和手臂的电锯必然分裂人的主客观念。弗罗斯特意识到了人与自然主客二分对两者的危害,但他弥合主客罅隙的途径遵循了浪漫主义传统,把人类的堕落归咎于孩童的天真被成人的经验所取代。这一进路扭转了自然主义的实在的神话,却造就了精神的神话,指向了另一种主客二分,无法修复知觉的断裂。

与此相对,迪基的诗歌通常关注人和动物世界的中间地带,如描写人重生为海鸟的《再生》("Reincarnation",1966)和哀悼这一中间地带的丧失的《羊孩》("The Sheep Child",1966)(Dickey,1992:248-249),呈现了人与自然交融的超现实的理想形态,尝试构建生活世界化的自然。《羊孩》中的男孩们和《熄灭,熄灭——》中的男孩一样都生活在田园空间,但前者有着更贴近自然状态的无限生命活力:

> 肆无忌惮地和所有事物
>
> 亲近　和软质树木
>
> 和一堆堆泥土　和一堆堆
>
> 松针

然而这种亲近却被某些例外蒙上阴影:他们"会远离/那些传说中本属于他们的动物"。"传说"把这些男孩与传统田园挽歌中的牧羊人联系在一起,曾经与羊群亲密的关系如今已不复存在;古老的传说也预示了下文即将出现的当下的传说,见证了人与自然关系的疏远。

尽管如此,男孩们仍然记得自己出生的田园,希望自己关于曾经和自然交融的记忆能够保存下来,供更多人观瞻、传颂:

> 在亚特兰大的博物馆里
>
> 在深深的某个角落里
>
> 有个这样的东西　一半是
>
> 羊　好像是毛茸茸的婴儿
>
> 浸泡在酒精里　因为

那种东西活不下来。他睁开了

眼睛　可是你忍受不了他的目光

　　男孩们深深惧怕当下的神话,再也不敢在田园自然中停留。他们"都已/在城市里娶了真正的妻子",而"羊群安稳地在西山的/牧场上"。这两个跨行诗句分别隔开了男孩们和他们的妻子,以及羊群和牧场,暗示了人与自然的二分,且由此产生了永恒的痛苦,"他们呻吟　等待　忍受/他们自己,他们结婚,他们抚养他们一样的后代"。尽管已经离开了田园自然:

但我们出生在那里的人

仍然心怀惴惴。我们是否会

因为还有记忆,而在落满灰尘的

博物馆里被铭记?

　　男孩们不知道离开田园是否正确,因为自然的缺席仍然困扰着他们。换句话说,他们担心自己的自然之根和对自然的体验可能会被遗忘。诗歌接下来借羊孩之口讲述了进入博物馆之后的体验,揭示了古老传说的后续进展以及给人们带来的启示。

　　羊孩是人类统治自然的结果,他的血缘关系决定了他不能离开人类社会,也无法离开自然。承认并接受自己的出身是存活的必要条件,而拒绝血缘关系就意味着死亡和所有后代的悲惨命运。代表父亲的博物馆具有自然主义特征,它将自然同生活世界割裂开来,借助工具理性保存人类记忆。羊孩的生命不是在具有重生能力的自然中画上句号,而是被浸泡在酒精里,囚禁在博物馆中。古老的神话包含了田园传统和《圣经》的教诲,指出动物属于人类,而羊孩代表的现代神话充分理解了父母曾经的荒唐。他是人和自然的后代,但他的父母的结合并非平等基础上的你情我愿:

　　好像是另一个世界的

　　爱从背后把她抓住，

　　没有从露水中

　　抬头，没有睁眼去看，她把她

　　最好的自己献给了伟大的需求。

　　这次结合孕育了羊孩，却没有求偶的浪漫，只有狩猎的刺激和被捕猎的痛苦。母亲感受到的爱复杂、模糊、病态，不知这是对猎物还是新娘的爱，也不知这种爱来自生理需要还是精神诉求。父亲给出的答案显然不同于母亲，更像是人父把羊母当作发泄欲望的工具，而羊母却把这种发泄浪漫化，看作爱的表现。人父的自然主义和羊母的浪漫主义孕育了羊孩。

　　父母属于不同物种，但羊孩仍然诞生，在世上走了一遭。他身份独特，处于人和动物之间，本应成为两个世界融通的希望：

　　在那山坡上夏日的阳光中，我的眼睛

　　远超常人。我一瞬间从两侧

　　看到了巨大的草原世界，

　　人和兽在他们需求的源泉里，

　　山风吹拂我身上的羊毛，

　　我的蹄子和我的手互相紧握

　　他的出生地不在山顶的自然中，也不在山下的城市里，而是在"山坡上"两者交界之处，生命的源起赋予他从兽和人两个视角看待自然的能力；"我的蹄子和我的手互相紧握"，象征着羊孩身上自然与人密不可分的关系。羊孩是希腊罗马神话中农牧神的化身，是田园生命力的保护者，象征着人与自然结合的最理想的交融关系，从现象学视角来看，他是主观的意向活动和客观的意向对象的完美结合体，代表了人类意识意向性的工作方式。然而他死了，不是因为从父母双方那里继承了差异显著的基因,而是因为他试图抬高一方,贬低另一方。来到父亲的房子意味着离开田园,变成酒精里的标本,遭受所谓的人类文明的禁锢和荼毒。所幸,羊孩虽然死去、成了标本,却可以告诫男孩们不要重蹈覆辙。父亲的博物馆虽然割裂了文化和自然,却仍然是生活世界化体验的重要来源,让城市里的男孩们哀悼田园,提醒他们未来的希望在哪里。博物馆是死者的陵墓,更是张贴现代田园挽歌的绝佳场所。

像传统神话中所说的那样继续让人类主宰自然,或者像现代神话中所说的那样忽视人与自然的融通,都无法拯救城里人的悲惨现状。只有承认人类的双重血缘,用真爱好好经营人与自然之间的联姻,避免自然主义的工具理性或浪漫主义的遐想过分介入,才能构造出人与自然和平共处的生活世界。迪基笔下的羊孩象征着所有摒弃自然主义的冷漠和浪漫主义的主观化两种倾向的人,他们能够深入探索主客生活世界化自然中血缘和情感的纽带。从现象学视角来看,主客的融通"不仅仅是我他之间的交换(他收到的信息也传给我,我收到的信息也传给他)……也是我与世界之间的交换,是现象身体和'客观'身体之间的交换,是知觉者与被知觉者之间的交换:以事物来开始的东西以事物的意识来结束,以意识状态来开始的东西以事物来结束"(梅洛-庞蒂,2016:272)。迪基通过人与动物、城市与自然、动物与自然之间的融通构建了生活世界化的自然,这个自然与意识密不可分。

在20世纪后半叶日益复杂的生态环境和日益强烈的环境意识下,美国现代田园挽歌扭转了传统田园挽歌中人对自然的疏远,探索了生态现象学视域下自然向人的意向性活动主动显现自身的可能性,尝试了生活世界化自然的构建,是对传统的自然主义和浪漫主义生态观的反拨,更是为进一步强化人与自然的生命共同体意识,在人文科学方面做出的有益贡献。田园空间的人为与自然的双重性决定了两者之间界线的存在和被跨越,而随着人类活动广度和深度的不断推进,跨越界线才是人与自然关系的常态,因此生态伦理学提倡的消解人类中心的论调无视环境保护事业中必须发挥的人及其意识的主体能动性,往往在论证自然的伦理地位及其独立于人的内在价值上遭遇困境。相反,生态现象学借助现象学打破主客二分的认知模式,从人的意识层面为改善人与自然的关系提供了有力的理论支撑。或者可以说,在对人与自然关系的认识中不遵循生态现象学的基本原则,就会导致人类的子孙仍旧在与自然的两相漠视中斩断自己的手臂,继续被泡进酒精尘封在博物馆里。

第三节　美国生态挽歌对自然之死的生活世界体验

如果说美国现代田园挽歌哀悼人与自然的共同死亡,那么美国生态挽歌关注的则是自然消亡的极端情境,哀悼想象中、预见中的自然之死。默温著名的独行诗《挽歌》("Elegy", 1970)(Merwin, 1993:226)很好地捕捉了自然消亡的幻灭感:"我该向谁展示。"表面看来,这首诗没有特定的哀悼对象,也没有特定的观众,只有自言自语。结合诗题"挽歌"可以断定,之所以没有观众,是因为包括人类世界的整个自然界都毁灭了,而之所以没有特定的哀悼对象,是因为哀悼对象范围太大、数量太多,难以尽述,也就不需要指明了。这种毁灭导致的结果是,诗人的悲悼情感没有了倾诉对象,就好像整个世界只留下了诗人一人,或者说只留下了这行挽歌表达的失落、悲伤、绝望的情感游荡在寂静、了无生气的空间里。这首诗是对未来末世情境的预先哀悼,采取了黑暗生态学的逻辑。然而,为了避免这种预言变成现实,对自然之死的生活世界体验或许能够阻止——至少减缓——人类向黑暗生态的坠落。这首诗还可以从另一个角度来理解:诗歌中说话的不是诗人,而是自然。由于环境的变化,人最终灭绝了,自然看着空荡荡的城市和乡村,就像看着恐龙灭绝后的世界一样,感慨道:"我的未来、无限的风光、无尽的可能要展示给谁看呢?"自然能够向人展示自己这种观点是现象学所说的事物被给予性的翻版,人知觉事物,好像是被事物给予了知觉一样,可以说是生活世界体验的一种表达方式。换句话说,这首诗里的"我"是自然,"谁"是自然要展示自己的对象,这种拟人的表达手法也是人对自然生活体验的一种表现。只有充分重视和发展人对自然的生活世界体验,才有可能挽狂澜于既倒,扶大厦之将倾。

　　生态挽歌与生态现象学的观点遥相呼应,甚至可看作生态学和现象学之间应和关系的例证,"现象学为我们跨学科研究我们与自然的关系开拓了空间,让我们得以探究'自然'的历史和观念构造,以及这种观念在我们的文化和自我身份构建中所起的作用。现象学的起点在体验,为我们超越自然的狭隘定义、探索我们与自然的全面关系提供了开放视域。如此一来,现象学使我们得以用哲学思维来表达和回应我们的自然体验,这或许还是第一次"(Brown,Toadvine,2003:xii)。生态挽歌把生态学和现象学整合在充满末世焦虑的挽歌中,展现了自然主义和浪漫主义可能造成的严重后果。相反,如果转而采用现象学式的态度对待自然,结果可能完全不同。生态挽歌对待自然的现象学态度包括现象学还原、主体交互性和肉体交互性。

　　战后美国诗人中,毕肖普对自然的关注十分显著。当她反思自然时,通常"保持极度缄默,彬彬有礼",涉及人对自然生态系统的破坏时,她"远远地哀悼"(Doreski,1993:34,36)。她在情感上的疏远和对过分参与的抗拒是对理论抽象的拒斥,为她观照生态危机的细节提供了俯瞰视角。在毕肖普的生态挽歌中,生态危机来自意识形态对自然的压迫。疏远和缄默是对意识形态压迫的警惕,而其深层次的感情仍然来自人对自然的感同身受和深切同情。然而,由此导致的生活世界体验的缺乏造成了她对生态危机真实伤害的态度含混不清,也让她难以找到真正的救赎之路。

　　从毕肖普的《犰狳》("The Armadilo",1965)(Bishop,2011:101-102)中可以看出,为了保护自然,自然的生活世界化的规律应该取代人为制定的抽象律法。人们放飞火球是为了尊重某种超自然的圣灵,但被判定为"非法"行为,说明这种行为曾经是合法的,而且很受人们欢迎。尽管火球对自然生灵造成了巨大伤害,但对于这一地区的一些人来说,超自然的圣灵一直以来都更真实、更重要。在那些放飞火球的人们眼中,这些现世的"纸房子闪着光,/忽明忽暗,像是心脏",这些火球飞上天,好似具有了"星星"的身份和地位。诗人的语言充满了溢美之词,让火球具有了彼世的美妙。然而,火球的身份经历了从合法到非法的变化,人们对待放飞火球的态度发生了转变,暗示了人们逐渐意识到火球会对自然环境造成

巨大威胁,如诗歌的第五至第十节所示:

后退、消散,神圣庄严,

毫不迟疑地放弃我们,

或者,在山顶吹下的风里,

突然变得危险。

昨夜,又有一个巨大的火球落下。

像装满火的鸡蛋,砸在屋后的

悬崖上,摔得粉碎。

火焰流淌。我们看到一对

猫头鹰,本在那里安家,飞起,

飞起,黑和白一起盘旋,

身下一片亮粉,

尖叫着飞出视线

这对猫头鹰古老的巢穴一定烧掉了。

一只闪光的犰狳离开画面,

慌不择路,茕茕孑立,

身上有玫瑰色的斑点,头尾低垂。

随后是一只小兔子蹦蹦跳跳,

奇怪的是,它的耳朵很短。

如此柔软——一把无法触碰的灰烬

目光锁定,双眼火红。

太美丽、太梦幻的模仿!

哦,从天而降的火,刺耳的哭喊

惊恐,一只柔弱的、穿着铠甲的拳头

紧攥着,冥顽不灵,对抗苍穹!

超自然的东西没有拯救世界,而是在毁灭世界。法律的禁令显然没有能够阻止迷信行为,也没有能够保护自然。虽然毕肖普"将原罪的根源归结为宗教,谴责基督教默许原罪,忽视原罪"(Doreski,1993:36),但当她发现法律的禁令无效后,有些不知所措。迷信是一种浪漫主义的意识形态抽象,人们认为这比实实在在的、切身体验的自然更真实;而法律对火球的禁令则是自然主义的意识形态规定,意图压制迷信。然而,离开了对自然的生活体验,抽象的禁令必然压迫感十足,但从长远来看必然失败。

意识形态抽象造成的破坏不仅表现在田园自然方面,而且表现在对人的影响方面。人是自然的一部分,必然在身体和精神上受制于自然。正如火球烧毁动物的自然居所,炸弹会毁坏人的家园。火球/炸弹升空之后,就脱离了人的控制,烧毁猫头鹰、犰狳、兔子的巢穴,毁灭人类文明的家园。猫头鹰象征智慧,穿铠甲的犰狳象征军队,柔弱、无辜的小兔象征平民。所有这些都在"逻各斯中心的社会构造"中化为灰烬。人放飞火球,发射炮弹,因此人也是其自身愚昧无知行为的受害者。他们制造幻象,相信自己具有创造上帝和武器的能力,得到的却是"从天而降的火,刺耳的哭喊/惊恐"。火球和炮弹是获取意识形态统一、消除他者的手段,却都不尊重对生活世界化自然的切身体验,无视自我和他者的共存,只用理论抽象来殖民世界。

这首诗中,毕肖普认识到,宗教和政治的意识形态抽象都很危险,因为它们都让人远离生活世界体验,同时,她还迷恋理论抽象造成的"太美丽、太梦幻的模仿"。自然的燃烧是人的无知造成的,让人心痛的同时也像神圣的献祭一样激动人心。她的含混态度揭示了她的心理偏向,"总是如其所是、为其本身尊重自然,同时还认识到,我们只能通过人的范畴、历史和语言才能认识自然"(Bate,2001:

65）。虽然从现象学意向性的角度来看，使用人的范畴、历史和语言理解自然不可或缺，但疏离的态度让她无法更进一步参与自然、共情受害者的体验。

毕肖普在如何阻止人类对自然的进一步破坏上显得不甚明晰，或许和她对缄默、庄重的艺术风格的偏爱有关。洛威尔指出，"艾伦·塔特的艺术是形式主义的，威廉·卡洛斯·威廉斯的艺术破除形式主义，那么毕肖普的艺术则介于二者之间"（转引自 Travisano，1999：303），说明他感受到毕肖普的诗歌艺术介于抽象和生活世界体验之间。因此可以说，毕肖普的生态挽歌关注形式规定对自然造成的破坏，但这种关注大多停留在远观上。

默温将毕肖普的担忧和困惑进一步明确。为了更好地理解生态问题，他对自然的理论抽象进行了现象学还原。在《致将至的灭绝》（"For a Coming Extinction"，1967）（Merwin，1984：68-69）中，他把人类统治自然的根源归咎于《圣经》中的某些著名教义，故意把"灰鲸"抽象为人的某种理论教条，以达到讽刺效果。

这首生态挽歌预见到，灰鲸将遭遇"将至的灭绝"，或者说大自然中的所有生灵都将遭遇同样的命运，表达了一种阴郁的黑暗生态观。这种灭绝恰恰源自人类自己的理论发明：

> 灰鲸
>
> 此刻我们正送你到末日
>
> 上帝
>
> 告诉他
>
> 我们随你而去的人发明了宽恕
>
> 却什么都不宽恕
>
> 我写作好似你能理解
>
> 我能说出
>
> 一个人必须总是假装
>
> 濒死者之间有什么东西

　　当你离开大海,在他们的竿子上打盹,

　　躯壳空洞

　　告诉他我们在另一天

　　被创造

　　所谓的"末日"、"上帝"、"宽恕"、上帝在这一天创造了人而在另一天创造了动物,都是人类在语言或观念层面捏造出来的,或者说语言的捏造导致了观念的捏造,目的是让人名正言顺地统治自然。这些人类的捏造说明人总是通过控制语言来控制自然的,对话语权的垄断是造成动物灭绝的一个主要原因。如海德格尔所说,"语言是存在的居所"(转引自 Langer,2003:114),因为语言揭示了存在的本质,相反,对语言的误用和滥用则会模糊存在的本质。人类向上帝索要宽恕,却拒绝宽恕任何东西,即对所有生灵赶尽杀绝。这种语言和行为上的随心所欲说明人类赋予了自己特权地位,设定了双重标准。诗歌言说者"我"是"我们"中的一员,道貌岸然地致言听众"你",由于"你"是已死或濒死的鲸,"我"不认为"你能理解",这就是灭绝将至的根本原因。人类认为人和非人生灵之间无法相互理解,这是前者统治、剥削、杀戮后者的根源和借口。对理解的拒绝深深植根于人类捏造的理论抽象,而现象学则努力给理论抽象加括号,试图回归对自然本身的生活世界体验。尽管诗歌言说者不认为鲸能听懂自己的话,但他仍然想象了鲸可能对上帝说的话——"我们在另一天/被创造",以及濒死的鲸的感受——"困惑会消失,就像回音/在你内心的山峦间回荡"。

　　如果"我"听不到,那么"我"是如何知道鲸能感到困惑的? 怎样阻止人对语言的把控,让鲸自由存在、自由表达? 海德格尔认为,"此在的存在是关切",意思是说,"此在让其他生灵自为存在,即关切,也就是说,此在要让它们展现它们自己的潜在可能性"(Zimmerman,2003:79)。默温通过反转人类中心主义的逻辑来达到目的,不是把人的话语赋予动物,而是通过人的话语提取动物的精神世界。但这不再是人对动物的理论抽象,而是对这种理论抽象的放弃。人"从无思的思考中'后退'",造就了"预先准备好的场域",放弃控制和抽象的话语后,大自然的意义和神秘恰在这里出现(Langer,2003:113-114)。这种后退需要现象学还原的参与,在共情的基础上,让人回归动物的层面。共情让诗歌言说者像鲸一样感受、说话、视看,进一步证实了鲸濒死时刻的预言:它将"把将来留在身后/死去/还有我们的"。诗歌言说者反思了鲸的意识。由此,此诗展现了绝望中的一丝希望:为理解鲸留下一丝空间,或许能够让人们在主体交互性的层面对其产生共情。

正如这首诗所说的那样,如果人不将理论抽象还原为生活世界体验,不聆听大自然的话语,杀戮将会继续,灭绝必然来临。因此,大自然呼唤现象学还原,而且反过来扩展了现象学主体交互性的应用范围,不再仅限于人,而且扩展到动物。

普拉斯的蜜蜂诗组进一步解释了人与其他生物的主体交互性。这些诗中的言说者感受到的和蜜蜂之间的联系比默温笔下的言说者和灰鲸之间的联系更深入。前者将自己和蜜蜂的身份相混淆,与蜜蜂的感觉和情绪的认同更全面,而后者是站在一个灰鲸身边的旁观者,充满了猜测和思忖。蜜蜂诗组指出,不正常的生态关系有自然主义和浪漫主义两个根源,这也恰恰是生态现象学批判的两种自然观。

五首蜜蜂诗(《蜜蜂集会》《蜂箱到达》《蜂蜇》《蜂群》《过冬》)是普拉斯的养蜂经历催生的作品。普拉斯开始养蜂的时间恰好和她确证丈夫特德·休斯婚外情的时间重合,因此养蜂的决定可以看作她慰藉婚姻死亡的一种尝试。此外,普拉斯的父亲生前是著名的昆虫学家,发表过多篇研究昆虫的论文和一部题为《大黄蜂和它们的生活方式》的著作。从以上两点可以推断,普拉斯养蜂是为了纪念她人生中最重要的两个男性,哀悼丈夫的离去和父亲的死去,也是对两人自然观的批判性反思。对于普拉斯来说,父亲对蜜蜂习性的科学研究方法具有典型的自然主义特征,而丈夫休斯的诗歌创作则因其"浪漫主义追求"(Davis,1994:70)和对自然意象的想象式内化(转引自Sagar,2006:1)而闻名。然而,在普拉斯看来,这两种对待自然的方式都难以让人满意,都阻碍了对蜜蜂的真实体验,无法表现真实的大自然。

浪漫主义自然观夸大想象的创造力,认为客观事实的意义来自思想和事物在意识中的结合,剥夺了自然固有的、独立的价值,认为自然离开了人的想象就没有价值可言。这种自然观看似把人和自然紧密联系起来,但事实上却隐含了难以弥合的主客二分观念。《蜜蜂集会》("The Bee Meeting",1962)(Plath,1981:211-212)戏仿了霍桑的浪漫主义小说《好小伙布朗》("Young Goodman Brown",1835)。好似布朗来到森林里漫步,此诗中的"我"来到村子里看自己的蜜蜂,发现村民的微笑和防蜂罩衣下隐藏着某种阴谋,相比较而言,诗歌言说者几乎算得上赤身裸体,和天真的布朗一样,内心充满恐惧。村民们的行头是为了防止蜜蜂叮咬,"每个人戴着黑色方形头罩,点点头,是带着护面的骑士,/胸铠一样的薄纱系在腋窝下"。村民们的伪装隐藏了真实身份,切断了与自然的联系,用想象出的恐惧自我囚禁。像布朗一样,言说者不仅目睹了村民和自然的隔膜,而且被迫隐藏自己的身份,穿上了村民递过来的防蜂服,变成了他们中的一员。第五节结束时,言说者已经完全失去了自我身份,和村民达成了彻底认同,甚至连言说者的标志性代词"我"都没有了踪迹。从第六节开始一直到诗歌最后,言说者和蜜蜂形成了新的认同,以至于质疑参与此次蜜蜂集会的村民们的身份,"那是屠夫,杂货商,邮递员,还是我认识的某个人?"让言说者突然清醒的转折点是"山楂树"(与霍桑的英文名相同)让人作呕的气味,可以看作霍桑浪漫主义的自然观让言说者忍耐到了极点。随后村民们开始驱赶言说者远离蜂巢,以便完成他们的"操作"。言说者拒绝逃离,但对他们"敌意"的抗拒最终让自己筋疲力尽,甚至浑身冰冷,一命呜呼。这首诗最后一行从句式上看是三个疑问句,却没有问号,"树林中那长长的白色箱子是谁的,他们完成了什么,为什么我觉得冰冷"。这些不需要回答的问题显示了言说者和蜜蜂身份认同的决心和最终的成功,因此,这首诗描写的"蜜蜂集会"是言说者在身体和精神上与蜜蜂的相聚。

　　蜜蜂诗组中的前三首探索了言说者和蜜蜂的身份认同,程度逐渐加深,最终言说者认识到"我/有一个自我需要发掘,一个女王"。发掘死去的蜂后的途径是将第三人称旁观者"他"变成蜂群的一部分:

　　　　第三个人正在观察。

　　　　他和卖蜂人、和我没有任何关系。

　　　　现在他走了

　　　　跳了八大步,是个伟大的替罪羊。

　　　　这是他的一只拖鞋,这是另外一只,

　　　　这是白色亚麻方巾,

　　　　他曾戴在头上当帽子。

　　　　他很甜,

　　　　他辛勤劳动,挥汗如雨

　　　　让世界结出果实。

　　　　蜜蜂找到他,

　　　　敷在他的嘴唇上,像谎言,

　　　　让他面目全非。

　　　　他们认为死亡值得,但我

　　　　有一个自我要发掘,一个女王。(Plath,1981:215)

　　一个旁观者的视角影射了自然主义的自然观,将自我和精神客观化、客体化。自然主义是经验主义发展到一定程度的必然后果,采用"'客观'思维,将在世存在缩减、客体化为无意义的客体集合,受到置身事外的观察-操纵者的审视"(Langer,2003:115)。旁观者的身份将人对自然的生活世界化的体验贬斥为情绪化、主观化、不可靠,从而阻碍人与自然的身份认同。

　　在《蜂群》("The Swarm",1962)(Plath,1981:215-217)中,一群蜜蜂形成了"云团","聚成球状,逃离",能够"争论",甚至变身成"黑色的无法追踪的头脑"。这头脑能思考、能行动,因此威胁了人类自然主义的权威,以至于人们对这蜂群开枪,差点打死蜂群中的诗歌言说者。出于畏惧,人们袭击蜂群,不仅用枪,而且用"一个商人的微笑,非常实用"。冷血的射击和实用的微笑在《过冬》

("Wintering", 1962)（Plath, 1981：217-219）中变成了禁锢自由、让人窒息的"房子"。《过冬》中有两行只用了一个词,凸显了这个房子的主要特征:"占有""黑暗"。这个房子令人恐惧,因为它"既不残忍也不冷漠,//只是无知"。这个房子和它"骇人的物件""拥有我",正像蜂箱拥有蜜蜂。这个建筑对待其中居民的态度恰恰是人的自然主义生态观:不是残忍,也不是冷漠,而是无知。无知意味着人对待自然的方式不是建立在理解的基础上,也没有预先的价值判断,有的只是残忍的控制和冷漠的利用。蜜蜂作为大自然的化身,"一心反对所有白色",白色是指人造的精制白糖(如本诗中出现的英国白糖品牌"泰莱"),被用来充当蜂巢中蜂蜜的替代品,难以得到蜜蜂的接纳,象征了自然主义的无知。蜜蜂希望"储藏它们的火焰""品尝春天",因为春天百花盛开,提供的食物是天然的,比白糖这种空有甜味的人造物更有营养。福尔茨对海德格尔《存在于世间》中生态观的评价也适用于普拉斯的诗歌表现出的生态现象学精神:海德格尔将自然看作"原始自然""是为了强调我们和自然的密切关系,这种关系本身揭示自然的重大意义——借此消除长久以来在西方自然观中占据主导地位的理论化的、旁观性的冷漠态度"(Foltz, 1995：34)。这黑色的房子看似不残忍、不冷漠,但理论化、旁观性、实用主义的态度决定了它的无知,它的无知本身就是一种残忍和冷漠。

在蜜蜂诗组中,普拉斯看到了浪漫主义和自然主义对大自然的侵害。她对蜜蜂生活世界化体验的探索和自己与蜜蜂的身份认同交织在一起,有时甚至不知不觉地放弃自己作为人的身份,变成了蜜蜂,表现出了主体交互性的生态观。

正如默温想象灰鲸的灭绝,迪基在《献给最后一只狼獾》("For the Last Wolverine", 1966)（Dickey, 1992：273-275）中哀悼濒死的最后一只狼獾。如果说默温试图反转人类中心主义的逻辑,如果说普拉斯频繁让人和蜜蜂进行身份认同,那么迪基既不使用动物的声音说话,也不和动物进行身份认同,而是表现出超越理性和现实的强大意志力,仔细审视从对大自然的生活世界化体验中获得的价值判断。迪基对自己的诗学有着清晰的论断:"我最感兴趣的是获得最佳的'表现性直观',迫切希望诗歌主题的呈现方式能够让读者完全忘记文学评判,只关注于体验。"(转引自Spears, 1970：254)虽然迪基说希望"完全忘记文学判断",

但并不意味着"判断"应该缺席,而是在强调应该通过"体验"来获取"判断"。自然主义深受笛卡尔主义的影响,认为现实应该是客观的、普遍的,为了获取这种现实,人应该将其与价值判断分离开,因为价值判断是主观的,是不可靠的。胡塞尔批评这种观点,认为这是一种"非理性,在滑向愚昧的深渊"(Brown,2003:7)。迪基的这首诗强调极端的主体性,以此来表明通过生活世界化体验获得的价值判断也是一种现实。一方面,"对现象学家来说,体验应该被看作所有哲学证据的起点和最终的评判标准";另一方面,"那些对待自然的方法如果从自然身上剥夺了所有体验成分,那么就会留下一个面目全非的抽象概念,这样的自然绝不会激发任何美的欣赏和愉悦的感受"(Brown,Toadvine,2003:xi)。迪基的体验方式将善置于真之上,因为真的标准通常只会给人面目全非的抽象概念,而善,即便是一种主观上希望看到的善,也会帮助人回归对事物本身的欣赏和感受。

《献给最后一只狼獾》中的言说者完全掌控自己对自然的体验:

他们很快只剩下

一个,但他仍会
坚持一小会儿　　仍会用一个眼神

止住空中的雪片,
雪片围绕着他,静静地
形成白色的吼叫。让他吃下
最后一顿红餐,这餐来自注定的

灭绝动物,扯出驼鹿的

内脏。但对我来说
这不够。我会让他吃

心脏，由此让思想

流淌进他恼人的头脑

让他知道他再也没有什么

可以失去，因此可以走出去

到空地上，在这圆圆的

苍白的副极地的太阳下

这里一棵孤独的云杉正在死去

越来越高。让他爬上去

用尽他所有的卑微和力量。

　　可以看到，"让他……"这样的句式反复出现，言说者借此定义大自然的善。之所以将如此强大的意志力施加于最后一只狼獾身上，是因为如果不想象出濒死的自然的善，人就无法获得对善的体验，人就无法知道"你无人注意的离去是多么意味深长""怯懦的诗歌多么需要//你的愤怒的不假思索的爆炸"。因此，为了展示大自然的善，这首诗需要将灭绝推向极致，并描述相关的直观体验。这首诗是诗集《羊孩及其他诗歌》中的一首，因此可以看作建造自然灭绝"博物馆"的一种尝试。建造这些博物馆是为了保存失落的自然历史，而为了让参观者获得这一历史的生活世界化体验，馆藏陈设应该依照这种体验来安排，特别需要加入对自然灭绝的哀悼。否则，这些博物馆陈列的将是酒精浸泡的死亡，却没有活着的羊孩。因此，这首诗是这些博物馆中的一座，"我按照我的意愿创造你"，为的是保存一份记忆，纪念这最后一只狼獾的善，避免它从人的体验中永远消失。

　　"灭绝"是这首诗的关键词。仅剩最后一个、濒临灭绝的不仅有狼獾，还有驼鹿、云杉和鹰。在物种不断消亡的自然中，所有这些生灵凝聚在一起高声呐喊，唤起关注,是最大的现实。或许是受尼采的《查拉图斯特拉如是说》(*Thus Spoke Zarathustra*)中鹰和蛇的结合(Nietzsche,2006:15)的启发,迪基希望"让它们(指这世界上最后一只狼獾和最后一只鹰)交配/直至死亡",因为这会创造"那巨大的东西 传奇的东西//超越理性"。迪基诗歌中的结合既不真实也不合理,但在倾听大自然的启发上表现出了足够的善。所有这些自然的生灵通过各自的方式融合在一起:狼獾吃掉驼鹿,与鹰交配,和云杉一同燃烧。最终的合并将大自然最后的力量聚合在一起,只为一个目的——"回归","骑着进入战斗,进入神圣的斗争/反对嘶吼的铁乘人员:要把/整个陷丝拉起,就像雪中的纤维//那是动物捕捉器里张着血盆大口的黑夜"。简单地说,大自然倾尽所有力量是为了向人类复仇,因为人造成了灭绝。虽然这些动物的聚合是致命的,但眼看末日将尽,它们别无选择。

在言说者意念的驱使下,自然行动起来。言说者操纵一切就像规划博物馆一样得心应手,看起来信心十足,但充满不安感。最后两行用斜体呈现,像是狼獾发出的请求:"上帝,让我死去但不要/灭绝。"言说者操纵着仅存的生灵揭示物种灭绝的危害,但无法改变最后一只狼獾必死的命运,反而牺牲了它,加速了它的灭亡。最后两行也可以看作言说者的哀求:在经历了狼獾的灭绝之后,人类的灭绝必将到来,那么谁会见证? 谁会求情? 灭绝的原因可以归结为人类的无知:"我要让一切都按照/我的方式进行。"言说者认为自己需要扮演上帝的角色来控制自然。然而,这种方法看似可行,实则危险。人类需要使用意识的意向性来获得世界的被给予,但极端的主体性与风险相伴而生。

迪基主观上发掘濒死生灵的善,可以看作对梅洛-庞蒂肉体交互性理论的戏剧化践行。肉体交互性"将所有事物交织在一起,因为所有事物都参与'世界之肉'"(Langer,2003:115),以期修正极端主体性的劣势。这首诗融合了有机和无机的自然,并将自然融入诗歌创作,诗歌把所有事物交织入世界之肉,打破了身体与世界、文化与自然的边界,"甚至文化也栖于原初存在的多态式之上"(梅洛-庞蒂,2018:323)。因此,在自然事物灭绝之后,文化的世界也将无处栖身。从这个角度来讲,这首诗对自然的操控和占有看似充满了主观性,但充满了善意,目的是描述一种黑暗生态,唤醒人对自然之善的关注。人与动物的结合、文化与自然的交融是迪基所说的优秀诗歌的本质,"诗歌应该具有足够的动物性,以便一半进入非思的自然,也应该具有足够的非动物性,以至于无法心安理得地停留在此……诗歌是生灵的呐喊,这生灵所处的环境景色优美,充满神秘,但他对此毫无意识。这呐喊来自一个富有洞见的头脑,它无法完全进入自然却对此充满渴望,它的这种状态得益于反思和评价的能力,若不是这种能力,它将溺入无意识的洪流"(转引自Spears,1970:255)。对于迪基来说,生灵需要主观上将人和动物融合在一起才能呈现自己的善,而放弃融合不仅无法创作优秀的诗歌,而且会丧失普遍的善,最终必然导致人和动物的灭绝。

战后美国诗人对当时的生态危机有切身体会,他们创作的生态挽歌预见了黑暗生态,表达了给予生态危机充分关注的迫切性,讨论了化解生态危机的路径。美国生态挽歌将哀悼的视域从田园挽歌中的人转向了自然本身,进入切身体验的更深层次,用生态现象学精神构建了生活世界化的自然。

美国现代田园挽歌中的生态现象学精神展示了田园挽歌和生态现象学之间的互惠关系。哀悼自然中的死和自然的死并非战后美国诗人的首创,自从田园文学滥觞于古希腊之时起,田园挽歌就与反思和哀悼大自然的消极变化形影不离,但美国现代田园挽歌则是战后美国诗人生态思想蓬勃发展的产物。在现象学精神潜移默化的影响下,美国现代田园挽歌用独特的方式知觉和哀悼自然,给生态底线蒙上了一层阴影,让人与自然的死亡显得近在咫尺,同时也指出摆脱危机需要依靠人对自然的生活世界化的体验。美国现代田园挽歌指出了主体意向性的限制,从而扩展了现象学的适用范围。生态现象学帮助解释了美国现代田园挽歌的独特面貌特征,期待更多的人给自然的理论抽象加括号,回归生活世界,否则抽象思维方式将助长人对自然的剥削,最终会导致自然中生灵的灭绝和自然本身的消亡。总体来说,美国现代田园挽歌描述了一个黑暗生态,生态现象学则试图阻止黑暗生态变成现实。虽然生态现象学强调的是对活着的自然的生活世界化体验,但美国现代田园挽歌将生态推向死亡的边缘,从身处危机的自然中获得切身体验,以警示世人。

第六章　结语

　　美国现代挽歌在哀悼死亡的过程中,特别强调对切身体验的关切和表达,而切身体验的源泉是生活世界,与偏爱借助抽象结构进行哀悼的传统挽歌有显著区别。美国现代挽歌对切身体验的强调是现象学精神的一种体现,是20世纪哲学显学现象学对那个时代潜移默化的影响的结果。战后美国诗人在现象学精神上的共性来自多重原因,例如,他们关系密切,共同见证了"二战"前后动荡的历史和人类的惨剧,对诗歌创新有强烈的执念,最重要的是他们都对身处危机之人有着深切的共情。他们尽力避免理论抽象进入哀悼,因为理论抽象长久以来致力于主客二分、自我和他人二分、文化和自然二分;他们认为生活世界化的切身体验具有至高无上的重要性和真实性,在此生活世界现象学视域下进行的哀悼显著不同于传统挽歌的自然主义和浪漫主义的哀悼,能更好地契合时代精神,疗治时代弊病。

　　许多战后美国诗人对切身体验和真实表达的追求达到了自白的程度,因此他们中许多成员也是自白派的成员。麦高恩倾向于把战后诗人等同于自白派诗人(McGowan,2004:2),但认为"自白"这个老标签难以概括战后美国诗人的全貌,因为战后美国诗歌并不等同于诗人的自传材料。阿克塞尔罗德等认为战后诗人包含但不限于自白派成员,他们有着共同的兴趣:关注和反思"要求循规蹈矩的社会环境、种族和性别歧视、国际危机、'军事-工业复合体'的扩张,最主要的是核毁灭威胁带来的恐惧"(Axelrod,Roman,Travisano,2012:3)。克拉克认为,战后美国诗人喜欢自白,因为他们在生活和艺术中感受到了禁锢,因此希望把"自白派"改为"禁锢派"(Clarke,2001:23)。由此可见,这些战后美国诗人研究不满足于使用"自白"这一标签概括战后美国诗歌。诚然,战后美国诗人偏爱书写个人体验,而且可以说所有文学作品在一定程度上都有个人体验的影子,但为什么只有一部分战后诗人被称作"自白诗人"? 如果说"自白"标签经常遭到指摘,那么哪个词能更好地概括战后美国诗歌? 若在现象学视域下审视这些问题,答案会更加明晰。战后美国诗人使用个人体验,并非像浪漫主义那样强调主观化,也不像现代主义那样强调客观化,而是符合现象学式的意向化。战后美国诗歌跨越了身体和思想、总体和他者、文化和自然的二分,通过向生活世界化的体验致敬,避免压制其中某一个侧面。生活和世界是永恒的存在,而先入为主的某些理论抽象倾向于抹杀、扭曲其中某些部分,结果让这个世界变得机械化,充满压迫感,少了人文的味道。恰恰是因为感受到了这种禁锢和危机,战后美国诗人见证、体会到各种危机接踵而至,所以才深切共情身处危机之中的个人、家庭和自然。为了解决危机,他们选择在诗歌中着力表现生活和世界的融合,构建生活世界化的诗学。因此,可以认为战后美国诗人共享现象学精神,凝聚在"生活世界"之中,可称为"生活世界诗人"。

战后美国诗人强烈渴望"回归人本的维度"(Ferguson,2003:xviii),在挽歌中表现得最充分。在英语中,"人性"(humanity)和"安葬"(inhumation)有着同样的词根"humus"(泥土),可以认为,将死者埋葬进泥土里是"为了控制污染源,也是一种怜悯和人道的行为"(Hope,2007:109)。因此,死亡和哀悼的极端情况需要怜悯和人道的介入,这对哀悼者和死者都具有精神和仪式上的慰藉作用。在美国现代挽歌中,生活世界是哀悼者和死者理想的视域,哀悼者表达对死者的真实感受比遵守哀悼传统的先在规定更重要。在哀悼自我死亡这一悖论上,美国现代自我挽歌认为物质主义和心灵主义都无法给予身体主体超越死亡、反观自身死亡的能力。在美国现代家庭挽歌中,死去的家庭成员和诗界先贤通常以权威总体的面貌出现,战后美国诗人则以他者自居,认同死去的同辈诗人的他者性。但总体和他者之间并非界限分明,两者的伦理关系也并非简单的压迫和反抗,反而在他者的反抗中渗透着联系,甚至通过反抗来感受联系。美国现代田园挽歌中已死和濒死的自然事关重大,已经不再像传统田园挽歌里的自然那样充当背景,衬托人的哀思,而是来到台前,和人形成水乳交融的关系,重塑人对自然的知觉模式。所有这些对死亡和哀悼的新的理解都来自战后美国诗人对生活世界的切身体验。这些诗人身处危机,哀悼危机,没有滑入传统的、习惯上的、抽象的、彼世的知觉死亡的方式,而是坚持用生活世界化的体验来真实地表述死亡。存照、重构生活世界的美国现代挽歌并不等同于他们的自传材料,但常用的"自白"标签却可以从另一个角度证实他们笔下生活世界的真实性。

不论用什么标签描述战后美国诗人,他们开创的美国现代挽歌都表现出显著有别于传统挽歌的特征。尽管传统挽歌历史悠久、约束性强,但美国现代挽歌勇于破除其抽象倾向。恰恰是在哀悼死亡这一主题上反抗传统难度大,美国现代挽歌才显得意义重大,主要表现在对弱者、他者、身陷危机者的共情,以及开创后现代诗学方面渗透出的现象学精神。战后美国诗人不见得直接接受了现象学哲学思潮的影响,但他们在创作的美国现代挽歌、重构战后美国生活世界中渗透出了现象学精神,究其原因,或许海德格尔对现象学影响普遍性的评价最切中要害:现象学"在各种不同的领域中——主要是以潜移默化的方式——决定着这个时代的精神"(海德格尔,1996:84)。因此,在现象学视域下观照战后美国诗歌,笔者看到了一个此前鲜有人研究的领域——美国现代挽歌。并且美国现代挽歌中满载的生活世界化体验或许也可以运用在界定和评论战后美国诗人的其他作品上,让这些诗人的独特面貌更加清晰,激起学界对当今社会身处危机之人的关注和共情。

参考文献

英文文献

ALEXIOU M, 2002. The ritual lament in Greek tradition[M]. Lanham: Rowman & Littlefield Publishers.

ARIÈS P, 1972. Western attitudes toward death[M]. London: Marion Boyars.

ARISTOTLE D A, 2010. Mark Shiffman[M]. Newburyport: Focus Publishing.

AUDEN W H, 2007. Auden: selected poems[M]. New York: Vintage Books.

AUYOUNG E, 2017. Phantoms and fictional persons: Hardy's phenomenology of loss[J]. Victorian studies, 59 (3): 399-408.

AXELROD S G, 1999. The middle generation and WWII: Jarrell, Shapiro, Brooks, Bishop, Lowell[J]. War, literature and the arts, 11 (1): 1-41.

AXELROD S G, CAMILLE R, THOMAS T, 2012. The new anthology of American poetry: postmodernisms 1950-present[M]. New Brunswick: Rutgers University Press.

BASSNETT S, 1987. Sylvia Plath[M]. London: Macmillan Education.

BATE J, 2001. The song of the earth[M]. London: Picador.

BAWER B, 1986. The middle generation: the lives and poetry of Delmore Schwartz, Randall Jarrell, John Berryman and Robert Lowell[M]. Hamden: Archon Books.

BECK C H, 1984. Randall Jarrell and Robert Penn Warren: fugitive fugitives[J].

The southern literary journal, 17 (1): 82-91.

BERRYMAN J,1959. From the middle and senior generations[J]. The American scholar, 28 (3): 384, 386, 388, 390.

BERRYMAN J, 1969. The dream songs[M]. New York: Farrar, Straus and Giroux.

BERRYMAN J, 1989. Collected poems, 1937-1971[M]. New York: Farrar, Straus and Giroux.

BEWLEY M, 1959. The eccentric design: form in the classic American novel[M]. New York: Columbia University Press.

BISHOP E, 1934. Gerard Manley Hopkins: notes on timing in his poetry [J]. Vassar review, 23: 6-7.

BISHOP E, 1983. The complete poems[M]. New York: Farrar, Straus and Giroux.

BISHOP E, 1994. One art: the selected letters[M]. New York: Farrar, Straus and Giroux.

BISHOP E, 2011. Poems[M]. New York: Farrar, Straus and Giroux.

BLOOM H, 1997. The anxiety of influence: a theory of poetry[M]. New York: Oxford University Press.

BORNEMAN J, 2004. Death of the father: an anthropology of the end in political authority[M]. New York: Berghahn Books.

BOWLBY J, 2005. A secure base: clinical applications of attachment theory[M]. London: Routledge.

BRADSTREET A, 1897. The poems of Mrs. Anne Bradstreet (1612-1672) [M]. New York: The De Vinne Press.

BRAIN T, 2014. The other Sylvia Plath[M]. London: Routledge.

BROWN C S, 2003. The real and the good: phenomenology and the possibility of an axiological rationality[M]//BROWN C S, TOADVINE T. Eco-phenomenology: back to the earth itself. Albany: State University of New York Press.

BROWN C S, TOADVINE T, 2003. Eco-phenomenology: back to the earth itself

[M]. Albany: State University of New York Press.

BROWNING R, 1896. The poems of Robert Browning[M]. New York: Thomas Y. Crowell & Company, Publishers.

BRYANT M, 2002. Plath, domesticity, and the art of advertising [J]. College literature, 29 (3): 17-34.

BURNS S E, 1999. Looking at pastoral in modern American poetry[D]. New York: New York University.

BURT S, 2001. Rebellious authority: Rober Lowell and Milton at midcentury[J]. Journal of modern literature, XXIV(2): 337-348.

CAVITCH M, 2007. American elegy: the poetry of mourning from the puritans to Whitman[M]. Minneapolis: University of Minnesota Press.

CIARDI J F, 1950. Mid-century American poets[M]. New York: Twayne Publishers.

CLARKE C A, 2001. "In the ward": issues of confinement in mid-twentieth century American poetry[D]. Washington, DC: The George Washington University.

CLIFFORD C E, 2004. "Suicides have a special language": practicing literary suicide with Sylvia Plath, Anne Sexton, and John Berryman [M]//FAGAN A. Making sense of dying and death. New York: Rodopi.

COLERIDGE S T, 1835. Specimens of the table talk of the late Samuel Taylor Coleridge[M]. London: John Murray.

CONNOLLY S, 2016. Grief and meter: elegies for poets after Auden [M]. Charlottesville: University of Virginia Press.

DANTE I, 2004. Allen Mandelbaum[M]. New York: Bantam.

DAVIS A, 1994. Romanticism, existentialism, patriarchy: hughes and the visionary imagination[M]//SAGAR K. The challenge of Ted Hughes. London: Macmillan.

DESCARTES R, 2006. A discourse on the method [M]. MACLEAN I, trans. Oxford: Oxford University Press.

DESCARTES R, 2008. Meditations on first philosophy: with selections from the objections and replie[M]. MORIARTY M, trans. Oxford: Oxford University Press.

DICKEY J, 1992. The whole motion: collected poems 1945-1992[M]. Hanover: University Press of New England.

DICKINSON E, 1960. The collected poems of Emily Dickinson[M]. Boston: Little, Brown and Company.

DODSON S F, 2006. Berryman's Henry: living at the intersection of need and art [M]. New York: Rodopi.

DONNE J, 2010. The complete poems of John Donne[M]. Harlow: Longman.

DORESKI C K, 1993. Elizabeth Bishop: the restraints of language[M]. New York: Oxford University Press.

EDIE J M, 1962. What is phenomenology? 4 basic essays by Pierre Thévenaz[M]. Chicago: Quadrangle Books.

EISENHOWER D D, 1961. State of the union: message to congress [J]. Vital speeches of the day, 27 (8): 232-238.

ELIOT T S, 1965. To criticize the critic and other writings[M]. Lincoln: University of Nebraska Press.

ELIOT T S, 1975. Selected prose of T. S. Eliot[M]. New York: Harcourt Brace Jovanovich.

ELIOT T S, 2005. The annotated waste land with Eliot's contemporary prose[M]. New Haven: Yale University Press.

ELLIOTT D L, MERWINW S, 1988. An interview with W. S. Merwin[J]. Contemporary literature, 29 (1): 1-25.

EMBREE L, 1994. Reflection on the cultural disciplines [M]//DANIEL M, EMBREE L. Phenomenology of the cultural disciplines. Dordrecht: Kluwer Academic Publishers.

EVANS K M, 2005. The environment: a revolution in attitudes[M]. New York: Thomson Gale.

FERGUSON S, 2003. Jarrell, Bishop, Lowell, & Co.: middle-generation poets in context[M]. Knoxville: The University of Tennessee Press.

FINK E, 1995. Sixth cartesian meditation: the idea of a transcendental theory of method[M]. Bloomington: Indiana University Press.

FLANNAGAN R, 2002. John Milton: a short introduction[M]. Oxford: Blackwell.

FLANZBAUM H, 2015. "The world is tref": Delmore Schwartz, Jews, poets and the crisis of the middle generation[J]. Studies in American Jewish literature, 34(1): 117-133.

FOLTZ B V, 1995. Inhabiting the earth: Heidegger, environmental ethics, and the metaphysics of nature[M]. Atlantic Highlands: Humanities International Press.

FOUST R E, 1981. Tactus eruditus: phenomenology as method and meaning of James Dickey's deliverance[J]. Studies in American fiction, 9 (2): 199-216.

FREUD S, 1960. The letters of Sigmund Freud[M]. STERN T, STERN J, trans. New York: Basic Book.

FREUD S, 1976. The complete psychological works of Sigmund Freud[M]. New York: W. W. Norton & Company.

FURIA P, 1976. "IS, the whited monster": Lowell's Quaker graveyard revisited[J]. Texas studies in literature and language, 17(4): 837-854.

FUSS D, 2013. Dying modern: a meditation on elegy[M]. Durham: Duke University Press.

GARRARD G, 2004. Ecocriticism[M]. London: Routledge.

GIFFORD T, 1999. Pastoral[M]. London: Routledge.

GILBERT S M, 1999. "Rats' alley": the great war, modernism, and the (anti) pastoral elegy[J]. New literary history, 30(1): 179-200.

GILL J, 2015. "Phyllis Mcginley needs no puff": gender and value in mid-century American poetry[J]. Tulsa studies in women's literature, 34 (2): 355-378.

HAFFENDEN J, 1983. The life of John Berryman[M]. London: Routledge.

HALLIBURTON D, 1973. Edgar Allen Poe: a phenomenological view[M]. New Jersey: Princeton University Press.

HALPERN N, 1999. The prophetic and domestic voices in Robert Lowell's poetry [J]. The centennial review, 43 (1): 21-70.

HAMMOND J A, 2000. The American puritan elegy[M]. Cambridge: Cambridge University Press.

HARALSON E, 2006. Reading the middle generation anew: culture, community, and form in twentieth-century American poetry[M]. Iowa: University of Iowa Press.

HARRISON R P, 2003. The dominion of the dead[M]. Chicago: The University of Chicago Press.

HARRISON T P, 1968. The pastoral elegy: an anthology[M]. New York: Octagon Books.

HAWTHORNE N, 2007. The scarlet letter[M]. Oxford: Oxford University Press.

HEGEL G W F, 2018. The phenomenology of spirit [M]. INWOOD M, trans. Oxford: Oxford University Press.

HENDIN J G, 2004. Concise companion to postwar American literature and culture [M]. Malden: Blackwell.

HIRSCH E, 2003. "One life, one writing!": the middle generation[M]//FERGUSON S. Jarrell, Bishop, Lowell, & Co.: middle-generation poets in context. Knoxville: The University of Tennessee Press.

HOFFMAN S K, 1979. Lowell, Berryman, Roethke, and Ginsberg: the communal function of confessional poetry[J]. The literary review, 22 (3): 329-341.

HOLSTEIN S J, 1984. A phenomenological perspective of Theodore Roethke's poetry [M]//TYMIENIECKA A-T. Phenomenology of life in a dialogue between Chinese and occidential philosophy. Dordrecht: D. Reidel Publishing Company.

HOPE V, 2007. Death in ancient Rome: a sourcebook[M]. New York: Routledge.

HOWARD W S, 2006. Resistance, sacrifice, and historicity in the elegies of Robert Hayden [M]//HARALSON E. Reading the middle generation anew: culture, community, and form in twentieth-century American poetry. Iowa: University of Iowa Press.

HUNTER J W, 2000. Contemporary literary criticism[M]. Detroit: Gale Group.

HUSSERL E, 1977. Cartesian meditations: an introduction to phenomenology[M]. CAIRNS D, trans. The Hague: Springer.

HUSSERL E, 1989. Ideas pertaining to a pure phenomenology and to a phenomenological philosophy: second book: studies in phenomenology of the constitution [M]. ROJCEWICZ R, SCHUWER A, trans. Dordrecht: Kluwer Academic Plubishers.

HUSSERL E, 1990. Ideas pertaining to a pure phenomenology and to a phenomenological philosophy: third book: phenomenology and the foundations of the sciences[M]. KLEIN T E, POHL W E, trans. The Hague: Martinus Nijhoff.

HUSSERL E, 2001. Logical investigations [M]. FINDLAY J N, trans. London: Routledge.

HUSSERL E, 2006. The basic problems of phenomenology: from the lectures, winter semester, 1910-1911 [M]. FARIN I, HART J G, trans. Dordrecht: Springer.

JAMES W, 1980. The principles of psychology[M]. New York: Henry Holt & Co.

JARRELL R, 1971. The complete poems[M]. London: Faber and Faber.

JARRELL R, 1980. Kipling, Auden & Co.: essays and reviews, 1935-1964[M]. New York: Farrar, Straus and Giroux.

JARRELL R, 1999. No other book: selected essays[M]. New York: HarperCollins.

JARRELL R, 2001. Poetry and the age [M]. Gainesville: University Press of Florida.

JARRELL R, 2002. Randall Jarrell's letters: an autobiographical and literary selection [M]. Charlottesville: University of Virginia Press.

JONSON B, 1997. To the memory of my beloved, the author Mr. William Shakespeare[M]//FERGUSON M, SALTER M J, STALLWORTHY J. The Norton anthology of poetry. New York: W. W. Norton & Company.

KALAIDJIAN W, 1989. Languages of liberation: the social text in contemporary American poetry[M]. New York: Columbia University Press.

KAY D, 1990. Melodious tears: the English funeral elegy from Spenser to Milton [M]. Oxford: Clarendon Press.

KENNEDY D, 2007. Elegy[M]. London: Routledge.

KERSTEN F, 1997. Intentionality [M]//EMBREE L, BEHNKE E A, CARR D. Encyclopedia of phenomenology. Dordrecht: Springer.

KNICKERBOCKER S, 2012. Ecopoetics: the language of nature, the nature of language[M]. Amherst: University of Massachusetts Press.

KOHÁK E, 2003. An understanding heart: reason, value, and transcendental phenomenology[M]//BROWN C S, TOADVINE T. Eco-phenomenology: back to the earth itself. Albany: State University of New York Press.

KOMURA T, 2011. Poetry of lost loss: a study of the modern anti-consolatory elegy [D]. Michigan: University of Michigan.

LANGER M M, 1989. Merleau-Ponty's phenomenology of perception: a guide and commentary[M]. London: Macmillan.

LANGER M M, 2003. Nietzsche, Heidegger, and Merleau-Ponty: some of their contributions and limitations for environmentalism [M]//BROWN C S, TOADVINE T. Eco-phenomenology: back to the earth itself. Albany: State University of New York Press.

LAUCER Q, 1965. Phenomenology: its genesis and prospect [M]. New York: Harper and Row.

LENSING G S, RONALD M, 1976. Four poets and the emotive imagination: Robert Bly, James Wright, Louis Simpson, and William Stafford [M]. Baton Rouge:

Louisiana State University Press.

LEVINAS E, 1987. Collected philosophical papers [M]. LINGIS A, trans. Dordrecht: Martinus Nijhoff.

LIEBERMAN L, 1977. Unassigned frequencies[M]. Urbana: University of Illinois Press.

LIPKING L, 1981. The life of the poet: beginning and ending poetic careers[M]. Chicago: The University of Chicago Press.

LOWELL R, 2005. The letters of Robert Lowell[M]. New York: Farrar, Straus and Giroux.

LOWELL R, 2007. Collected poems[M]. New York: Farrar, Straus and Giroux.

MARIANI P, 1996. Lost puritan: a life of Robert Lowell[M]. New York: W. W. Norton & Company.

MARX L, 2000. The machine in the garden: technology and the pastoral ideal in America[M]. Oxford: Oxford University Press.

MAY E T, 2008. Homeward bound: American families in the cold war era[M]. New York: Basic Books.

MCGOWAN P, 2004. Anne Sexton and middle generation poetry: the geography of grief[M]. Westport: Praeger.

MCHUGHES J L, 1972. A phenomenological analysis of literary time in the poetry of James Dickey[D]. Evanston, IL: Northwestern University.

MEREDITH W,1973. In loving memory of the late author of the deam songs[J]. The Virginia quarterly review, 49 (1): 70-78.

MEREDITH W, 1997. Effort at speech: new and selected poems[M]. Evanston: Northwestern University Press.

MERLEAU-PONTY M, 1964. Eye and mind [M]//EDIE J M. The primacy of perception: and other essays on phenomenological psychology, the philosophy of art, history and politics. Evanston: Northwestern University Press.

MERRILL J, 2001. Collected poems[M]. New York: Knopf.

MERRIN J, 2003. Randall Jarrell and Elizabeth Bishop: "the same planet" [M]// FERGUSON S. Jarrell, Bishop, Lowell, & Co.: middle-generation poets in context. Knoxville: The University of Tennessee Press.

MERWIN W S, 1984. The lice: poems[M]. New York: Atheneum.

MERWIN W S, 1993. The second four books of poems: the moving target/the lice/ the carrier of ladders/writings to an unfinished accompaniment[M]. Port Townsend: Copper Canyon Press.

MERWIN W S, ED F, CARY N, 1982. "Fact has two faces": an interview with W. S. Merwin[J]. The Iowa review, 13 (1): 30-66.

METTRIE J O, 1996. Machine man and other writings[M]. THOMSON A, trans. Cambridge: Cambridge University Press.

MICHAILIDOU A, 2004. Edna St. Vincent Millay and Anne Sexton: the disruption of domestic bliss[J]. Journal of American studies, 38 (1): 67-88.

MILLER E, 2000. Releasing philosophy, thinking art: a bodily hermeneutic of four poems by Sylvia Plath[D]. New York: New York University.

MILTON J, 1999. The annotated Milton: complete english poems[M]. New York: Bantam Dell.

MINTZ S, SUSAN K, 1989. Domestic revolutions: a social history of American family life[M]. New York: Simon and Schuster.

MOLESWORTH C, 1973. James Wright and the dissolving self[J]. Salmagundi, 22/ 23: 222-233.

MORAN D, JOSEPH C, 2012. The Husserl dictionary[M]. London: Bloomsbury.

MORRIS M, NAOKI S, 2005. Modern[M]//BENNETT T, GROSSBERG L, MORRIS M. New keywords: a revised vocabulary of culture and society. Malden: Blackwell.

MORTON T, 2007. Ecology without nature: rethinking environmental aesthetics [M]. Cambridge: Harvard University Press.

MUSTARD W P, 1915. The pastoral: ancient and modern[J]. The classical weekly, 8 (21): 161-167.

NAGY G, 2010. Ancient Greek elegy[M]//WEISMAN K. The Oxford handbook of elegy. New York: Oxford University Press.

NATANSON M, 1962. Literature, philosophy, and the social sciences: essays in existentialism and phenomenology[M]. The Hague: Martinus Nijhoff.

NIETZSCHE F, 2006. Thus spoke Zarathustra [M]. CARO A D, trans. Cambridge: Cambridge University Press.

OOSTDIJK D, 2003. "Not like an editor at all": Karl Shapiro at poetry magazine [M]//FERGUSON S. Jarrell, Bishop, Lowell, & Co.: middle-generation poets in context. Knoxville: The University of Tennessee Press.

PLATH S, 1981. The collected poems[M]. New York: Harper & Row.

PLATH S, PETER O, 2003. Interview of Sylvia Plath[M]//AGARWAL S. Sylvia Plath. New Delhi: Northern Book Centre.

POLLARD C, 2006. Her kind: Anne Sexton, the cold war and the idea of the housewife[J]. Critical quarterly, 48 (3): 1-24.

PRIEST S, 1998. Merleau-Ponty[M]. London: Routledge.

PRITCHARD W H, 1990. Randall Jarrell: a literary life[M]. New York: Farrar, Straus and Giroux.

RAMAZANI J, 1990. Yeats and the poetry of death: elegy, self-elegy and the sublime[M]. New Haven: Yale University Press.

RAMAZANI J, 1994. Poetry of mourning: the modern elegy from Hardy to Heaney [M]. Chicago: The University of Chicago Press.

RANSOM J C, 1941. "Constellation of five young poets." Rev. of 5 young American poets, by James Laughlin[J]. Kenyon review, 3 (3): 377-380.

RASULA J, 1999. The age of Lowell[M]//AXELROD S G. The critical response to Robert Lowell. Westport: Greenwood.

ROETHKE T, 2011. The collected poems of Theodore Roethke[M]. New York: Anchor Books.

ROSENTHAL M L, 1991. Our life in poetry: selected essays & reviews[M]. New York: Persea Books.

ROZZI R, PICKETT S T A, PALMER C, et al., 2013. Linking ecology and ethics for a changing world: values, philosophy, and action[M]. Dordrecht: Springer.

RUECKERT W, 1996. Literature and ecology: an experiment in ecocriticism[M]// GLOTFELTY C, FROMM H. The ecocriticism reader: landmarks in literary ecology. Athens: The University of Georgia Press.

SACKS P, 1985. The English elegy: studies in the genre from Spenser to Yeats [M]. Baltimore: The Johns Hopkins University Press.

SAGAR K, 2006. The laughter of foxes: a study of Ted Hughes[M]. Liverpool: Liverpool University Press.

SCHOR E, 1997. Rev. of elegy and paradox: testing the conventions, by W. David Shaw[J]. Modern philology, 95 (2): 281-284.

SEXTON A, 1978. "The art of poetry: Anne Sexton." Interview by Barbara Kevles [M]//MCCLATCHY J D. Anne Sexton: the artist and her critics. Bloomington: Indiana University Press.

SEXTON A, 1999. The complete poems[M]. New York: Mariner Books.

SHAW W D, 1994. Elegy and paradox: testing the conventions[M]. Baltimore: The Johns Hopkins University Press.

SHELLEY P B, 1964. The letters of Percy Bysshe Shelley[M]//JONES F L. Shelley in Italy. Oxford: Clarendon Press.

SHIFFLETT J R, 2013. American poetry at mid-century: Warren, Jarrell, and Lowell[D]. Washington, DC: The Catholic University of America.

SILVERMAN H J, 1988. Postmodernism and continental philosophy [M]. New York: State University of New York Press.

SOPHOCLES, 1962. Oedipus the king. Oedipus at colonus. Antigone[M]. STORR F, trans. Cambridge: Harvard University Press.

SPARGO R C, 1995. Elegy as narrative: the relation to the other in the work of mourning[D]. New Haven: Yale University.

SPARGO R C, 2004. The ethics of mourning: grief and responsibility in elegiac literature[M]. Baltimore: The Johns Hopkins University Press.

SPARGO R C, 2006. Vigilant memory: Emmanuel Levinas, the holocaust, and the unjust death[M]. Baltimore: The Johns Hopkins University Press.

SPARGO R C, 2010. The contemporary anti-elegy[M]//WEISMAN K. The Oxford handbook of elegy. New York: Oxford University Press.

SPEARS M K, 1970. Dionysus and the city: modernism in twentieth-century poetry [M]. London: Oxford University Press.

STAPLES H B, 1962. Robert Lowell: the first twenty years[M]. New York: Roert, Straus and Cudahy.

STEVENS W, 1966. Letters of Wallace Stevens[M]. New York: Knopf.

STEVENS W, 1989. Opus posthumous[M]. New York: Knopf.

STEVENS W, 2007. The collected poems of Wallace Stevens[M]. New York: Knopf.

SURETTE L, 1988. The waste land and Jessie Weston: a reassessment [J]. Twentieth century literature, 34 (2): 223-244.

THEOCRITUS, 1973. Theocritus[M]. GOW A S F, trans. London: Cambridge University Press.

TODD R L, 2014. Reframing the turn: toward an ethical poetics of eco-elegy and the counterpart[D]. Melbourne: Deakin University.

TRAVISANO T, 1999. Midcentury quartet: Bishop, Lowell, Jarrell, Berryman, and the making of a postmodern aesthetic[M]. Charlottesville: University Press of Virginia.

TROW G W S, 1997. Within the context of no context[M]. New York: Atlantic Monthly Press.

TWIDDY I, 2012. Pastoral elegy in contemporary British and Irish poetry [M]. London: Continuum.

VENDLER H, 1995. The given and the made: recent American poets[M]. London: Faber and Faber.

VENDLER H, 2010. Last looks, last books: Stevens, Plath, Lowell, Bishop, Merrill [M]. Princeton: Princeton University Press.

VICKERY J B, 2006. The modern elegiac temper[M]. Baton Rouge: Louisiana State University Press.

WAELHENS A, 1983. Philosophy of the ambiguous [M]. FISHER A L, trans. Pittsburgh: Duquesne University Press.

WALKER N A, 2000. Shaping our mothers' world: American women's magazines [M]. Jackson: University Press of Mississippi.

WALKER S, 2005. Woman as nature/nature as woman: interiority and exteriority, psychic life, the environment, and the deep ecology of James Dickey[J]. The South Carolina review, 37 (2): 38-43.

WARREN A, 1947. A double discipline[J]. Poetry, 70 (5): 262-265.

WATKIN W, 2004. On mourning: theories of loss in modern literature [M]. Edinburgh: Edinburgh University Press.

WATKIN W, 2009. Taking steps beyond elegy: poetry, philosophy, lineation, and death[J]. Textual practice, 23 (6): 1013-1027.

WEINBERGER E, 1994. American poetry since 1950: a very brief history [J]. Poetry Ireland, 43/44: 51-62.

WELTON D, 2001. The other Husserl: the horizons of transcendental phenomenology [M]. Bloomington: Indiana University Press.

WELTON D, 1997. World[M]//EMBREE L, BEHNKE E A, CARR D. Encyclopedia of phenomenology. Dordrecht：Springer.

WHITMAN W, 1982. Walt Whitman：complete poetry and prose［M］. New York：
The Library of America.

WILSON C Y, 1984. "What you see vanishing"：landscapes of self in the poetry
and prose of W. S. Merwin［D］. Atlanta, GA：Georgia State University.

WOODS T, 2006. "Preferring the wrong way"：mapping the ethical diversity of US
twentieth-century poetry［M］//BIGSBY C. The Cambridge companion to modern
American culture. Cambridge：Cambridge University Press.

WRIGHT J, 1971. Collected poems［M］. Hanover：Wesleyan University Press.

YUNG H Y, 1997. Post-modernism［M］//EMBREE L, BEHNKE E A, CARR D.
Encyclopedia of phenomenology. Dordrecht：Springer.

ZIMMERMAN M E, 2003. Heidegger's phenomenology and contemporary environmentalism
［M］//BROWN C S, TOADVINE T. Eco-phenomenology：back to the earth itself.
Albany：State University of New York Press.

中文文献

伯克维奇,2009.剑桥美国文学史:第5卷[M].北京:中央编译出版社.

柏拉图,2003.柏拉图全集:第2卷[M].王晓朝,译.北京:人民出版社.

范道伦,1986.爱默森文选[M].张爱玲,译.北京:生活·读书·新知三联书店.

弗罗斯特,2002.弗罗斯特集[M].曹明伦,译.沈阳:辽宁教育出版社.

海德格尔,1987.存在与时间[M].陈嘉映,王庆节,译.北京:生活·读书·新知三联
书店.

海德格尔,1996.面向思的事情[M].陈小文,孙周兴,译.北京:商务印书馆.

胡塞尔,1988.欧洲科学危机和超验现象学[M].张庆熊.译.上海:上海译文出版社.

胡塞尔,2002.纯粹现象学通论[M].李幼蒸,译.北京:商务印书馆.

华兹华斯,2010.抒情歌谣集[M]//中国社会科学院文学研究所.古典文艺理论译
丛(卷一).北京:知识产权出版社.

劳伦斯,1988.劳伦斯诗选[M].吴笛,译.桂林:漓江出版社.

列维纳斯,2016.总体与无限:论外在性[M].朱刚,译.北京:北京大学出版社.

刘英,2006.回归抑或转向:后现代语境下的美国文学伦理学批评[J].南开学报
　　(哲学社会科学版)(5):90-97.

梅勒,2004.生态现象学[J].柯小刚,译.世界哲学(4):82-91.

梅洛-庞蒂,2001.知觉现象学[M].姜志辉,译.北京:商务印书馆.

梅洛-庞蒂,2003.符号[M].姜志辉,译.北京:商务印书馆.

梅洛-庞蒂,2005a.行为的结构[M].杨大春,张尧均,译.北京:商务印书馆.

梅洛-庞蒂,2005b.世界的散文[M].杨大春,译.北京:商务印书馆.

梅洛-庞蒂,2016.可见的与不可见的[M].罗国祥,译.北京:商务印书馆.

梅洛-庞蒂,2018.意义与无意义[M].张颖,译.北京:商务印书馆.

莫兰,2017.现象学:一部历史的和批评的导论[M].李幼蒸,译.北京:中国人民大
　　学出版社.

默温,2003.默温诗选[M].董继平,译.石家庄:河北教育出版社.

倪梁康,2007.胡塞尔现象学概念通释[M].北京:生活·读书·新知三联书店.

聂珍钊,2014.文学伦理学批评导论[M].北京:北京大学出版社.

佘碧平,2007.梅罗-庞蒂历史现象学研究[M].上海:复旦大学出版社.

史蒂文森,2004.苦涩的名声:西尔维娅·普拉斯的一生[M].王增澄,译.北京:昆
　　仑出版社.

施皮格伯格,1995.现象学运动[M].王炳文,张金言,译.北京:商务印书馆.

索科拉夫斯基,2009.现象学导论[M].高秉江,张建华,译.武汉:武汉大学出
　　版社.

王晓华,2016.身体美学导论[M].北京:中国社会科学出版社.

雪莱,1980.雪莱诗选[M].江枫,译.长沙:湖南人民出版社.

杨大春,2005.感性的诗学:梅洛-庞蒂与法国哲学主流[M].北京:人民出版社.

张海霞,2015.悲伤的缪斯:英国挽歌研究[M].北京:九州出版社.

张剑,2017.西方文论关键词:田园诗[J].外国文学(2):83-92.

赵玲,王现伟,2013.国外生态现象学研究述评[J].科学技术哲学研究(2):25-30.

朱新福,2005.从《林中之雨》看美国当代诗人 W. S. 默温的生态诗学思想[J].当代外国文学(1):55-62.